꽃의 노래

하늘가리기 장편소설

fio
ret

꽃의 노래 4

초판 1쇄 인쇄 2017년 5월 16일
초판 1쇄 발행 2017년 5월 23일

지은이 하늘가리기
발행인 오영배
기획 박성인
책임편집 심지은
표지 · 본문 디자인 권지연
제작 조하늬

펴낸곳 (주)삼양출판사 · 피오렛
주소 서울시 강북구 도봉로 173
대표 전화 02-980-2112 **팩스** / 02-983-0660
편집부 전화 02-980-2116 **팩스** / 02-983-8201
블로그 blog.naver.com/dan_gul
출판등록 1999년 3월 11일 제9-00046호

ISBN 979-11-283-9171-2 (04810) / 979-11-283-9167-5 (세트)

fioret 은 (주)삼양출판사의 로맨스 판타지 문학 브랜드입니다.

하늘가리기 장편소설

꽃의 노래

4

fio
ret

| Contents |

1장
화족

"아니야. 무슨 말을 하는지 모르겠어. 화족이라니? 라미아. 난 고아였어. 부모님이 누군지 몰라."

"아……."

라미아는 입을 다물고 난감한 표정으로 턱을 문질렀다.

"네가 가진 특이한 능력이라는 게 뭐야?"

아델은 어떻게 설명해야 할지 알 수 없어서 망설였다. 어디까지 말해도 될까, 어디까지 보여 줘도 될까.

라미아가 손짓으로 고용인을 모두 내보냈다. 응접실에 둘만 남게 되자 테이블을 장식한 화병에서 붉은 장미를 한 송이 꺼냈다. 그녀는 꽃의 향을 맡으며 부드럽게 웃었다. 그리고 한 손으로 턱을 괸 자세로 손에 든 꽃을 빙글빙글 돌리며 바라보았다.

의아한 눈으로 아델은 라미아가 하는 행동을 지켜보았다. 붉은 장미꽃 위로 노란빛 하나가 쏙 튀어나왔을 때는 눈을 부릅떴다.

"아, 역시 잘 안 되네."

라미아는 둥둥 떠다니는 노란빛을 손끝으로 건드렸다. 작은 빛은 흩어지듯 사라졌다. 들고 있던 장미를 아델에게 내밀었다.

아델은 꽃을 받았다. 라미아가 먼저 행동으로 보여 줬다. 이제는 아델이 대답할 차례였다.

아델이 꽃 한 송이로 할 수 있는 일은 매우 많았다. 당장 이 꽃이 무성한 장미 덤불로 자라나게 할 수 있다. 하지만 그래서는 안 된다는 것쯤은 알았다.

르웨나 레바스가 지닌 능력은 비밀스러운 회고록에만 기록되었고 사람들은 알지 못했다. 숨겼다면 숨긴 이유가 있을 것이다.

아델은 조심스럽게 마음을 열어 노래를 듣고 싶다고 생각했다.

장미꽃 위로 노란빛이 올라왔다. 위로 떠오른 빛이 기뻐하듯 아델의 주변을 돌다가 갑자기 분열했다. 두 사람의 주변으로 작은 빛 덩어리가 가득 찼다.

똑똑, 문을 두드리는 소리와 함께 빛이 모두 사라졌다. 라미아는 놀라 벌어진 입을 다물고 다시 한 번 들리는 노크 소리에 대답했다. 하녀가 들어와서 말했다.

"손님이 오셨습니다."

"모셔 와. 아니, 내가 가지."

라미아가 일어나며 아델에게 속삭이듯 말했다.

"나중에 얘기하자. 이따가 둘이서만."

아델은 고개를 끄덕였다.

잠시 후 라미아와 함께 들어오는 사람은 낯이 익었다. 성에서 열린 파티 때 인사는 이미 나누었다. 라미아의 파트너로 파티에 참석했던 바네사 킨트였다.

아델은 긴장해서 벌떡 일어났다. 성에서 봤을 때부터 요염한 미소를 짓는 화려한 미모의 바네사가 왠지 어려웠다. 무슨 말을 건네야 할지 몰라 딱딱한 인사를 했다.

"안녕하세요."

바네사의 눈이 살짝 커지며 웃었다.

"안녕하세요."

"무슨 인사가 그래. 내 친구면 네 친구지. 어색하게 굴지 말고 편하게 해, 편하게."

라미아가 나서서 정리했다.

"그럴까? 난 괜찮지만."

"나도 괜찮아요!"

"다시 봐서 반가워. 아델."

"나도. ……바네사."

"아델. 어깨에 힘 풀어. 야단맞는 사람 같잖아."

라미아의 지적에 아델은 숨을 내쉬며 긴장을 풀었다.

'친구…….'

아델은 속으로 기뻐하며 찻잔을 쥐고 들뜨는 기분을 가라앉했다. 라미아는 여자라도 남장을 해서 그런지 캘빈을 대할 때와 비슷한 느낌이지만, 바네사는 정말 여자 친구라는 실감이 났다.

아델은 라미아의 저택으로 오는 마차 안에서 무슨 대화를 해야 할지 고민했다. 그런데 괜한 걱정이었다. 두 사람과 함께하는 대화는 유쾌했다. 바네사는 첫인상과 다르게 호쾌하고 말투가 거침이 없었다.

아델이 나서서 말을 많이 할 필요가 없이 라미아와 바네사가 나누는 말을 듣기만 해도 즐거웠고, 소외된다는 느낌도 없었다.

바네사는 라미아와 아델이 친해진 계기를 듣더니 코웃음 쳤다.

"아델. 내가 라미아를 처음 만났을 때는 얘가 누군지 몰랐어. 그래서 남자인 줄 알았지. 얘가 날 보자마자 뭐라고 했는지 알아? 너 정말 예쁘구나. 이러면서 꽃을 꺾어 주는 거야."

"칭찬한 거라고. 난 아무에게나 예쁘다는 말 안 해."

"내 첫사랑이 얘라니까. 며칠 만에 여자인 걸 알고 끝나 버렸지만. 그때 이후로 코가 꿰어서 친구 노릇 해 주고 있지."

"내가 할 말이다. 넌 성격이 나빠. 내가 아니면 친구해 줄 사람이 있을 거 같아?"

두 사람이 주고받는 공방을 지켜보며 아델은 계속 웃었다. 나중에는 뱃가죽이 당길 지경이었다.

시간은 훌쩍 지나갔다. 수다만 떨면서 몇 시간을 보낼 수 있다는 게 신기했다.

"슬슬 저녁 준비하라고 할까. 먹고 갈 거지?"

바네사가 고개를 흔들었다.

"약속 있어."

라미아는 그다지 아쉬운 기색 없이 아델에게 물었다.

"아델은?"

"아……. 근데 원래 티파티가 이렇게 길어?"

바네사가 라미아를 흘끔 보고 대답했다.

"일반적인 티파티라고 생각하지 마. 전혀 다르니까. 오늘은 그냥 친구 집에 놀러 왔다고 생각해. 제대로 된 자리는 내가 나중에 초대할게."

바네사가 사교계에서의 입지는 라미아보다 좋았다. 라미아는 여자들끼리의 싸움에는 젬병이었다. 그쪽으로는 바네사가 탁월했다.

오늘 마련한 자리는 바네사에게 아델을 제대로 소개해 주려는 의도가 있었다. 바네사는 의리가 있어서 자기 사람은 확실히 챙겼다. 바네사와 함께라면 아델이 어느 자리를 가든 곤란을 겪을 일은 없을 것이다.

"저녁 먹고 가, 아델. 아예 오늘 자고 가는 건 어때?"

아델도 그러고 싶었다. 라미아에게 듣고 싶은 이야기도 있으니까.

"나 혼자 온 게 아니라서……."

"기사들은 돌려보내고 내일 다시 오라고 하면 되지."

두 사람의 대화를 듣다가 바네사가 물었다.

"기사들?"

라미아는 바네사에게 호위들이 왔다고 짤막하게 설명했다. 바네사는 묘한 눈으로 아델을 보았다.

"아델. 너에 대한 소문이 꽤 많은데, 뭐 하나 물어도 돼?"

"바네사!"

라미아가 만류했지만, 아델은 고개를 끄덕였다.

"괜찮아. 아까 라미아도 그랬잖아. 뭐든 물어봐도 된다고. 곤란한 질문은 대답하지 않을게."

"레바스의 성주님이 네 약혼자라고 하던데 정말이야?"

아델의 눈이 휘둥그레졌다.

"그런 소문이 났어?"

"파다하지."

아델은 확인하듯 라미아를 바라보았고 라미아도 고개를 끄덕였다.

"약혼자 아니야."

소문이 사실이라고 대답할 수 있다면 얼마나 좋을까. 하지만 거짓 소문에 근거를 보태서 그의 평판을 떨어뜨릴 수는 없었다.

"돌아가신 전대 성주님이 날 보살펴 주셨는데 성주님은 그분의 유언에 따라서 내 보호자 역할을 맡아 주기로 하셨어."

라미아가 고개를 갸웃했다. 파티장에서 두 사람을 봤을 때는 그런 담백한 느낌이 아니었다.

"그냥 후견인과 피후견인의 관계라 이거지? 소문과 상관없이 넌 어떤데? 성주님은 보호자야?"

"응. 보호자 맞아."

바네사가 질문을 바꿔서 다시 질문했다.

"소문이 진짜였으면 좋겠다는 생각은 해 본 적이 없어?"

"그건……."

아델의 눈동자가 마구 흔들리며 어쩔 줄을 몰라 했다. 바네사의 눈이 반짝 빛났다. 남의 연애사만큼 재미있는 이야깃거리는 없었다.

"성주님은 날 그냥 챙겨야 하는 어린애로 보는걸."

그럴 리가 없을 텐데, 라고 라미아와 바네사는 동시에 생각했다. 아델을 곁에 두고 아무 감정이 생기지 않는다는 건 말이 안되었다. 다른 데 눈 돌리지 않을 만큼 푹 빠진 다른 여자가 있거나 아니면 남자로서 심각한 문제가 있다고 생각할 수밖에.

"그 사람이 좋아?"

"응. 좋아해."

아델은 이미 줄리오에게 감정을 들킨 적이 있어서 대답하는데 망설이지 않았다.

"그럼 성주님에게 네 마음을 말해 봤어?"

"아니."

"왜?"

"말해야 하는 거야?"

"말하지 않는데 어떻게 알아? 아니다. 말이 뭐가 필요해. 아델. 그냥 덮쳐 버려."

"잠깐, 잠깐."

라미아가 바네사의 어깨를 두드렸다.

"왜 이상한 걸 가르쳐?"

"이상하기는! 갖고 싶은 게 있으면 기다리면 안 돼. 과일나무 아래 누워 있어 봤자 떨어지는 건 다 썩은 열매라고! 남이 잘 익은 걸 따 가는 걸 지켜만 볼 거야?"

"아델은 아직 미성년자야. 순진한 애 물들이지 마."

"몇 달만 있으면 성년이라며. 순진은 무슨. 저 나이면 알 거 다 알아."

"다 아는지 아닌지……."

라미아는 말을 멈추고 잠시 생각하더니 아델에게 말했다.

"내가 진짜 이상하고 무례한 질문을 할 거야. 자, 이거 받아. 기분 나쁘면 내 얼굴에 끼얹어도 돼."

라미아는 물 잔을 아델의 손에 쥐여 주었다.

"아델. 아이가 어떻게 태어나는지 알아?"

바네사가 라미아를 보며 인상을 썼다. 하지만 이어지는 아델의 표정 변화를 보며 당황했다. 보통 이런 질문에는 예측되는 반응이 있다. 화를 내거나 얼굴을 붉히거나 농담처럼 대답하거나. 아델은 어느 쪽도 아니었다. 물 잔을 쥐고 진지하게 고민했다.

"사랑해서 결혼하면 태어나."

"구체적으로 어떻게?"

아델은 다시 고민을 시작했다. 바네사가 설마, 하는 미심쩍은
표정으로 아델의 대답을 기다렸다. 설마, 말도 안 돼, 나이가 몇
살인데, 난 열두 살에 알았다고, 등의 말을 속으로 중얼거렸다.

아델이 고민 끝에 답을 내놓았다.

"황새가 물어다가……?"

두 사람은 말을 잃었다.

바네사가 크게 기침을 하면서 고개를 숙였다. 대놓고 웃을 수
가 없으니 사례가 들린 척 웃음을 참았다. 아델이 걱정스레 '괜
찮아?'라고 묻자 바네사의 기침 소리가 더 커졌다. 라미아는 한
편의 희극을 감상하는 기분으로 두 사람을 바라보았다.

하녀가 라미아의 곁에 다가와서 말했다.

"손님이 오셨습니다."

"손님? 올 사람이 없는데."

라미아가 두 사람을 응접실에 남겨 두고 손님을 맞이하러 나
간 이후에야 바네사는 진정했다. 그녀는 웃음을 억지로 참느라
맺힌 눈물을 닦아 냈다.

"안 되겠네. 오늘 약속 취소하고 나도 여기서 자야겠어. 오늘
자고 갈 거지?"

"음……."

"내가 재미있는 거 가르쳐 줄게."

바네사는 의미심장하게 웃으며 망설이는 아델을 열심히 꾀었
다. 저녁 먹고 테라스에서 초를 켜고 와인을 마시자, 잠옷만 입

고 베개싸움을 하자, 최근 10년간 사교계를 뒤집은 3대 사건이 궁금하지 않냐 등등, 집요한 설득에 아델은 서서히 넘어갔다.

"베개싸움……."

말로만 듣던 여자 친구들끼리 즐기는 바로 그 놀이!

"너와 내가 한편이 되어서 라미아를 이기는 거야. 자고 가. 밤새워 놀자."

"바네사. 아무래도 그건 안 되겠다."

아델과 바네사가 목소리가 들려오는 방향으로 고개를 돌렸다. 돌아온 라미아의 표정이 묘했다. 그녀는 귀인을 영접하듯 옆으로 비키면서 문을 활짝 열었다.

검푸른 재킷을 입은 장신의 사내가 안으로 들어왔다. 예상하지 못한 인물의 등장이었다. 푸른 머리의 사내는 굳어 있는 사람들을 빠르게 훑어 금방 원하는 사람을 찾아냈다.

아델은 마주친 그의 보라색 눈이 웃는 것을 보았다. 처음 방문한 남의 집이 낯설어서 내내 희미한 불안감을 느끼고 있었다. 그를 보자마자 안도감과 기쁨이 샘솟았다.

벌떡 일어난 아델이 달려가서 두 팔을 그의 등 뒤로 돌려 안고 가슴에 고개를 묻었다.

"어쩐 일이에요?"

"데리러 왔어."

아델은 뒤늦게 이곳이 성이 아니라는 것을 되새기며 그에게서 떨어지려고 했다. 그런데 론이 한쪽 팔로 아델의 어깨를 감싸며 힘을 주었다.

"초대장의 내용에 따르면 이 시간쯤 모임이 마무리된다고 생각했습니다만, 방해였다면 기다리겠습니다."

아델은 론을 밀치지 못하고 가만히 그의 품에 안기듯 기대섰다. 머리 위에서 들리는 목소리가 좋아 가슴이 뛰었다.

"아닙니다. 거의 끝나던 참이었습니다. 어려운 발걸음을 하셨는데 저녁을 함께하시는 건 어떻습니까?"

"그런 폐를 끼칠 수는 없지요. 다음에 기회가 되면 초대해 주십시오."

론은 예의 바르게 거절했다. 라미아는 두 번 권하지 않았다.

"아델. 오늘 즐거웠어. 조만간 성으로 만나러 갈게."

아델은 아차 싶은 표정으로 고개를 끄덕였다. 라미아와 중요한 이야기를 나누기로 했는데 잊고 있었다.

아델이 올 때 들어온 두 대의 마차와 론이 타고 온 마차까지 총 세 대의 마차가 저택에서 빠져나갔다. 배웅하러 나온 라미아의 곁에 바네사도 서 있었다.

"기사를 주렁주렁 딸려 보낸 것도 모자라서 성주님이 직접 데리러 오시기까지? 오늘 여기에 가라고 허락한 게 신기하네."

바네사가 어이없어하며 웃었다.

"그러게 말이다."

라미아도 웃으며 고개를 끄덕였다.

"네가 보기엔 저게 연애가 아니니?"

"글쎄. 두 사람 사이는 둘만 아는 거니까. 정신적인 교감 아닐까?"

"정신적인 교감? 그런 건 소꿉장난이야."

"아델이 성년이 될 때까지 기다리고 있을 수도 있고."

"그렇다면…… 그건 대단한 인내심인데."

바네사가 진지하게 고개를 끄덕였다.

'오해한 건 완전히 내 실수였군.'

라미아는 성의 파티장에서 성주를 추행범으로 의심했던 것이 완벽한 오해였다는 걸 이제는 확실히 알았다.

"라미아. 조만간 아델을 초대해서 오라고 해. 아니다. 내가 초대하면 되겠네."

"마음에 들었나 봐?"

"내가 들러리가 되는 기분은 별로야. 그런데 저 정도로 예쁘면 사실 짜증도 안 나. 난 저 미모를 낭비하는 건 참을 수 없어."

"뭔 소리야."

"팜므파탈로 만들어 주겠어. 손가락만 까딱하면 남자들이 전부 다 쓰러지게 만들어 주지. 기대해. 아델. 내가 많은 걸 가르쳐 줄게."

라미아는 음험하게 웃는 바네사를 보며 혀를 찼다.

*　　*　　*

"혹시 성에 무슨 일 있어요?"

"아니."

"그럼 수도에 올 일이 갑자기 생겼어요?"

"아니."

어려운 문제에 답을 얻지 못한 표정의 아델에게 이번에는 론
이 물었다.

"내가 괜히 왔나?"

론은 기분이 상했다. 아델을 혼자 수도에 보내 놓고 걱정이 되
어 일이 손에 안 잡혔는데 정작 아델은 집 생각은 나지 않을 정
도로 즐거운 시간이었나 보다.

"데리러 와 준 건 기쁜데, 바쁘잖아요. 무리했을까 봐 그래요."

조금만 더 제멋대로, 조금만 더 철없는 아이처럼 굴면 좋았을
텐데. 론은 가끔 은근한 아쉬움을 느꼈다.

"내 일정은 내가 알아서 해. 시간을 낼 수 있으니까 온 거야."

"나도 다 알아요. 성주님이니까 한 달도 쉴 수 있겠죠. 하지만
일이 없어지는 건 아니잖아요. 미룰 수 있는 것뿐이지요. 나중에
밤을 새워야 한다고요. 그런 건 좋지 않아요."

아델은 근엄한 표정으로 훈계했다. 론은 웃음이 나올 것 같아
서 고개를 차창 쪽으로 돌렸다. 진지하게 얘기하는데 웃음으로
넘기면 화내겠지.

"야단맞은 김에 더 게으름 부려야겠다. 수도까지 나온 김에
저녁 먹고 돌아가자."

"······."

대답이 없었다. 론은 아델의 표정을 살폈다. 아델은 고개를 살짝 숙이고 있었다.

"내키지 않아?"

아델이 고개를 좌우로 흔들었다.

"나와 더는 외출하고 싶지 않아 하는 줄 알았어요."

"내가? 대체 왜 그런 생각을 했어?"

"최근에, 내가 자라고 나서요. 전에는 며칠에 한 번 정도는 같이 나갔는데 요즘은 전혀 외출하자고 하지 않았고. 혹시 내가 창피한 건가 생각했는데······."

"아니야."

론은 다급히 끼어들었다. 그는 아델의 작은 머릿속 안에 황당한 오해가 차곡차곡 쌓이고 있다는 걸 짐작도 못 했다.

"네. 오늘 라미아가 얘기해 줘서 알았어요. 론. 나와 이상한 소문이 났다면서요?"

"무슨 소문?"

론의 머릿속으로 보고받은 온갖 소문이 휙휙 지나갔다. 아직 아델에 대해서 악의적인 소문은 없었다. 아이의 몸이었다가 갑자기 자랐네, 따위의 소문은 손을 써서 크게 번지지 않도록 작업 중이었다.

다행히 아이의 모습이었던 아델을 본 사람은 거의 레바스의 가신들이었다. 그들은 알아서 입을 조심할 것이다. 고용인들을 단속하는 일도 어렵지 않았다.

이미 퍼진 소문을 없애는 건 불가능하지만, 허무맹랑해서 누구나 들었을 때 웃고 넘기는 수준으로 덮을 수는 있었다.

"약혼한 사이라고요."

아델은 대답이 없는 론을 흘끔 보고 한숨을 폭 내쉬었다.

"역시 알고 있었군요. 왜 말해 주지 않았어요? 하긴, 내가 알아서 뭘 어쩌겠어요. 그런 소문이 났으니 나와 있는 모습을 누가 보면 더 소문이 커질 테지요. 그러니까 오늘도 데리러 오지 않는 편이 좋았어요. 라미아가 소문낼 사람은 아니지만요."

론은 당연히 소문을 알고 있었다. 개의치 않았다. 내심 차라리 잘되었다고 생각했다.

그런 소문이 나면 아델에게 괜히 접근해서 수작 부리려는 자가 확 줄어들 테니까.

그동안 일부러 외출하지 않은 건 맞다. 남에게 보이고 싶지 않아서 그랬다. 그런데 소문이 무서워서가 아니라 아델을 꽁꽁 감추고 싶어서였다.

아델이 가까이 올 때마다 자꾸 흠칫하게 되는 건 의지로 어쩔 수 없는 문제였다. 그렇다고 손대지 말라고 할 수는 없었다.

아델은 누군가에 대한 마음의 거리만큼 실제 가까이 오는 간격을 유지했다. 아델이 스스럼없이 구는 사람은 그가 유일했다. 론은 유일한 그 위치를 놓치고 싶지 않았다.

"아델. 소문은 신경 쓰지 않아도 돼. 소문 때문에 널 피한다거나 하지 않아."

아델은 말없이 웃었다. 그의 대답은 그다지 위안이 되지 않았다.

시마가 생전에 몹쓸 소문의 당사자였다는 걸 나중에 알았다. 누구도 그녀를 탓하지 않았지만, 할머니에 대한 미안한 마음이 사라지지는 않았다.

이번에도 비슷했다. 론이 아무리 상관없다고 해도 아델의 마음은 그게 아니었다. 자신으로 인해서 그에게 어떤 나쁜 일도 일어나지 않기를 바랐다.

마차가 멈추어 섰다.

"내리자."

"어딘데요?"

"저녁 먹으러."

바깥에서 문이 열렸다. 론이 먼저 나간 후 마차 안쪽으로 손을 내밀었다. 아델은 그의 손을 잡고 마차에서 내리면서 주변을 두리번거렸다.

건물의 창에서 쏟아져 나오는 불빛이 거리의 어둠을 몰아낼 만큼 강렬했다. 아델은 그가 이끄는 대로 따라서 레스토랑 안으로 들어갔다.

지배인이 즉시 그들을 맞이해 테이블로 안내했다. 탁 트인 홀이었다. 지금껏 외출하면 폐쇄된 룸 안에서만 식사하고 차를 마셨다. 이곳은 다른 테이블에서 식사하고 있는 사람들이 전부 보였다.

다른 테이블에 앉아 식사하는 사람을 쳐다보는 일은 예의에 어긋났다. 손꼽히는 고급 레스토랑이라 기본예절은 모두 알고 있는 손님들이었지만, 누구랄 것 없이 아델과 론을 흘끔거렸다.

'자꾸 날 쳐다보는 것 같아.'

아델은 긴장해서 등에 힘이 들어갔다.

'원래부터 여기 올 생각이었잖아. 근데 미리 말도 안 해 주고.'

론이 저녁을 먹자고 제안한 후에 마부에게 따로 지시하는 모습을 보지 못했는데도 원래 목적지가 여기인 양 도착했다. 요리를 주문하는 그는 전혀 긴장한 기색이 없었다.

성에서 열린 파티에서도 그랬다. 그는 정말 여유로웠고 아델은 그의 곁에서 내내 실수할까 봐 조마조마했다.

조금 약이 오르다가 금방 기분이 나아졌다. 주변의 시선에 개의치 않는 그의 태도는 '혹시 소문 때문에 날 피하나.' 같은 아델의 의혹을 풀어 주었기 때문이다.

요리가 나오면서 아델은 곧 주변을 잊었다. 부드럽게 녹아드는 고급 요리의 식감에 푹 빠졌다.

"대가문은 전부 수도에 저택을 갖고 있다고 하던데, 레바스도 있어요?"

"있지. 너도 있고."

"나요?"

"유산으로 받은 저택이 있지 않아?"

"아······."

기억을 더듬었다. 유산 목록에서 봤던 것 같다.

"식사 끝나고 구경 가고 싶어요."

"어디를 가 보고 싶어?"

"다 가 보면 안 돼요?"

"한두 군데가 아니고 수도 곳곳에 있어서 오늘 다 다녀 보는 건 무리야. 나중에 천천히 다 보여 줄게."

"그럼 지금 여기서 가장 가까운 곳이요."

론은 직원을 불렀다.

"필기구를 빌릴 수 있겠소?"

가져다준 메모지에 다음 목적지가 어디인지 간단히 적은 후 마부에게 전해 달라고 직원에게 부탁했다.

식사를 마치고 레스토랑에서 나오는 길에 마침 들어오는 남녀와 스쳐 지나갔다. 여자는 불룩 나온 배를 한 손으로 감싸고 있었다. 여자의 어깨를 한 팔로 안고 있는 남자는 몹시 조심스러워했다.

아델은 눈을 동그랗게 뜨고 여자의 부른 배를 쳐다보았다. 그들이 움직이는 쪽으로 눈이 따라가다가 결례가 되기 전에 얼른 고개를 돌렸다.

레스토랑에서 출발한 마차는 오래 달리지 않아 저택 안으로 들어가 멈추었다. 2층짜리 저택은 그다지 규모가 크지 않았다. 담을 높게 세우고 담 주변으로 나무를 잔뜩 심어서 바깥에서는 안을 들여다볼 수 없는 구조였다.

관리인들이 소유주의 예기치 못한 방문에 긴장한 낯빛으로 서 있었다. 대표로 나서서 인사하는 책임 관리인에게 론이 지시했다.

"식사는 되었으니 차만 들이게."

두 사람은 관리인이 안내하는 1층의 응접실로 들어갔다. 잠시 후 차를 내온 관리인이 나가고 응접실에 둘만 남았다.

아델은 고풍스러운 가구로 꽉 채운 응접실을 신기한 눈으로 둘러보았다.

"레바스의 저택 중 한 곳이지. 아마 제일 작은 저택일 거야."

"레바스가 소유한 저택이 몇 채예요?"

"일곱. 수도에 가문이 소유할 수 있는 저택은 최대가 일곱 채라고 법으로 제한해."

저택에 관한 이야기를 나누다가 아델은 아까부터 내내 마음에 걸린 것을 말했다.

"아까 혹시 봤어요? 레스토랑에서 배가 이렇게 나온 부인이요."

아델이 손으로 모양을 만들며 설명했다.

"무슨 끔찍한 병에 걸린 걸까요?"

론은 쿡, 웃으면서 말했다.

"임부를 처음 봤구나. 병이 아니라 아이를 가진 거야."

"아이……?"

아델은 멍하게 중얼거리고 넋이 나간 표정으로 말이 없었다.

"왜 그래?"

"아까 내가 잘못된 대답을 했나 봐요. 라미아가 물어봤어요. 아이가 어떻게 태어나는지 아느냐고."

바네사의 반응이 이상했다는 건 알고 있었다. 억지 기침으로 웃음을 참으려 한 걸 모를 정도로 바보는 아니었다. 내가 대답을 잘못한 거냐고, 되묻기에는 자존심이 상해서 모른 척했다.

론이 미간을 살짝 좁혔다가 대수롭지 않게 물었다.

"뭐라고 대답했는데?"

아델은 망설이다가 자신 없는 목소리로 말했다.

"황새가 물어온다고요."

"아…… . 황새."

잠시 침묵이 흘렀다. 큼, 큼, 몇 번의 헛기침을 하며 론이 손등으로 입을 가렸다.

아델은 팔짱을 끼고 그의 반응을 살폈다. 바네사가 보였던 태도와 크게 다르지 않았다.

"지금 웃는 거죠?"

그 말이 신호가 된 것처럼 론이 웃음을 터뜨렸다. 아델은 이전에 그가 이토록 크게 웃는 모습을 본 적이 없었다. 바닥이라도 두드릴 기세로 폭소를 멈추지 않았다.

한참 만에 웃음이 잦아들다가 론은 잔뜩 약이 오른 표정의 아델을 보고 또 웃음을 터뜨렸다. 그는 겨우 웃음을 그치면서 크게 숨을 내쉬었다. 대체 이렇게 웃은 게 얼마 만인지 모르겠다.

속이 후련하도록 웃은 건 좋았지만, 사납게 노려보는 아델의 표정이 심상치 않았다. 론은 슬그머니 눈을 피했다.

"너무해요. 그렇게 비웃는 게 어딨어요?"

"비웃은 게 아니라 네 답이, 어⋯⋯. 굉장히 놀라서 그랬지."

"그럼 론이 알려 줘요. 내 답이 어디가 잘못된 거죠?"

론의 눈이 흔들렸다. 불똥이 자신에게 튈 줄이야.

"음⋯⋯. 아까 너도 임부를 봤으니 알겠지?"

"그 배 안에 아기가 있다는 거군요."

아델은 납득하며 고개를 끄덕였다.

"황새가 아니라는 건 알겠어요. 사실, 그건 나도 이상하다고 생각했다고요. 근데요. 아기는 그 안에 어떻게 들어갔어요?"

"⋯⋯."

"말해 주지 않을 거예요? 그럼 다른 사람에게 물어보면 되겠네요. 부모가 된 사람이면 알겠죠. 관리인을 불러서⋯⋯."

"아델."

론은 소파에서 일어나는 아델을 다급히 제지했다.

"나중에. 나중에 알려 줄게."

"왜 나중이에요?"

"내가 설명을, 그러니까 네가 이해하게 잘할 자신이 없어. 잘 가르쳐 줄 교사를 불러 줄게."

아델이 '좋아요.'라고 대답하자 론은 안도의 한숨을 내쉬었다.

나중에 어찌 되든 그건 나중 일이고 당장은 모면했다. 등에 식은 땀이 날 정도의 위기였다.

그 후 이어진 대화는 무난했다. 아델은 처음 초대받은 모임이 즐거웠다는 감상을 재잘재잘 떠들었다.

"그만 일어날까? 더 늦으면 이동 마법진을 폐쇄해서 성으로 못 돌아가."

"오늘 여기서 자고 가면 안 돼요? 날이 밝으면 저택을 구경하고 싶은데……."

아델은 론의 눈치를 살피다가 더 조르지 않고 일어났다. 그래서 '그렇게 해.'라는 대답이 들려왔을 때는 믿기지 않았다.

"정말요? 론은 먼저 갈 거예요?"

"널 여기 혼자 두고 어떻게 가."

"그래도 괜찮아요? 아침에 해야 하는 일은 없어요? 회의는요?"

"내 일정은 내가 알아서 한다고 했지. 대신 내일 오전 중으로 돌아가는 거다. 그때 다른 말 하면 안 돼."

"그럼요! 약속할게요."

아델은 몹시 신이 난 표정으로 생글생글 웃었다. 론은 자신이 그 모습에 약하다는 걸 알고 있었다. 아델의 감정은 전염성이 있었다. 아델이 기뻐하고 행복해하면 론은 그 감정이 마치 자신의 것 같았다.

론은 관리인을 불러서 하루 묵고 갈 것이라고 말했다. 다분히 충동적이었지만, 앞뒤 생각 없이 내린 결정은 아니었다. 기사들이 없었다면 안전의 문제 때문에 성으로 돌아갔을 것이다.

침실은 2층에 있었다. 관리인 중에 여자가 있어서 아델의 시중을 들었다. 아델이 갈아입을 옷은 없었으나 잠옷 대용으로 입을 만한 가운은 비치되어 있었다.

침대에 누워서 아델은 뒤척였다. 어둡고 조용했다. 잠자리가 바뀌어서 쉽게 잠이 오지 않았다.

덜컹덜컹, 이상한 소리를 듣고 그녀는 움찔 놀랐다. 뭔가가 부딪치는 소리였다. 신경 쓰지 않으려 해도 귓가에 소리는 점점 더 크게 들렸다. 이곳은 성이 아니다. 완벽하게 안전한 레바스 성이 아니라고 의식하자 겁이 났다.

'괜찮아. 밑에는 기사들이 있고 옆방에는 론도 있어.'

눈을 꼭 감고 잠을 청하려고 시도했으나 더 정신만 맑아졌다. 그녀는 몸을 잔뜩 웅송그리고 이불을 푹 뒤집어썼다.

'아무래도 안 되겠어.'

숨죽이고 있던 그녀는 벌떡 일어나 등을 켜고 침대에서 내려왔다.

침실 문을 열고 응접실로 나왔다. 구조가 응접실을 가운데에 두고 양쪽 끝으로 침실이 연결된 형태라서 론과 아델이 각각 침실 하나씩을 차지했다.

응접실은 어두웠다. 그런데 또 다른 침실로 연결되는 닫힌 문 아래로 희미하게 빛이 새어 나왔다.

'아직 안 자는구나.'

아델은 기뻐하며 침실 문 앞에 서서 두드렸다. 대답이 없었다. 그녀는 조심스레 손잡이를 돌렸다. 잠겨 있지 않은 문이 스르르 열렸다.

그녀는 안으로 들어갔다. 주변을 둘러보며 론을 찾았으나 보이지 않았다.

'방에 없나?'

침실 중앙에서 어찌할 줄을 모르고 오도카니 서 있었다.

욕실에서 나오던 론은 무심히 시선을 돌렸다가 아델을 발견하고 놀라 뒷걸음질 쳤다. 아델이 그를 발견하고 다가오는 모습을 보며 그의 목울대가 넘어갔다.

"……여기서 뭐 해?"

"허락 없이 들어와서 미안해요. 근데 두드려도 대답이 없고 응접실이 어두워서 무서웠어요."

"왜 안 자고."

"잠이 안 와요. 이상한 소리가 자꾸 나서……."

"이상한 소리?"

당황해서 흔들리던 그의 눈빛이 냉정해졌다. 아델의 안전에 문제가 있을 만한 혹시 모를 가능성은 용납할 수 없었다.

론은 이상한 소리의 정체를 알아내기 위해 아델의 침실로 들어갔다.

"어디서 난 소리였어?"

아델은 그의 곁에 바짝 붙어서 소리가 난 방향을 손가락으로 가리켰다. 그리고 그때 덜컹거리는 소리가 났다.

"방금요. 들었죠?"

론은 소리가 난 쪽으로 가서 원인을 찾아냈다. 오래된 창틀이 들떠서 바람에 흔들리며 부딪치는 소리였다. 그는 임시방편으로 커튼을 끌어서 틈새에 끼워 넣었다.

"이제는 소리가 나지 않을 거야. 늦었다. 어서 자."

"옆에 있어 줘요. 잠깐이라도 좋아요."

"그냥 창문이 흔들리는 소리였어. 아무것도 아니라니까."

아델이 시무룩하게 고개를 떨어뜨렸다. 이게 문제였다. 억지 고집을 부리고 떼를 쓰면 더 냉정하게 자를 수 있었을지도 모른다. 아델은 포기가 빨랐고 그건 그의 마음을 약하게 만들었다.

그리고 이곳은 성이 아니었다. 성이었다면 그는 아예 아델의 침실에 발도 들이지 않았을 것이다.

저택의 관리인들은 모두 자러 갔다. 기사들은 번을 서며 1층을 지킬 것이다. 침실이 위치한 2층에는 두 사람 외에 아무도 없었다. 성에서는 항상 그의 곁에 고용인이 있었다. 지금은 지켜보는 눈에서 자유로웠다.

"잠시만이야."

아델은 크게 고개를 끄덕이고 침대로 가서 이불에 쏙 들어갔다. 론은 의자를 끌어다 침대 곁에 앉으며 머리맡의 등의 불을 약하게 줄였다.

아델은 희끄무레한 빛 속에서 흐릿하게 보이는 그를 곁눈질하며 헤실헤실 웃다가 눈을 감았다. 성에서는 그가 머리맡에서 책을 읽어 주었으니까 목소리로 곁에 있다는 걸 확인했지만, 지금은 시간이 지나자 고요함이 신경 쓰였다.

"론. 있죠?"

"있어."

"금방 가면 안 돼요."

"잠들 때까지 있을 테니까 어서 자."

얼마 시간이 지나지 않아서 고른 숨소리가 들려왔다. 론은 일어나서 등을 완전히 껐다.

그는 나가지 않고 다시 의자에 앉았다. 어둠은 금방 눈에 익었다. 침대 위에 똑바로 누워 잠든 아델을 보며 그는 중얼거렸다.

"황새?"

피식피식 웃음이 나왔다. 짐작은 했지만, 아델의 무지를 직접 확인한 기분은, 뭐랄까. 허탈하면서도 안심이 되었다. 그녀는 달라지지 않았다. 아직 그의 손이 닿는 범위 안에 있었다.

'이 순진한 아가씨를 어찌해야 하나.'

남자를 침대 곁에 불침번으로 세워 놓고 편안히 잠들었다. 이건 이것대로 문제였다. 그를 이성으로 의식하지 않는다는 뜻일 테니까.

'도대체 어떤 식으로 접근해야 하지.'

아무리 머리를 굴려도 보호자의 옷을 벗어 던질 방법이 떠오르지 않았다. 애초에 두 사람은 만남부터가 서로를 남자와 여자로 의식할 상황이 아니었다. 갑자기 태도가 달라지면 겁내고 도망갈까 봐 조심스러웠다.

아델이 옆으로 돌아눕는 기척에 그는 생각에서 깨어났다. 침대로 다가가 이불을 잘 덮어 준 후 침실에서 나왔다.

응접실을 가로질러 가다가 그는 테이블에 놓인 와인을 보고 걸음을 멈추었다. 와인을 들고 잔을 챙겨서 자신의 침실로 들어갔다.

쌉싸래한 끝 맛이 그의 입에 맞지 않았다. 하지만 지금 기분에 딱 들어맞는 와인이었다.

그는 자신의 비겁함을 되짚었다.

성에서 열린 파티에서 그는 아델을 제대로 소개할 기회가 충분히 있었다. 아델이 누구인지 궁금해하는 사람들에게 모호한 태도로 대응했다. 후견인일 뿐이라고 말하면 그만인데 사람들이 멋대로 오해하게 내버려 두었다.

결과는 바로 나타났다. 두 사람이 약혼했다는 소문이 순식간에 퍼졌다. 하지만 바로잡지 않고 모른 척했다.

파티가 끝나고 나서 마틸다 집사가 아델의 거처 문제를 거론했다.

「아가씨의 침실을 다시 남쪽 탑으로 옮길까요?」
「내가 알아서 하지.」

론이 딱 잘라 말했으니 아랫사람의 처지로는 다시 말을 꺼낼 수 없었을 것이다. 그 후 아직 아델의 침실은 중앙탑, 그의 침실 옆에 있었다.

관습적으로 성주의 배우자가 사용한다는 침실이었다. 어린 모습이라면 상관없겠지만, 지금의 아델이 그 침실을 사용하면 미심쩍게 보는 시선이 늘어날 것이다.

알면서도 묵인했다.

론은 와인 잔을 둥글게 흔들면서 자조적인 웃음을 지었다.

도덕적인 선을 지키는 척하면서 빈틈없이 거미줄을 치고 있었다.

'다르다고?'

그는 부친을 떠올렸다. 난 그분과 달라. 얼마 전에 그는 자신을 그렇게 변호했다.

어머니에게 부친이 쏟아부었던 독점욕, 소유욕, 애정, 집착 모든 끈끈한 감정을 징글징글하다고 생각했는데. 부친을 이해하게 될 날이 올 줄은 정말 몰랐다.

*　　　*　　　*

다음 날 아침, 규모가 작은 2층짜리 저택의 구경을 금방 끝내고 두 사람은 성으로 귀환했다.

점심을 먹고 아델은 론에게 부탁해서 가문의 방으로 내려갔다. 고서의 방 앞에서 론이 물었다.

"얼마나 있을 거야?"

"찾아보고 싶은 게 있어서요. 오래 걸릴 것 같아요."

"그럼 오후에 회의가 끝나고 데리러 올게. 얼추 네 시간 정도 후가 될 것 같다."

"네."

아델은 혼자 남았다. 그녀는 고서의 방으로 들어가려다가 가장 안쪽으로 고개를 돌렸다. 출입구에서 가장 멀리 위치한 봉인된 방문 앞으로 걸어갔다.

누구도 열지 못한다는 방. 보라색의 문을 물끄러미 바라보다가 문의 중앙에 박힌 수정에 손을 가져다 댔다. 론이 가문의 방에 들어올 때 하는 행동을 흉내 내어 수정 위를 감싸듯 손을 올렸다.

잠시 기다렸다. 어떤 변화도 없었다. 혹시 싶어서 문고리를 잡아 흔들었으나 꿈쩍도 하지 않았다.

그녀는 한숨을 쉬었다. 긴장했었나 보다. 자신이 열 수 없다는 걸 확인하자 실망스럽기도 하고 안심이 되기도 했다.

고서의 방으로 들어갔다. 그녀가 어질러 놓은 필기구가 테이블에 그대로 있었다. 오랜만에 들어왔더니 항상 보던 책장의 눈높이가 달라져서 기분이 이상했다.

카발의 일기 중에서 지난번에 읽은 다음 순서를 한 권 꺼냈다. 펼치려다가 도로 덮고 아예 카발의 일기를 모두 꺼내 테이블 위에 쌓았다.

아델은 테이블에 앉아서 한 권씩 집어 들고 본격적으로 회고록을 찾아 읽기 시작했다.

—어머니께 여쭈었다.

"어머니, 전 어머니의 아들이라서 마법을 배우지 못한다고 하셨지요."

"그랬지."

"그럼 전 어머니의 아들이니 어머니의 능력을 제가 이어받아야 하는 것 아닌가요?"

어머니는 난처한 듯 웃었다.

"저도 어머니처럼 식물을 자유자재로 다룰 수 있었으면 좋겠습니다."

"그래서 무얼 하게?"

"동부를 전부 곡창지대로 만들겠습니다."

어머니가 아니었다면 동부의 사람들 태반이 굶어 죽었을 것이다.

—어머니를 회고하며

—어머니는 메마른 땅에 묻은 씨앗의 싹을 틔우고 말라비틀어진 나무에 새순을 돋게 하셨다. 볼 때마다 경이로웠다. 내게 어머니는 대지의 여신이나 다름없었다.

나는 어머니의 위대함을 널리 알리고 싶었다. 그러나 어머니는 고개를 저으며 말씀하셨다.

"카발. 나를 감히 신앙으로 만들지 마라. 나는 그럴 자격이
없단다."

"자격이 없다니요? 어머니는 기적을 일으키고 계십니다."

"기적이 아니야. 너는 오만함으로 세상을 내려다보지 마라.
너를 중심으로 주변을 보지 마라. 나는 식물을 다루는 게 아니
다. 그들이 나를 도와주는 것이지."

평소에 자애로운 어머니는 내가 교만해지는 것을 극도로 경계
하셨다.

"그럼 저는 왜 도와주지 않는 겁니까? 전 어머니의 아들이
잖아요."

"어쩔 수 없구나. 넌 네 아버지의 아들이니까."

"어머니의 아들이라 마법을 못 쓰고 아버지의 아들이라 식물
의 도움을 못 받고. 전 손해만 봅니다."

내 투정을 들으며 어머니는 웃기만 하셨다.

— 어머니를 회고하며

'초대 가주님 부군의 혈통도 평범하지는 않은 모양이야.'

레바스 가문을 상징하는 보라색 눈동자는 르웨나의 남편, 카
발의 혈통에서 비롯되었을 것이다.

'하긴, 대마법사 하란의 혈통이니까 당연히 평범하지는 않겠
지.'

회고록의 내용으로 두 가지를 추측할 수 있었다.

꽃의 노래를 들을 수 있는 능력은 르웨나의 것이다. 그러나 르웨나의 자식이지만, 카발의 아들 카발은 르웨나의 능력을 이어받지 못했다.

카발의 혈통이 르웨나의 능력을 억누른다면 그건 보라색의 눈동자처럼 대대로 작용했을 것이다. 그들의 후손 시마는 아델과 같은 능력이 없었다.

'그도 본 적이 있다고 했지 꽃의 노래를 들을 수 있다고는 하지 않았어.'

회고록을 찾아 읽을수록 아델은 정보를 얻으려던 처음의 각오가 흐트러지고 내용에 빠져들었다.

'정말 어머니를 많이 사랑했구나.'

모친을 향한 애달픈 애정이 문장 한 줄, 단어 하나 속에 담겨서 마음을 따뜻하게 했다.

이후에는 별다르게 눈여겨볼 내용이 없었다. 아델은 부담 없이 쭉쭉 읽어 나갔다.

카발은 추억을 되살리며 어머니와 함께 나누었던 짧은 대화, 소소한 일상을 기록했다. 르웨나가 지닌 신비한 능력은 꾸준히 언급했다. 꽃을 피우거나 나무가 자라거나. 아델에게는 그다지 신기하지 않은 이야기였다.

왼쪽에 잔뜩 쌓은 카발의 일기를 펼쳐 회고록을 찾아 읽은 후에 오른쪽에 쌓았다. 왼쪽의 높이는 빠르게 줄고 오른쪽은 쌓여 올라갔다.

'화족이라고 했지?'

라미아가 말한 부분이 혹시 나올까 기대했지만, 카발은 계속 회고록에서 추억놀이만 했다. 이제 일기는 열 권 남짓 남았다.

가문의 방에 관해서는 아주 간단하게 언급했다.

　－가문의 모든 역사를 담아 둘 비밀 공간의 제작을 마쳤다. 어머니는 마지막 방은 자격을 갖춘 자만 열 수 있으니 절대 손 대지 말라고 하셨다. 그리고 이러한 당부를 가법에 기록하라고 하셨다.

　방에 무엇이 들었는지 여쭈었으나 어머니는 답해 주지 않으셨 다.

　　　　　　　　　　　　　　　　　　　　　　－어머니를 회고하며

몇 권을 더 뒤지다가 그나마 흥미로운 내용을 발견했다.

　－어머니는 황금의 벌판에 더는 농사를 짓지 말라고 하셨다. "땅에는 지력이 있다. 작물의 재배는 지력을 소모하지. 비옥 한 토지는 곧 스스로 기운을 회복하지만, 동부는 메마른 땅이라 더 농사를 지었다가는 그 땅이 아예 못쓰게 되어 버리겠구나."

　농사를 짓지 않아도 이제 굶주릴 위험은 없었다. 비록 동부에 서는 농사를 지을 수 없으나 다른 지역의 소출이 넉넉하여 동부에 식량을 나누어 줄 여유가 생겼다.

"그럼 황금의 벌판에서 다시는 황금색 물결을 보지 못하겠군요."

누렇게 익은 곡물이 바람을 맞으며 흔들리는 모습을 보면 뿌듯하고 저절로 배가 불렀다. 그 모습을 다시 보지 못하게 되는 건 아쉬웠다.

"황금색이 아닌 싱그러운 녹색은 어떠니?"

어머니는 나무를 심으라고 하시며 씨앗 한 봉지를 주셨다.

"온실에서 내가 개량한 나무의 씨앗이다. 튼튼한 뿌리를 가졌지. 나무들의 뿌리가 땅속으로 깊이 박히고 서로 얽혀 조금씩 오염된 땅을 정화해 줄 거야. 시간이 흐르고 또 흘러 먼 훗날 언젠가는 동부의 땅이 푸른 숲으로 덮이는 기적이 일어날지도 몰라. 나는 그런 꿈을 꾼단다."

어머니는 설레는 소녀 같은 표정으로 말씀하셨다.

—어머니를 회고하며

아델은 회고록에서 언급한 황금의 벌판이 어디인지 알아차렸다.

'숲.'

카발이 저술한 초대 가주의 전기 속에는 '동부의 너른 벌판에 황금색의 물결이 사라진 적 없었다.'라는 구절이 있었다.

'숲이 원래는 농지였어.'

그리고 르웨나가 남긴 말 중에 인상적인 부분이 있었다. 그녀는 오염된 땅을 정화한다고 했다.

'줄리오가 말한 내용과 비슷해.'

마지막 한 권이 남을 때까지 결국 아델이 원하는 내용은 나오지 않았다. 그녀는 남은 한 권에 깜짝 놀랄 만한 반전이 있으리라고는 기대하지 않았다.

마지막 한 권만 테이블에 남기고 그녀는 일기를 모두 제자리에 가져다 꽂았다.

'이대 가주님도 초대 가주님에 대해 아는 것이 거의 없어.'

지금까지 회고록을 읽은 후 내린 결론이었다.

르웨나가 스스로 남긴 기록이 필요했다. 그러나 르웨나는 레바스의 역대 가주 중에서 유일하게 일기를 남기지 않았다.

'끝까지 아들에게 아무것도 알려 주지 않았어.'

르웨나는 아들에게 자신에 대한 정보는 물론이고 부군에 대한 정보도 거의 남기지 않았다. 카발이 훗날 대마법사 하란을 만난 우연한 사건 덕분에 깨닫지 못했다면 아마 제가 누구의 핏줄인지도 알지 못했을 것이다.

르웨나. 카발.

이름을 반복적으로 생각해서 그런지 그들의 이름이 자꾸 머릿속에서 친숙하게 맴돌았다.

떠오르는 의문에 끝이 없었다. 하란의 아들이자 카발의 아버지인 카발은 대체 누구인가. 르웨나는 누구인가. 두 사람은 어떤 이유로 헤어져야 했을까.

아델은 일기의 마지막 권의 뒷부분을 펼쳤다. 글씨가 빼곡해야 할 뒤가 깨끗했다. 그녀는 당황하며 뒷부분을 쥐고 휘리릭 넘겼다.

뒷부분의 중간 즈음에 누렇게 바랜 종이 한 장이 붙어 있었다. 이게 회고록의 마지막 장이라고 짐작했다.

그녀는 접힌 부분을 펼쳤다.

—어머니. 어머니. 어머니. 아아…… 어머니.

글씨에서 비통한 감정이 느껴졌다. 글씨 일부분이 동그란 자국으로 번졌다. 눈물 자국이었다.

"아……."

심장이 아프다. 아델은 한 손으로 가슴을 꽉 눌렀다. 어머니를 하염없이 부르며 꺽꺽 우는 카발의 모습이 눈앞에 보이는 것 같았다. 아마 이 메모를 남긴 시기에 르웨나가 죽었을 것이다.

눈앞이 흐려졌다. 눈물이 툭 아래로 떨어졌다.

'르웨나가 죽었어.'

역사의 기록이다. 아득히 먼 오래전의 일이었다.

'다시는 볼 수 없어. 르웨나를 만날 수 없어.'

당연한 사실인데 아델은 북받치는 감정을 참을 수 없었다. 쏟아지는 눈물이 멈추지 않았다. 아델은 테이블에 엎드려 울음을 터뜨렸다. 그녀는 문이 열리는 것을 알아차리지 못했다.

"왜 그래?"

아델의 어깨를 잡은 두 손이 그녀의 상체를 일으켰다. 아델은 눈물이 그렁그렁한 눈으로 그를 올려다보았다. 보라색 눈동자에 가득한 놀람과 걱정을 읽으니까 더 서러움이 밀려왔다. 그녀는 지금 위로가 필요했다.

론은 허리를 숙여 자신에게 두 팔을 뻗는 그녀를 마주 안았다. 한 손으로 허리를 감싸고 한 손으로는 뒷목을 받쳐 끌어안았다. 이렇게 서로의 심장 소리가 들릴 정도로 밀착하여 힘주어서 안은 적은 없었다.

"괜찮아, 아델."

떨리는 몸을 끌어안고 론은 그녀의 귓가에 속삭이며 달랬다. 시마의 장례식이 끝난 이후에 우는 모습은 보지 못했다. 그래서 그녀가 할머니를 잃은 슬픔에서 벗어났다고 멋대로 판단했다.

'내가 무심했다.'

하지만 감정이 그렇게 딱 자를 수 있는 게 아니지 않은가. 어쩌면 남모르게 혼자 울었을지도 모른다.

한참 만에 아델의 울음이 그쳤다. 흔들리던 어깨도 잠잠해졌다. 한바탕 울고 났더니 아델은 왠지 부끄러웠다. 그녀는 그의 품에 고개를 숙이고 웅얼웅얼 변명했다.

"일기를 보다가……. 이미 돌아가신 분인데 갑자기 슬퍼져서……."

론은 그녀가 읽은 일기가 시마의 것이고 그녀가 떠올린 사람이 시마라고 생각했다.

"그럴 수 있지. 이제 괜찮아?"

아델은 고개를 끄덕였다.

"그분 이야기를 하고 싶으면 언제든지 해. 울고 싶으면 울고. 지나치게 슬픔에 잠겨 있어서는 곤란하지만, 감정을 누르고 참는 건 더 안 좋아."

잠자코 그의 위로를 듣다가 아델은 그가 오해하고 있음을 알았다. 그런데 뒤늦게 '할머니를 생각하면서 운 건 아니에요.'라고 사실을 바로잡고 싶지 않았다. 그가 안아 주고 위로해 주는 것이 좋았다.

그녀를 안아 주던 팔에 힘이 풀려 느슨해졌다. 기분 좋게 그의 품에 기대 있던 아델이 불만스럽게 입술을 삐죽거렸다. 아까가 좋았는데.

"론."

"응."

"내가 울고 싶다고 하면 이렇게 안아 줄 거예요?"

아델의 머리카락을 쓸어 주던 그의 손이 멈칫했다.

"……그래."

아델은 그의 가슴에 푹 묻고 있던 고개를 빠끔히 들었다. 붉어진 눈시울로 그를 올려다보았다. 눈이 마주치자 새침하게 눈을 내리깔았다가 젖은 속눈썹을 깜빡이며 그를 보고 웃었다.

"아직 더 울고 싶은 것 같아요. 그러니까 아까처럼 꽉 안아 줘요."

"……."

보라색의 눈동자가 그녀를 바라보다가 가늘어졌다. 고개를 약간 기울이는 그는 마치 화가 난 것처럼 표정이 없었다. 아델은 종종 경험했던 이상한 긴장감을 느꼈지만, 그의 시선을 피하지 않았다. 오히려 노려보듯 그와 눈을 마주쳤다.

허리를 감싸고 있던 그의 팔에 힘이 들어갔다. '아.' 하고 작은 소리를 내는 아델을 바라보던 그가 입술 끝을 위로 올렸다.

"더?"

낮게 깔린 목소리는 마치 속삭이는 것 같았다. 아델은 '더 꽉.' 하고 말하려고 했으나 입술만 달싹이다가 마른침을 삼켰다.

이 세상에서 믿을 수 있는 한 사람을 고르라면 아델은 망설이지 않고 그를 택할 것이다. 그런데 처음으로 '조금은 위험할지도 몰라.'라고 생각했다. 자신이 그런 생각을 한 것이 믿기지 않아서 크게 뜬 눈만 깜빡거렸다.

론이 일어나면서 아델을 안아 들었다. 몸이 떠오르자 아델이 짧은 비명을 지르며 그의 목을 안았다.

"올라가자. 더 볼 게 남았어? 아니, 남았어도 다음에 봐."

"네……."

유혹할 의도가 없는 도발이 더 나쁘다고 론은 생각했다. 그녀는 자꾸 그가 애써 쌓아 놓은 탑을 무심코 팔을 휘둘러 수없이 무너뜨렸다.

그는 아델을 안은 채 방에서 나와 계단을 올라갔다.

"무겁지 않아요?"

"아니."

"훨씬 키가 커지고 무거워졌는데요?"

"전에는 가벼웠고 지금은 안 무거워."

뭐가 다른 걸까, 아델은 고개를 갸웃했다.

"다행이에요."

"뭐가?"

"남자는 하체가 튼튼해야 한대요. 론은 튼튼한 것 같아요."

론은 헛웃음을 흘렸다.

"그런 말은 어디서 들었어?"

"어디였더라. 어쩌다가 들었어요."

출처는 빤했다. 아델의 행동반경은 제한적이고 가까이 지내는 사람을 손에 꼽았다. 짐작 가는 사람이 바로 떠올랐다.

아델이 유일하게 가까이 곁에 두는 하녀 멜은 문제가 있었다. 전담 하녀이면서도 아델의 곁에 꼭 붙어 있지 않고 여기저기 싸다니는 모습을 한두 번 본 게 아니었다. 그뿐만 아니라 아델을 부추겨 말썽을 일으키는 사고뭉치였다.

아델이 그 하녀를 정말 좋아한다는 걸 알기 때문에 내버려 두었다. 하지만 할 말과 못 할 말을 가리지 않는 태도는 그냥 넘어갈 수 없었다. 마틸다 집사를 통해서 한 번 주의를 주어야겠다.

계단을 반쯤 올라가서 아델은 다시 물었다.

"정말 안 무거워요?"

"안 무거워. 네가 무거울까 봐 신경 쓰여?"

"네. 허리가 나가면 안 되니까요."

"……뭐가 나가?"

"무거운 걸 잘못 들면 허리를 다쳐요. 남자는 허리가 생명이라고 하더라고요."

"……."

당장 올라가자마자 마틸다 집사를 불러야겠다.

*　　　*　　　*

"마틸다 집사는 좀 괜찮대?"

점심을 먹은 것이 뭐가 잘못되었는지 오후에 마틸다가 단단히 배탈이 났다. 같은 요리를 먹은 다른 사람은 문제가 없었으니 식재료의 문제는 아니었다.

"네. 아까 다녀왔는데 내일이면 털고 일어나실 것 같더라고요."

아델의 머리를 빗기며 멜이 대답했다. 아침저녁으로 아델의 머리를 만지는 게 좋아서 이 일만큼은 게으름을 부리지 않았다.

"근데요. 아가씨. 어제 어디서 주무셨어요?"

"수도에 있는 레바스의 저택에서. 레바스가 소유한 저택이 일곱 채나 있대."

"네⋯⋯."

"이 층짜리 저택이었는데 정말 예쁜 집이었어. 평소에는 비어 있으니까 관리인들만 지내나 보더라."

"그렇군요."

멜은 시큰둥하게 대답했다.

어제 아델의 귀가가 늦어지자 멜은 마틸다의 방에 놀러 갔다.

야식을 먹으며 수다를 떠는 중에 하녀가 마틸다에게 '성주님과 아가씨는 오늘 귀가하지 않으신답니다.'라고 소식을 전했다. 하녀가 나가고 나서 마틸다는 우려의 표정으로 한숨을 쉬었다.

「이런 건 좋지 않은데⋯⋯.」

「뭐가요?」

「두 분이 함께 외박하시면 고용인들이 어떻게 생각하겠니.」

멜은 당황했다. 그런 생각은 해 보지 않았다. 그런데 아델의 위치에 다른 사람을 대입해 보니까 확 와 닿았다.

주인 두 분이 외박했다. 그런데 미혼의 남녀이며 가족은 아니다. 이건 대단한 가십거리였다.

멜은 다른 상황이었다면 제가 할 짓이 눈에 보였다. 아마 동료들과 온갖 억측을 쑥덕이면서 '웬일이니, 웬일이니.' 하고 호들갑스럽게 낄낄거렸을 것이다.

「하지만 고모. 다들 함부로 말을 옮기지는 않을 거에요.」

「그야 당연하지. 하지만 고용인들도 눈이 있고 귀가 있다. 뒷말이 나오게 되는 건 어쩔 수 없어. 아가씨의 침실이 아직 중앙탑에 있는 것도 그렇고.」

「침실은 고모가 성주님께 말씀드려 보세요. 미처 생각하지 못하셨을지도 모르잖아요.」

「미처 생각하지 못하는 분이 아니다.」

마틸다의 마지막 말은 묘했다.

"아가씨. 어제…… 아무 일도 없으셨죠?"

"무슨 일?"

멜은 아델의 맑은 눈을 물끄러미 보다가 말을 돌렸다.

"그냥 뭐. 재미있으셨는지 궁금해서요."

"응. 아주 즐거웠어."

"아까는 왜 우셨어요?"

미심쩍게 보기 시작하니까 모든 것을 다시 보게 되었다. 그전에는 가문의 방으로 성주님과 아가씨만 내려가는 일을 그러려니 했지만, 다르게 보기 시작하니까 망상이 꼬리를 물었다.

그곳은 누구도 접근할 수 없는 밀실이었다. 가문의 방에 다녀온 아가씨의 얼굴에서 울음의 흔적을 발견했을 때 멜은 예민해졌다. 그래서 계속 아델의 안색을 살폈다.

"알고 있었어?"

"아가씨의 눈가하고 코끝이 빨갛던데요."

"별일 아니었어."

그 별일 아닌 게 대체 뭐냐고, 멜은 추궁하고 싶었다.

'에이, 설마. 성주님이 설마 아가씨께 험한 짓을 하실까. ……
아니야. 사람 속을 어떻게 알아? 이마에 나는 나쁜 놈이라고 써
붙이고 다니면 범죄가 왜 일어나겠냐고.'

탐스러운 금발을 큼직한 빗으로 빗기며 멜은 입술을 질겅질
겅 물었다.

'성주님으로부터는 누가 아가씨를 보호해 주지?'

아무것도 모르는 순진한 주인을 향한 걱정이 차곡차곡 쌓였다.

"아가씨. 지난번에 제가 아가씨께 알려 드린다고 했죠. 성주
님이 아가씨를 어른으로 보는 방법이요."

아델이 고개를 돌리더니 아예 몸을 틀었다.

"아직도 그게 알고 싶으세요?"

"응."

"성주님이 아가씨를 어른으로 인정하면 그 후에는 뭘 하실 거
예요?"

아델의 두 볼이 발그레 물들었다.

"모르겠어. 뭔가가 달라질 것 같아."

"그럼 아가씨가 꼭 알아야 하실 게 있어요. 근데 아가씨의 생

각만큼 아름답지 않을지도 몰라요."

아델은 잠시 생각하다가 고개를 끄덕였다.

"그래도 알고 싶어."

"잠시만 계세요."

멜은 침실을 나와 자신의 거처로 갔다. 침대 아래에서 상자를 끄집어냈다. 아델에게 남녀의 성에 관해 알려 줘야겠다고 생각한 후 모은 자료들이었다. 낯부끄러운 도색 잡지서부터 인체의 구조를 설명한 의학책도 있었다.

'내가 주제넘은 짓을 하는 거겠지.'

멜은 마틸다 집사로부터 주의를 들은 적이 있었다. 잘 지내는 건 좋지만, 본분을 잊지 말라고 했다. 말투는 엄했지만, 조카가 상처를 입을까 봐 염려하는 마음이었을 것이다.

고용인들은 항상 고용주와 마음의 거리를 유지했다. 자신과 다른 세계를 살아간다고 생각했다. 모시는 주인에게 다소 과하게 감정이입을 한다고 생각하는 주변의 몇몇 하녀들이 멜에게 충고한 적도 있었다.

하지만 멜은 그런 식으로 딱 잘라서 아델을 멀리할 수 없었다. 나중에 어찌 되든 지금은 아무 계산 없이 마음이 가는 대로 하고 싶었다.

'아가씨는 어머니도 유모도 없어. 이런 걸 가르쳐 줄 사람이 없단 말이야. 그리고 난 아가씨에게 아무 힘도 안 돼. 그러니까 아가씨는 아가씨 스스로가 자신을 지켜야 해.'

최소한 무지로 인한 피해는 없어야 한다고, 멜은 생각했다.

          *   *   *

말콤은 두 시간을 족히 기다린 후에 우드 공작을 만날 수 있었다.

"날 보자고 하였다고?"

공작은 한껏 거드름을 피웠다.

"그간 격조하여 인사를 드리러 왔습니다. 각하."

말콤은 두 손을 모아 쥐고 비굴한 웃음을 지으며 죄인이라도 된 것처럼 굽실거렸다. 상대하는 사람이 누구냐에 따라 태도를 달리하는 처세술은 당연한 것이다.

신분이 낮은 자는 사람 취급도 하지 않는 자들이 귀족인데 그래도 대개 겉으로는 안 그런 척했다. 상대를 배려해서가 아니라 그걸 교양이라고 생각하기 때문이다. 그런데 우드 공작은 그런 교양은 필요 없다고 생각하는 사람이었다.

말콤은 우드 공작 앞에서는 철저하게 천박한 상인이 되었다. 고상한 척했다가는 같잖다고 밉보일 것이다.

한참 만소리를 주절거렸다. 아부가 듬뿍 담긴 찬사를 늘어놓고 국정을 돌보느라 애쓰는 수고로움을 칭송했다. 거금의 뒷돈은 이미 시종을 통해 찔러 넣었다.

면전에서 돈주머니를 내놓았다가는 노여움을 사서 쫓겨날 테니 뇌물을 먹이는 일에도 세심함이 필요했다. 주는 대로 받아 처먹는 주제에 고상한 척은 얼마나 하는지. 말콤은 자신이 꽤 비위 좋은 놈이라고 생각하지만, 우드 공작의 면상을 볼 때마다 역겨웠다.

"비록 제가 외국인이지만, 그래도 오랫동안 이 나라에서 터를 잡아 살고 있으니 각하께서 넓은 아량으로 백성의 테두리 안에 끌어안아 주실 수 있지 않겠습니까."

"흠. 그야 그렇지."

"백성으로서 각하께 억울한 일을 토로하고자 하오니 부디 고견을 들려주셨으면 합니다."

"말해 봐."

말콤은 한참 만에 겨우 본론을 꺼내도 된다는 허락을 받았다.

"저는 각하께 높은 은혜를 받아 감히 저택을 구매할 기회를 얻어 알시온에서 지낼 수 있었습니다. 하지만 아시다시피 저는 알시온에서 그저 성실한 한 사람의 백성으로서 살았습니다. 단 한 번도 구설에 오른 적이 없고 세금도 꼬박꼬박 냈습니다. 그런데 제가 어디서 무슨 잘못을 하였는지 펠릭스 후작 각하의 눈 밖에 난 것 같습니다."

심드렁하게 듣던 공작이 흥미를 보였다.

"펠릭스 후? 무슨 일인데?"

"후작 각하께서 제게 사람을 붙이고 뒤를 캐시는 것 같습니다."

흐음, 중얼거린 공작이 생각에 잠겼다.

"펠릭스 후가 괜한 일을 벌일 사람은 아니지."

펠릭스 가문과는 그다지 상성이 맞는 편은 아니었다. 전대 후작이 살아 있을 적에 번번이 부딪쳤다. 아이작이 작위를 물려받기 전에 공개적으로 우드 공작의 의견에 반하는 말을 한 적도 있었다.

의견이 맞지 않는다고 적으로 삼지는 않는다. 맘이 맞지 않는 사람을 전부 깔아뭉갰으면 우드 공작은 지금껏 정치판에서 살아남지 못했을 것이다.

아이작 펠릭스는 어릴 때부터 똑똑했다. 솔직히 그런 아들을 후계로 둔 펠릭스 후작이 부러웠다.

"무슨 짓을 한 게야?"

"어이구. 전 모르는 일입니다."

말콤이 펄쩍 뛰었다.

"아시지 않습니까. 저는 아무것도 하지 않습니다. 저는 이 나라를 제 마음의 고향처럼 생각하여 조용히 머물고 있습니다."

"지은 죄가 없으면 뭐가 걱정이야?"

"저 같은 장사치는 털면 먼지라도 나옵니다. 저도 모르는 무슨 잘못을 했을지도 모릅니다. 후작 각하께서 무슨 오해가 있으시어 저를 잡으려 하신다면 전 벗어날 길이 없습니다. 각하. 밤잠을 설치는 이놈을 불쌍히 여겨 주십시오."

징징거리는 말콤을 보며 공작은 혀를 찼다. 고작 이런 상인 나부랭이의 하소연 따위나 들어줘야 하다니.

'펠릭스 후가 이놈의 뒤를 파고 있다고?'

공작은 말콤을 우습게보지만, 믿지도 않았다.

'돈을 만지는 놈들은 무슨 생각을 하는지 알 수가 있어야지.'

공작은 부친으로부터 작위와 함께 상인을 중용하지 않는 기본 방침을 그대로 물려받았다. 상인이 득세하여 돈의 힘으로 국정을 농단할까 봐 경계했다.

'요즘 펠릭스 후가 데스틴 왕자님과 자주 만난다고 하던데.'

공작은 차기 왕좌의 주인으로 1왕자 해리를 지지했다. 돌아가는 정황을 보니 펠릭스 가문은 2왕자 데스틴을 지지하려는 것 같다.

엄밀히 따지면 후작가와 공작가는 정적 관계였다. 그런데 우드 공작의 입장은 조금 달랐다.

해리나 데스틴이나 모두 왕비 클라라의 소생, 즉 공작의 손자였다. 누가 왕이 되든 제 핏줄이다. 지금은 1왕자를 지지해도 아직 간보는 중이라서 2왕자가 더 가능성이 있으면 입장을 바꿀 생각도 있었다.

중요한 것은 왕의 의지다. 아직 국왕은 후계를 결정하지 않았다.

그리고 아직 왕이 건재한 상황에서 후계를 앞세워 싸우는 모습을 보였다가는 왕의 눈 밖에 날 것이다.

'펠릭스 후가 이놈을 죽이든 살리든 알 바는 아니지만.'

딱히 아이작이 하려는 일을 방해할 생각은 없었다.

하지만 말콤이 정기적으로 주는 돈은 적지 않았다. 그랜트 상단은 알시온에 본점을 두었으나 수익을 얻지 못하니 상단의 입장에서는 이 나라를 떠나도 아쉬울 게 없을 것이다. 어느 날 훌쩍 본점을 타국으로 옮길지도 모른다. 그러면 받지 못할 돈은 꽤 아까웠다.

"내가 알아보도록 하지."

"감사합니다. 각하. 은혜는 절대 잊지 않겠습니다."

아이작에게 한마디 정도만 해 주면 되겠지, 공작은 생각했다.

공작가 저택에서 한 대의 마차가 빠져나왔다. 마차 안에 타고 있는 말콤은 분기를 감추지 못하고 이를 바득바득 갈았다.

우드 공작을 만나고 나면 항상 기분이 더러웠다. 아주 오래전, 하잘것없는 쓰레기처럼 밑바닥을 전전하던 때의 자신을 떠오르게 한다.

「잘못이 없으면 뭐가 걱정이야? 뒤져도 나오는 게 없으면 펠릭스 후도 제 풀에 그만두겠지.」

공작이 마지막으로 툭 내뱉은 말은 제대로 뒤를 봐줄 생각이 없다는 소리나 마찬가지였다.

'삼킬 줄만 알고 뱉을 줄은 모르는 새끼. 처먹기만 하다가는 언젠가 네 놈의 배가 터질 것이다.'

이권으로 얽혀야 압박이 가능한데 알시온에서 말콤 그랜트의 위치는 빛 좋은 개살구였다. 대륙의 어디를 가도 이런 대접은 받지 않았다. 분통이 터졌다.

알시온은 전통적으로 농사를 중시하고 상업을 업신여겼다. 수가 적은 알시온의 상인들은 유대감이 대단했다. 똘똘 뭉쳐서 말콤에게 틈을 내주지 않았다.

말콤이 그동안 아예 손 놓고 있었던 것은 아니었다. 하지만 시도하는 번번이 실패했다. 백성들이 기본적으로 외국인에게 배타적이었다. 상점을 열어도 물건을 사 주지 않는데 어쩌겠는가.

여기서 성공하려면 왕실의 협조가 절대적으로 필요했다. 그런데 왕실은 농업을 장려하는 정책을 바꾸려 하지 않았다. 자국의 상인조차 박대하는데 외국인 상인의 편의를 봐줄 리가 없었다.

'펠릭스 후작은 대체 뭘 노리는 거지.'

말콤은 누군가 자신의 뒷조사를 한다는 것을 알게 되었다. 역추적을 하다가 간신히 꼬리를 잡았더니 나온 곳이 펠릭스 후작가였다.

그런데 아무리 생각해도 후작과 척을 진 적이 없었다. 무슨 목적인지도 모르겠다. 누군가가 뒤를 뒤지는 일이 처음은 아니지만, 이유를 짐작할 수 없으니 불안했다.

마차가 저택에 도착했다.

'마스터께서는 요즘 무엇을 하시는 건지 모르겠군.'

부를 때까지 찾지 말라는 지시를 받은 지 꽤 되었다. 말콤은 심장이 위치한 왼쪽 가슴을 문질렀다.

'무슨 일이 있는 건 아니겠지.'

심장은 멀쩡했다. 그걸 위안으로 삼아 불안을 가라앉혔다.

'찾으라고 하신 계집아이의 일로 보고 드릴 것도 있는데.'

마차에서 내리니까 마른 체격에 온순한 표정의 사내가 꾸벅 고개를 숙였다.

"따라오너라."

말콤은 대뜸 지시하고 앞서 걸었다. 사내는 얌전하게 뒤를 따랐다.

닐과 함께 집무실로 들어가자마자 말콤이 물었다.

"알아냈나?"

"예. 주인님."

"그놈은 살아 있고?"

닐의 눈동자에 광기가 스쳐 지나갔다.

"목숨은 붙어 있습니다."

닐은 말콤의 지시를 받아 절대 밖으로 드러낼 수 없는 온갖 일을 처리하는 청소부였다. 저택의 사람들은 그저 잡일을 하는 심부름꾼으로 생각했다. 닐의 손에 죽은 자가 한둘이 아니라는 사실을 짐작도 못 할 것이다.

도살자라고 불린 잔혹한 고문기술자 닐의 손에 걸리면 누구든 알고 있는 모든 것을 토설하지 않고는 견디지 못했다.

"어디서 온 놈이냐?"

"의뢰를 받아 조사나 추적을 한다고 합니다. 일을 의뢰한 사람은 하란의 대가문, 레바스의 주인이라고 했습니다."

"으음."

말콤이 무거운 신음을 흘렸다.

"아무래도 일을 서둘러야겠군."

말콤은 카발이 찾는 소녀를 추적하기 위해 사소한 단서라도 얻으려고 사방에 사람을 풀었다. 한때 소녀가 살았던 마을을 샅샅이 뒤졌고 마을에서 살다가 다른 곳으로 옮겨 간 사람들도 찾아냈다.

소녀의 죽은 어미가 잃어버린 누이동생이라 애타고 찾고 있다고 하자 주민들은 의심하지 않았다. 적당히 돈을 쥐어 주니 제가 아는 모든 것들을 술술 말해 주었다.

혹시 소녀가 옛 기억을 더듬어서 한 번쯤은 찾아올지도 모른다고 기대했다. 그래서 마을의 옛 거주민들의 주변에 사람을 심어서 항상 주시하게 했다.

얼마 전, 주민들을 찾아와 소녀에 대해 묻는 자가 있다는 보고를 받았다. 놈의 목적이 뭔지 알아내려고 처음에는 지켜보라고 했다.

그러다가 말콤은 중요한 소식을 전해 들었다. 귀족 몇이 말콤에게 하란의 사교계 정보를 팔았다.

「사교계에 첫 데뷔한 레이디인데 특이한 소문이 있었소. 오랫동안 어린아이의 모습에서 자라지 않았다고 하더군. 내가 본 레이디는 아름다운 숙녀였지만, 그랜트 상단주가 원한 건 사실이 아니라 소문이었으니 알려 주는 거요.」

말콤은 정보를 팔러 온 자들에게 모두 후한 대가를 지급했다. 그리고 소녀에 관해 캐묻고 다니는 자를 잡아 오라고 지시했다.

놈은 아주 지독했다. 닐을 상대로 이만큼 오래 버틴 놈은 처음이었다.

'대가문의 주인이면 절대 만만한 상대가 아니야. 내가 먼저 선수를 쳐야 한다.'

말콤은 찾고 있는 소녀가 파티에 나타난 여인과 동일인이라는 사실을 확인했다. 이름이 같았고 외모적인 특징도 같았다. 그 여인과 어릴 때 같이 자랐다는 여자, 스텔라를 찾아가서 구한 정보는 그럭저럭 쓸 만했다.

대가로 말콤을 만나고 싶다는 맹랑한 요구를 했지만, 별문제는 아니었다. 가짜를 보내서 해결했다.

그런데 자라지 않는 계집아이가 막상 찾고 나니 아이가 아니라서 당황스럽다. 카발이 부를 때까지 오지 말라고 했으니 어찌해야 하느냐고 물어볼 수가 없었다.

"그놈에게 더 나올 게 남았나?"

"놈이 걸음마 하던 시절의 기억까지 쥐어 짜냈습니다. 더는 없

을 겁니다. 그런데 의뢰주와 정기적으로 서신을 주고받는다고
했습니다."

"그걸 가로챌 방법은?"

"어려울 것 같습니다. 서신을 주러 온 자가 본인 확인 절차를
거친다고 했습니다."

"……어쩔 수 없군. 놈은 처리해."

"예."

어차피 닐의 고문을 겪은 자들은 미치거나 후유증을 견디지
못해 자살했다. 깔끔하게 죽여주는 것이 마지막 자비를 베푸는
것이다.

'우선은 마스터께 보고하지 않고 내 임의로 일을 처리해야겠
다.'

목표로 삼은 소녀는 하란에 있다. 그러나 카발은 하란으로 갈
수 없다.

소녀를 대륙으로 끌어내는 방법을 찾아야 한다. 이미 대충 생
각해 둔 방법이 있었다. 차근차근 계획을 진행 중이었다.

2장
마주 보는 마음

아델은 조심스레 눈을 굴려 널찍한 테이블의 맞은편에 앉아 있는 론의 눈치를 살폈다. 그와 눈이 마주치기 전에 재빨리 눈을 아래로 내리깔고 포크를 내려놓았다.

"오늘은……."

론이 말을 꺼내자마자 아델이 기다렸다는 듯이 대답했다.

"연구실에 있을 거예요."

"오늘도?"

"오랜만에 다시 공부하려니까 복습할 게 많아요."

장기 휴가를 떠났던 교사들이 돌아왔다. 교사들은 이미 어디선가 소문을 들었던 터라 달라진 아델의 모습에 금방 익숙해졌다.

사실 교사들은 어린 소녀의 모습으로 성인의 식견을 보이는 아델을 가르치며 위화감을 종종 느꼈다. 오히려 나이 그대로의 자란 모습을 더 자연스럽게 받아들였다.

"그리고 연구실을 만들어 준 것도 열심히 공부하라는 뜻이었잖아요."

요즘 아델은 거의 온종일 연구실에서 살다시피 했다. 아델이 연구실에 집착하는 건 원래 론이 바라던 일이었다. 열의를 갖고 공부한다는데 딱히 뭐라고 할 일은 아니지만, 공부를 핑계로 자신을 피하는 건 아닐까 의혹이 들었다.

"오늘 오후에는 재단사가 오기로 하지 않았나?"

"아, 참. 맞아요. 마담 르네젤이 온댔어요."

성년 파티를 위한 드레스를 만들기 위해서 르네젤이 방문하기로 한 날이 오늘이었다. 아델은 까맣게 잊고 있었다. 다른 일에 정신을 빼앗겼기 때문이다.

"부른 김에 여름옷도 몇 벌 만들어."

"네. 그럴게요."

"아델."

"네."

"고개 들어 봐."

아델은 무릎 위에 올려놓은 두 손에 꽉 힘을 주면서 고개를 들었다. 여상스러운 표정을 지었으나 심장이 쿵쿵 뛰었다. 그를 볼 때마다 자꾸 이상한 생각이 들어서 그를 제대로 볼 수가 없었다.

그의 입술을 자꾸 쳐다보게 되었다. 여자와 다른, 남성성을 상징하는 신체적인 특징을 자꾸 상상하게 되었다.

알면서도 모른 척 시치미를 떼는 일은 곤욕스러웠다. 속마음을 완전히 감출 만큼 아직 그녀는 노련하지 못했다. 가장 좋은 방법은 피하는 것이다. 그래서 아델은 공부를 핑계로 연구실에서 나오지 않았다.

"무슨 일이 있는 건 아니지?"

"없어요. 아무래도 마법공학은 내게 잘 맞는 것 같아요. 배우는 것도 실험도 재미있어요."

아델은 힘껏 변명했다. 그럴 리가 없는데도, 자신의 속마음이 그에게 읽힐까 봐 손에 땀이 났다. 마음을 읽는 마법은 없어서 다행이었다. 자신의 망상을 다른 사람이 보게 되면 창피해서 죽을 것이다.

"무리는 하지 마. 위험한 실험도 하지 말고."

"네. 알고 있어요."

"수도에 한번 다녀올까? 조만간 시간이 될 것 같아."

"네?"

"수도에 있는 저택을 구경하고 싶다며."

"아……. 바쁘잖아요. 괜찮은데……."

"싫어?"

아델은 머뭇머뭇하다가 대답했다.

"싫지 않아요."

아델은 평소와 다름없이 행동한다고 생각했지만, 이미 론은 며칠 전부터 시선을 맞추지 않으려 하는 아델의 태도를 신경 쓰고 있었다.

화가 난 것 같지는 않았다. 묻는 말에 꼬박꼬박 대답도 잘했다. 미심쩍으나 지적할 부분은 없었다. 무슨 일이 있기는 한데 그게 뭔지 모르겠다.

그래도 사교 활동에 관심을 보이는 것보다 연구실에 틀어박혀 공부하는 쪽이 더 낫다.

'좀 더 두고 보다가 무슨 일인지 물어봐야겠군.'

식사가 끝나자마자 아델은 연구실로 향했다. 책상에 앉아서 어제 기록한 실험 일지를 펼쳤다. 진지한 표정으로 읽으며 가끔 고개를 끄덕였다. 고도의 집중력으로 깊이 빠져 있는 것처럼 보였다.

갑자기 그녀는 두 손으로 얼굴을 감싸며 책상에 엎드렸다. 아무리 애를 써도 순식간에 딴생각이 파고들었다. 그녀의 목덜미까지 붉게 물들었다.

새로운 세계를 알게 되었다.

그건 레바스 성이 세상 전부인 줄 알았다가 비교할 수 없이 넓은 세상이 성벽 바깥으로 펼쳐져 있다는 것을 알게 되었을 때의 심정과 비슷했다.

'황새라니.'

혼자만 잘못 알고 있다가 진실을 알게 되었어도 부끄러웠을 것이다. 그런데 주변 사람들에게 자신의 무지를 당당하게 드러냈다.

'론이 그렇게 웃을 만했어.'

수치스러워서 손발이 오그라들었다. 며칠째 밤마다 베개를 입에 물고 비명을 질렀다.

부끄러움이 사그라지면 호기심이 찾아왔다. 아델은 이미 공부 따위는 포기하고 턱을 괸 채 허공을 응시했다.

연구실은 마음껏 망상에 빠져 있기에 최적의 장소였다. 아무도 그녀를 방해하지 않았다.

'키스는 결혼을 약속한 사람들이나 하는 건 줄 알았는데.'

사랑하는 연인 사이에 이루어지는 은밀한 접촉의 마지막 단계가 키스인 줄 알았다. 그런데 키스가 고작 시작에 불과했다니.

'어떤 느낌일까?'

멍하게 생각하다가 눈앞에 그의 입술이 아른거렸다.

'꺄악! 어떡해, 어떡해.'

그녀는 아까부터 멍하게 넋 놓고 있다가 느닷없이 몸부림을 치기를 반복했다.

'어떻게 그런…… 그런 걸 하지? 창피하지도 않은가?'

멜이 보여 주었던 춘화의 장면이 눈앞에 떠올랐다. 키스 같은 건 그 장면에 비하면 수줍은 풋내가 났다. 남자의 나신이 어떤 모습인지 처음 알게 된 충격은 대단했다. 신기하기도 하고 징그럽기도 했다.

홀딱 벗은 남녀가 다양한 모습으로 뒤얽히는 장면이 머릿속에 완전히 콕 박혀서 도무지 사라지지 않았다.

그녀는 머리를 좌우로 마구 흔들었다.

'이러지 말자. 연구실에 왔으면 공부를 해야지.'

그녀는 야무지게 결심하고 벌떡 일어났다. 선반에서 실험에 쓸 시약을 챙겨서 책상에 내려놓았다. 몸을 움직이며 실험을 할 때는 책을 읽을 때보다 집중력이 훨씬 좋았다.

아델이 본격적으로 실험에 손대기 시작한 지는 얼마 되지 않았다. 처음에 교사와 함께 간단한 실험을 할 때는 몹시 쉬워 보였다. 그런데 배우면 배울수록 어려웠다.

그녀는 비커에 정량의 시약을 옮겨 담았다. 미세한 양의 차이로도, 섞는 순서에 따라서도 결과가 달라졌다.

'초대 가주님의 부군은 정말 천재적인 마법공학자였어.'

티움을 만들어 내다니. 기록된 실험을 따라하는 것도 버거운 자신으로서는 상상도 못 하겠다. '위대한 마법공학자'라는 르웨나의 말은 전혀 과장이 아니었다.

'두 분은 서로를 많이 사랑했겠지?'

아들에게 남편의 이름을 붙일 정도로.

'난 부모님이 누군지도 모르는데.'

부모의 사랑으로 태어난 2대 가주 카발이 부러웠다. 갑자기 그녀의 얼굴이 확 붉어졌다. 아이가 만들어지는 과정이 순식간에 머릿속에 떠올랐다.

"아앗. 너무 많이 넣었어."

비싼 시료가 못쓰게 되어 버렸다. 아델은 두 손으로 머리를 부여잡고 울상을 지었다.

사실, 그녀를 진짜 괴롭히는 건 실험의 실패도, 시도 때도 없이 떠오르는 잡생각도 아니었다.

「아기는 그 안에 어떻게 들어갔어요?」

왜 그런 바보 같은 질문을 했을까. 난감해하던 그의 표정이 떠오르면 민망해서 죽을 것 같다. 과거로 갈 수 있다면 그때의 자신에게 멍청한 소리 하지 말라고 하고 싶었다.

* * *

약속한 시간에 르네젤이 방문했다. 르네젤은 조수들에게 맡기지 않고 직접 아델의 치수를 쟀다.

"지난번에 쟀을 때와 다르지 않군요. 지금 치수에 딱 맞게 제작할 생각이니 아가씨, 몸매 관리에 신경 쓰셔야 해요."

"뭘 해야 하죠?"

"식사량을 지금껏 하시던 대로 유지하세요. 해가 진 후 간식은 삼가시고요. 아, 부러워라. 아가씨는 얼굴도 예쁘고 몸의 선도 예쁘네요."

"난 마담의 몸매가 근사하다고 생각해요."

아델은 르네젤의 깊은 가슴골을 보면서 말했다. 르네젤은 호호 웃으면서 아델을 거울 앞에 세웠다. 등 뒤에 서서 아델의 어깨를 잡으며 말했다.

"아름다운 몸은 조화로워야 해요. 자, 보세요."

르네젤은 두 손으로 아델의 둥근 골반을 잡은 후 손을 위로 올려 가느다란 허리를 감쌌다.

"허리와 골반의 비율은 여성의 몸을 육감적으로 보이게 하는 가장 중요한 요인이죠."

르네젤의 손이 아델의 가슴 아래를 받쳐 잡았다. 아델이 흠칫 놀랐다가 얼굴이 붉어졌다.

"그리고 가슴. 아가씨는 허리가 가늘고 골반이 커요. 마른 체격인데 가슴은 큰 편이죠. 수많은 사람들의 치수를 재고 드레스를 만든 제가 단언하건대 아가씨는 굉장히 매력적인 몸매를 가졌답니다."

아델은 거울 속에 비친 자신의 모습을 보며 웃었다. 예전부터 르네젤은 언제나 기분을 좋게 만드는 칭찬을 해 주었다.

르네젤의 입에 발린 말이 상술이라고 해도 상관없었다. 남쪽 탑에 갇혀 살았던 자라지 않는 소녀는 그 시절에 르네젤의 위로가 언제나 고마웠다.

"여름옷도 몇 벌 지을 생각이에요."

아델은 추가 주문을 했다.

"어머나. 마침 여름용으로 디자인이 잘 나온 게 있지요."

아델은 르네젤과 소파에 나란히 붙어 앉아서 보여 주는 디자인 북을 구경했다.

"아가씨의 성년 파티 드레스를 만들게 되어서 영광이에요. 제가 생애 최고의 걸작을 만들겠어요."

"마담의 솜씨는 최고잖아요. 믿고 맡길게요."

"약혼식에 입으실 드레스도 제게 맡겨 주실 거죠?"

"아······. 그건······."

"어머, 아가씨. 다른 사람에게 맡긴다고 하시면 서운해요."

약혼하지 않았다고, 사실을 말해야 하는데 입이 떨어지지 않았다. 라미아는 친구니까 거짓말을 할 수 없었다. 하지만 다른 사람들에게 일일이 설명할 필요가 있을까.

'어차피 소문은 퍼졌어. 모든 사람을 붙들고 변명할 수는 없잖아.'

자신에게 변명했다.

르네젤은 유명한 사교계 인사들을 많이 알고 있다. 르네젤에게 거짓 소문을 바로잡아 달라고 부탁하면 도와줄 것이다.

'그러고 싶지 않아.'

그녀는 자신의 앙큼한 속내를 인정했다.

멜이 들어와서 아델의 귓가에 속삭였다. 아델이 놀라 돌아보았다.

"정말? 곧 끝나니까 금방 간다고 말해 줘."

눈치 빠른 르네젤은 조수들에게 짐을 챙기라고 손짓했다.

"손님이 오셨나 보군요. 다 되었으니 그만 가 보겠습니다."

"오늘 고마웠어요. 마담."

"제가 더 감사하지요. 디자인이 나오면 가지고 올게요. 한 달이면 될 거예요."

르네젤이 돌아가고 곧바로 아델은 손님이 기다리는 응접실로 갔다. 금발의 청년이 차를 마시다가 아델을 보고 미소 지었다.

"안녕."

"라미아. 어서 와."

"또 연락 없이 찾아와서 미안해."

"무슨 소리야. 언제든 환영이야."

하녀가 들어와서 아델의 앞에도 찻잔을 내려놓았다.

라미아는 품에서 봉투를 꺼내 내밀었다. 아델은 봉투에서 초대장을 꺼내 확인하며 키득거렸다.

"또 이걸 직접 주려고 온 거야? 설마 이번에도 내가 답장을 보내지 않았어?"

우편물에 관해서 아델은 론과 합의를 보았다. 아델의 앞으로 오는 우편물은 걸러지는 것 없이 모두 아델이 받아서 확인하되 초대에 응하고 싶으면 그와 상의해서 결정하기로 했다.

매일 아침마다 아델은 엄청난 양의 우편물을 받았다. 처음 하루 이틀은 꼼꼼히 다 보았다. 그런데 내용이 뻔한 초대장을 모두 보는 건 금세 싫증이 났다.

요즘은 사교계의 유명 인사가 보내는 초대장만 확인했다. 초대장을 보면 누가, 얼마나 자주, 어느 정도 규모의 모임을 주도하는지 알 수 있어서 흥미로웠다.

　딱히 참석하고 싶은 모임은 없었다. 하지만 라미아가 보낸 초대장이라면 무조건 답장을 보냈을 것이다.

　"아니야. 이건 내가 아니라 바네사가 마련한 자리야. 어차피 레바스 성에 방문할 거라서 직접 갖다 준다고 했지. 바네사가 이번에는 제대로 된 티파티라고 전해 달래."

　"꼭 가겠다고 전해 줘."

　아델은 날짜를 확인한 후 초대장을 다시 봉투에 넣었다.

　"초대장은 부수적인 거고 지난번에 못다 한 이야기가 있지?"

　"응."

　아델의 얼굴에서 웃음이 사라졌다. 그녀는 멀찍이 떨어져 앉아 있는 멜에게 '부를 때까지 들어오지 마.'라고 말해서 내보냈다. 응접실에는 이제 두 사람만 남았다.

　라미아는 응접실을 쭉 훑어보더니 말했다.

　"꽃병이 없네."

　"할머니가, 전대 성주님께서 꽃을 꺾어서 장식하는 것을 좋아하지 않으셨어. 꽃이 보고 싶으면 정원으로 가면 된다고 하셨지."

　"맞는 말씀이시기는 해. 생화가 아름답기는 하지만, 며칠 못 가거든. 며칠마다 장식용 생화를 교체하는 데 들어가는 돈이 만만치 않기도 하고."

"꽃이 지금 필요해? 정원으로 나갈까?"

"아, 아니. 그냥 지난번에 네가 보여 준 광경을 한 번 더 보고 싶어서. 굳이 정원까지 나갈 건 없어."

잠시 아무 말이 없던 라미아가 '그런 건 처음 봤어.'라고 중얼 거렸다.

"네가 먼저 보여 줬잖아."

"난 겨우 하나나 두 개만 불러내. 그런데 넌……."

"……내가 이상한 걸까?"

"이상하다는 게 아니야. 비교하자면 수습마법사가 대마법사 를 만난 놀라움이지."

아델은 라미아의 비유법을 듣고 웃었다. 잔뜩 긴장했다가 마음이 편해졌다.

"화족에 대해서 설명해야겠네. 넌 들어 본 적이 없다고 했으니까. 우선 내 외가 이야기부터 해야겠다. 서부의 그로운 가문이라고 들어 봤어?"

"아니. 난 동부의 유명인도 모르는걸."

"자랑은 아닌데 서부 사람이라면 그로운 가문을 모를 수가 없어."

그로운 가문은 대대로 농사를 가업으로 삼았다. 흔한 농사꾼이 아니었다. 가문이 소유한 경작지가 끝이 보이지 않을 정도로 넓은 대지주였다. 매해 거두어들이는 소출이 서부를 먹여 살리는 양이라는 말이 나올 정도였다.

"그로운 가문의 혈족은 타고난 농사꾼이야. 농업에 재능이 있지. 농작물의 상태를 눈으로 확인하는 게 아니라 감정적인 교류를 해."

아델은 가슴이 두근거렸다. 르웨나 레바스도 능력을 이용해서 농사를 지었다. 고서의 방에서 끝내 알아내지 못한 르웨나의 정체를 알 수 있을지도 모른다.

"그 증거가 그때 본 노란빛이야. 화족들은 그걸 꽃의 노래라고 불러."

아델이 탄성을 질렀다.

"정말? 나도 그렇게 불러. 근데 어디서 들은 게 아니라 내가 지었어."

"오, 그래? 재미있는 우연의 일치군. 근데 사람이 하는 생각은 다 비슷하니까. 그건 노랫소리 같잖아."

"맞아."

이런 이야기로 공감대를 형성해서 대화를 나눌 상대가 있다는 게 기뻤다.

"그리고 꽃이 있어야만 나타나고."

"아, 응. 그렇지……."

다르다. 그녀는 동질감을 느꼈다가 다시 밀려난 기분이 들어 쓸쓸했다.

'난 꽃이 없어도 상관없는데.'

"그럼 화족들이 씨만 뿌리면 농작물이 쑥쑥 자랐겠네."

라미아가 피식 웃었다.

"그러면 그건 기적이지."

아델의 손이 미세하게 움찔했다.

"거창하게 대단하지는 않아. 날씨의 변덕에는 속수무책, 병충해를 피해갈 수도 없어. 그래서 농사란 생각보다 상당히 예민한 작업이야. 농작물의 기분을 느낄 수 있다는 건 농사꾼에게는 하늘이 내린 재능이지. 남들과 똑같이 씨를 뿌리고 재배해도 항상 남들보다 실패가 적고 소출은 많았어."

르웨나의 경우와도 달랐다. 기록에 따르면 르웨나는 재능 정도가 아닌, 기적을 보여 주었다. 아델은 입술을 꼭 물었다가 놓았다.

'아무래도 초대 가주님의 이야기는 하지 말아야겠어. ……내 얘기도.'

라미아는 그로운 가문의 시조에서 비롯된 화족의 내력에 관해 설명했다.

"화족은 정확히 말하면 혈족 관계는 아니야."

화족은 동부를 제외한 하란의 전 지역에 흩어져 살고 있다. 화족이라는 이름 아래에 지금은 하나로 뭉쳐 있지만, 세월을 거슬러 올라가서 하란의 건국 초기에 이르면 그들은 서로의 존재를 모르고 살아가던 타인이었다.

그들을 하나로 모은 사람이 그로운 가문의 초대 가주였다.

그로운 가문의 초대 가주는 자신의 능력이 남다르다고 생각했다. 제 능력에 관해 의문을 품을 즈음에 남부에 대단한 농사꾼이 있다는 소문을 들었다.

가주는 남부로 가서 그 농사꾼을 만났다. 이야기해 보니까 남부의 농사꾼도 자신과 비슷한 능력을 갖고 있음을 알게 되었다.

가주는 생각했다. 더 있을지도 모른다. 그래서 동부를 제외한 지역 곳곳에 비슷한 능력의 사람이 있는지 찾아다녔다.

"동부는 없었다고?"

"너도 알지만 동부는 농사가 안 되는 땅이잖아. 그때 그분이 사람을 찾으러 다닌 기준은 지역에서 소문난 농사꾼들이었거든."

"그로운 가문이 설립된 시기가 정확히 언제야?"

라미아가 말해 주는 시기를 듣고 아델은 대충 계산해 보았다. 르웨나가 죽은 지 수십 년이 지난 후였다.

르웨나는 능력을 이용해 농사를 지어 동부인을 먹여 살렸다. 척박한 동부에서 대체 무슨 수로 식량을 구할 수 있었는지 의아하게 생각하는 사람이 분명히 있었을 것이다.

'하지만 그때는 하란의 건국 초기였지. 많이 혼란스러웠을 거야.'

대가문들은 담당한 지역을 추스르기에 급급해서 다른 데 눈 돌릴 여유가 없었을 것이다. 인구도 지금보다 훨씬 적었을 테니 농경지를 눈에 띄지 않게 감추는 일도 가능했을 것이다.

그리고 르웨나의 뜻에 따라 카발은 어머니의 능력을 철저하게 비밀에 부쳤을 것이다.

"화족의 이름 아래 모인 사람들은 자신들이 가진 능력이 매우 유용하다고 생각했어. 사람이 살아가려면 식량은 필수니까. 특히 하란이 건국된 지 얼마 안 되었을 무렵이라 농작물은 큰 재산이 되었거든."

"각 지역에 있다고 했으니 하나의 가문이 된 건 아닌 것 같고. 동맹체 같은 건가?"

"맞아. 아주 비밀스러운 동맹이지."

"비밀이야?"

"응. 절대 능력을 화족 외의 사람에게는 드러내지 않아. 내 아버지는 화족이라는 존재 자체도 모르실걸. 아주 철저하게 비밀을 지켜 왔어."

"왜 감추는 거야? 남다른 능력 때문에 배척받을까 봐?"

라미아는 고개를 저었다.

"배척받을 이유가 없지. 하란은 마법 제국이야. 식물과 동조하는 능력 정도는 마법에 비하면 별거 아니라고."

"그건 그렇지."

하지만 내 능력이라면 마법사들도 놀라 넘어가지 않을까, 아델은 생각했다.

"화족의 능력은 오직 딸만 이어받아."

"그럼 아들은 능력이 없어?"

"응. 그래서 화족의 가문은 가주가 모두 여자야."

"그게 비밀로 하는 이유?"

"아니. 이득 때문이지."

라미아는 쓴웃음을 지었다.

"화족은 그들의 능력을 독점해야 이득이 크다고 생각했어. 결과적으로 성공한 셈이야. 화족의 가문은 전부 부유한 대지주니까. 그만큼 폐쇄적인 자기들만의 규칙 안에서 살아가."

라미아는 화족 가문에 대한 설명을 이어 갔다.

화족의 이름으로 묶인 가문은 현재 동부를 제외한 하란의 전역에 총 열둘이 있다. 최초의 셋으로부터 갈라져 수가 늘었다.

"원래 화족은 혈족이 아니었어. 그런데 통혼을 거듭하다 보니 지금에 와서는 전부가 다 친척이 되었지."

화족은 절대 아무하고나 혼인하지 않았다. 될 수 있으면 화족끼리 통혼했고 외부인과 혼인할 때는 반드시 한미한 집안의 아들을 데릴사위로 삼았다.

"하지만 라미아는 크리드 성주님의 딸이잖아."

크리드 가문을 한미하다고 할 수 없을 것이며 대가문의 가주가 다른 가문의 데릴사위로 들어갈 리가 없었다.

"정치적인 이유로 얽혔어. 내 어머니는 자신보다 스무 살이나 나이가 많은 남자와 결혼해야 했지. 아버지는 어머니와 세 번째 결혼이었어. 어머니가 가진 화족의 능력이 아주 미미해서 후계가 될 수 없었어. 외조모는 어머니를 정략결혼의 패로 쓴 거야."

라미아는 마치 남의 이야기를 하는 것처럼 덤덤히 자신의 가족사를 풀었다.

"대가문과 혼사로 맺어지는 일이 화족의 가문에서는 처음이었어. 그만큼 상황이 변하고 있었거든. 대를 이어 가며 피가 흐려진 건지 화족의 능력이 점점 약해졌어. 아마 두세 대만 더 지나도 일반 사람과 다름없게 될 거라고 생각해. 그래서 네가 보여 준 광경을 보고 놀란 거야."

"아……."

아델은 아쉬운 한숨을 내쉬었다. 라미아의 설명은 훌륭했다. 하지만 아델이 가진 근원적인 의문은 풀어 주지 못했다.

'화족'은 자의적으로 만든 개념이었다. 아델이 알고 싶은 르웨나의 정체와는 상관이 없었다.

"내 어머니가 화족이긴 하지만, 난 나를 크리드 가문의 사람이라고 생각해. 그래서 화족들과 교류도 안 해. 네게 화족이냐고 물은 것도 내가 그쪽 사람들을 잘 모르니까 그랬어. 그런데 네 어머니는 아무래도 화족은 아닌 것 같은데……."

"응. 아니야. 난 대륙에서 태어났어."

라미아의 눈이 휘둥그레졌다.

"그런데 내 능력이 화족과 무관하지는 않을 것 같아. 그로운 가문의 가주님을 뵈면 더 깊은 이야기를 들을 수 있을까?"

라미아는 으음, 하고 중얼거리며 생각에 잠겼다가 단호하게 말했다.

"아니, 그러지 마."

"왜?"

"내 외조모를 만나 봤자 새롭게 얻을 정보는 없을 거야. 오히려 널 절대 놓아주지 않으려 할 테지.”

아델은 말뜻을 알 수 없어서 눈만 깜빡거렸다.

“말했잖아. 지금 화족은 위기라고. 근데 대단한 능력을 가진 네가 나타나 봐. 널 가문의 누군가와 짝지으려고 꼼수를 부릴 게 분명해. 그 노인네가 얼마나 징글징글한데. 백 년은 묵은 구렁이 같아.”

라미아가 진저리 치며 몸을 부르르 떨었다.

“널 위해서 하는 말이야. 화족하고는 알고 지내려고 하지 마. 오랫동안 폐쇄된 공동체를 유지한 자들은 아주 음습해. 겉과 속이 다르다고.”

라미아는 눈 하나 깜짝하지 않고 외가를 싸잡아 비난했다. 아델이 표정 관리를 못하고 눈동자만 굴렸다. 가까운 친척은 가족이고 가족은 당연히 화목하다고 생각했다. 그런데 라미아는 가족에게 그다지 애정이 없어 보였다.

“하긴, 넌 이미 약혼자가 있지. 내 외조모 정도는 가뿐히 상대할 수 있는.”

난처하게 웃고 있던 아델은 깜짝 놀랐다.

“그건…….”

“아니라고 했나? 그럼 사실로 만들어.”

시선을 피하는 아델을 보고 라미아는 픽, 웃었다.

“네가 정말 성주님이 좋으면 진지하게 얘기해 봐. 나이가 있으니 그분은 수년 안으로 결혼해야 할 텐데 결혼식장에 들러리로

서고 싶어?"

아델의 안색이 창백해졌다. 그건 상상만 해도 끔찍했다.

"그분이 교제하는 여자가 있어?"

"모르겠어. 그런 얘기는 하지 않으니까."

"눈치로도 알 수 있지. 그분의 외출이 부쩍 잦아진다거나."

아델은 잠시 생각하다가 고개를 저었다.

"외출은 거의 안 하셔. 거의 온종일 집무실에 계시고. 많이 바쁘시거든."

'일중독자인가.'라고 라미아는 생각했다. 어쩌면 정말 아델에게 아무 감정이 없을지도 모른다. 여자가 눈에 들어오지 않을 정도의 일중독자일 수도 있다. 라미아 자신이 그랬다. 일이 재밌으면 연애 놀음은 시시해진다.

아델이 쭈뼛거리다가 라미아의 눈치를 살피며 말했다.

"거절당하면 어떡해?"

"그것도 나쁘지 않아. 확실하게 거절당하면 나중에 쓸데없는 미련이 안 생길 테니까. 혼자 끙끙대다가 나중에 질질 짜고 후회하는 것보다는 훨씬 낫지."

라미아의 조언은 직설적이어서 잔인했다. 아델은 어깨를 늘어뜨리고 힘없이 웃었다.

'나도 참. 남의 연애에 끼어들면 좋은 꼴을 못 보는데.'

라미아는 원래 남에게 이런 식의 조언은 하지 않았다. 결과가 나쁘면 모든 원망을 뒤집어쓰기 십상이다. 하지만 아델에게는 진심이 담긴 충고를 해 주고 싶었다.

"라미아의 말대로 뭐든 해 볼게. 고마워."

"별말씀을."

"그리고 물어볼 게 있는데, 좀 실례가 되는 질문이라서."

"말해. 뭔데?"

아델은 좀처럼 말을 꺼내지 못하고 한참 망설였다.

"여자가 한 달에 한 번 하는……. 아이를 가질 수 있다는 신호 말이야."

표정이 굳은 라미아를 보고 아델은 움찔했다. 역시 이런 건 물어보는 게 아니었나 보다.

물끄러미 아델을 보던 라미아가 푸핫, 웃음을 터뜨렸다.

"굉장해. 그새 무슨 일이 일어난 거야? 황새 아가씨?"

아델은 달아오른 얼굴로 라미아를 흘겨보았다. 라미아가 낄낄거리며 자꾸 캐묻자 아델은 마지못해 '하녀가 알려 줬어.'라고 대답했다. 라미아는 싱글거리며 놀리듯 계속 물었다.

"그래서? 어디까지 알았어?"

"다 알아! 그림책도 봤다고!"

아델이 빽 소리쳤다.

"그림책?"

라미아는 아델이 어물어물 설명하는 내용을 듣고 나서 '그걸 그림책이라고 하다니.'라고 중얼거리며 한바탕 웃음을 터뜨렸다.

"아, 좀 더 늦게 알았으면 했는데."

"날 놀리는 게 재밌지?"

"물론 그것도 재밌긴 해."

아델이 노려보자 라미아는 히죽 웃었다.

"아쉬워서 그래. 내가 갖지 못한 순수함에 대한 동경이라고나 할까. 참고로 말하자면 난 열다섯 살에 사교계 데뷔를 위해 참석한 파티에서 휴게실에 웬 남녀가 들어와 서로의 옷을 벗기고 뒹구는 걸 보고 확실히 알았지."

"……우와."

아델은 어떻게 대응해야 할지 알 수 없어서 간신히 대꾸했다.

"그래서 내게 묻고 싶은 건 뭐야?"

"응……. 혹시 달거리가 없어도 아이를 가질 수 있어?"

라미아의 표정이 진지해졌다.

"아직?"

아델은 고개를 끄덕였다.

"난 의사는 아니라서 잘 모르겠지만, 모든 여자의 달거리 주기가 한 달은 아니야. 내가 아는 사람은 일 년에 한 번인데도 아이를 낳았어. 너무 조급해하지 마. 늦게 시작하는 사람도 많아."

라미아는 아델의 표정을 살피다가 말했다.

"정 걱정되면 의사에게 물어봐."

"아무 의사라도 상관없어?"

"여성 진료를 담당하는 전문 의사를 불러야지."

"그러면 성주님도 알게 될 거야. 내가 그 문제로 고민한다는 걸 알리고 싶지 않아."

"왜?"

"……모르겠어. 창피해. 이런 얘기는 못 하겠어."

아델은 두 손으로 얼굴을 감싸고 횡설수설했다.

"눈도 마주치지 못하겠고 같이 있으면 불편해. 예전 같지가 않아. 내가 왜 이러는지 나도 모르겠어."

라미아는 터지는 웃음을 꾹 참았다. 아델의 당혹스러움이 뭔지 알 것 같았다. 자신도 열다섯 살의 그 문제의 파티 이후 한동안 함께 있는 남녀를 볼 때마다 휴게실에서 봤던 장면을 생각했다.

"근데 그게 없으면…… 어른이 아닐까?"

"난 신체의 성장이 아이와 어른을 가르는 기준이라고 생각하지 않아."

라미아는 자신의 머리를 손가락 끝으로 툭툭 쳤다.

"여기가 성숙해야지. 나이만 먹고 저열한 인간들이 얼마나 많은데."

라미아는 공감하지 못하는 표정으로 시무룩한 아델의 심정을 어느 정도는 이해했다. 달거리 같은 건 될 수 있으면 늦은 나이에 하는 게 좋다고 생각하지만, 아델에게 그런 말은 가진 자의 배부른 소리로 들릴 것이다.

"이렇게 하면 어때? 시간 내서 수도로 놀러 와. 내가 상담을 잘해 주는 의사를 불러 놓을게. 그럼 성주님 모르게 의사를 만날 수 있겠지."

"고마워, 라미아."

아델은 기뻐하며 활짝 웃었다.

두 사람은 이런저런 수다를 떨며 시간을 보냈다. 바네사가 주최하는 티파티에 관한 화제가 이야기의 중심이 되었다.

바깥에서 허락을 구하는 목소리가 들려온 후 멜이 들어왔다.

"무슨 일이야? 멜."

"손님께서 아까 알려 달라고 이르신 일이 있었습니다. 성주님께서 회의를 마치셨습니다. 지금 뵐 수 있습니다."

꾸벅 고개를 숙이고 멜이 나간 후 라미아가 일어나면서 말했다.

"레바스 성을 방문한 용건이 둘이었어. 널 만나서 할 말도 있었고 성주님을 뵙고 드릴 말씀도 있고."

"오래 걸릴 일이야? 그러면 저녁 먹고 가."

"오래 걸리지는 않을 거야. 근데 저녁에는 내가 일이 있어서 안 되겠다. 다음에 먹자."

라미아는 나가려다가 멈칫 서서 몸을 돌렸다.

"무슨 일인지 궁금하지?"

"중요한 일이면 말해 주지 않아도 괜찮아."

"아니, 네가 알아도 상관없어. 내가 구상하는 사업이 있는데 동부의 숲에서 자라는 목재가 필요해. 얘기가 잘되어서 성주님과 동업해도 좋고 안 되면 목재만이라도 살 생각이야. 아, 그리고 성주님과 이야기가 끝나면 바로 가지는 않을 거야. 네게 들러서 인사는 하고 갈게."

아델은 방으로 가려다가 어차피 라미아가 다시 온다고 했으니 기다리는 게 낫겠다고 생각했다. 그녀는 소파에 기대어 앉아 골똘히 생각에 잠겼다.

'숲……'

고서의 방에는 아직 보지 못한 자료가 잔뜩 남았다. 하지만 남은 자료를 전부 뒤져도 르웨나 레바스에 대한 정보를 찾을 수 없을 것이다.

'이대 가주께서 남긴 회고록을 발견한 것만으로도 운이 좋았어.'

르웨나가 가꾼 온실이 남아 있었다면 좋았겠지만, 회고록에 따르면 카발은 온실을 해체했다.

레바스 성을 제외하면 숲은 르웨나의 흔적이 남은 유일한 장소였다.

'숲에 가 봐야겠어.'

숲에서 뭔가를 알아낼 수 있을 것 같다. 막연한 예감이 들었다.

*　　*　　*

자질구레한 서류 정리를 하는 제드의 손이 바쁘게 움직였다. 노크 소리가 들리기에 건성으로 대답했다.

"집사님. 아가씨께서 오셨습니다."

"누구?"

제드는 무심코 고개를 들었다가 화들짝 놀라 책상에서 벌떡 일어났다.

"아가씨."

아델은 들어오면서 주변을 한 번 둘러보았다. 마틸다 집사의 업무실은 몇 번 가 보았지만, 제드의 업무실은 처음 왔다.

"바쁜데 방해했나 봐요. 미안해요."

"아닙니다. 중요한 일은 아니었습니다. 어쩐 일이십니까?"

"성주님이 집무실에 안 계세요. 어디 가셨어요?"

아델은 론을 만나러 집무실에 갔다가 문이 잠겨 있어서 당황했다. 지금과 같은 늦은 오후에는 한창 일할 시간이라 그가 없을 줄은 생각도 못 했다.

"잠시 머리를 식힌다고 하셨습니다. 밖으로 나가신다는 말씀은 없으셨으니 아마 내성 안을 산책하고 계실 겁니다."

"정확히 어디요?"

"잠시 기다리시면 곧 알아봐 드리겠습니다."

"아니에요. 내가 찾아볼게요."

돌아선 그녀는 나가려다가 다시 돌아섰다. 흰색 천으로 덮어 벽에 기대 놓은 물건으로 다가갔다. 큼직한 액자의 형태가 눈에 익었다. 설마, 하며 천을 들추어 보았더니 얼마 전에 완성된 두 사람의 초상화였다.

"이게 왜 여기 있어요?"

초상화는 얼마 전까지 집무실에 있었다. 왜 초상화의 방에 가져다 두지 않느냐고 물어도 그는 '나중에.'라는 말로 미루었다. 어느 날부터는 보이지 않기에 옮긴 줄 알았다.

"성주님께서 보관하라고 하셨습니다."

"이곳에서요?"

"예. 집무실에 두었더니 드나드는 사람마다 보고 다들 한 마디씩 하는 것이 번거로우셨던 모양입니다."

"가문의 방으로 옮기면 되잖아요. 원래 그러려고 제작한 초상화인데."

"말씀드렸습니다만, 나중에 옮기겠다고 하셨습니다."

'초상화가 마음에 안 들었나?'

완성된 초상화를 보면서도 그는 그다지 흥미가 없는 듯했다.

'내 옛날 모습을 보니까 기분이 이상해.'

초상화 속에는 어린 소녀가 있었다. 아델은 물끄러미 보다가 다시 흰색 천으로 덮었다.

그의 행방을 찾는 일은 생각처럼 간단하지 않았다. 무작정 중앙탑의 정원으로 나갔으나 정원사들은 성주님을 뵙지 못했다고 대답했다. 성이 워낙 넓으니 어디서부터 뒤져야 할지 알 수 없었다.

"멜. 북쪽 탑에 가서 확인해 줄래? 기사들을 보러 가셨을지도 모르니까."

"네. 아가씨."

멜을 보내고 아델은 정원을 따라 남쪽 탑 방향으로 걸어갔다. 워낙 익숙한 길이라서 발이 자연스럽게 향했다. 마침 남쪽 탑에서 나오는 하녀들이 보여서 붙들고 물었다. 대답을 기대하지 않았으나 하녀는 원하는 답을 주었다.

"아까 남쪽 탑으로 청소하러 들어오다가 멀찍이서 뵈었습니다. 계단을 올라가고 계셨어요."

"어디 계신지는 모르고?"

"모르겠습니다. 저희가 찾아볼까요?"

"아니야. 알려 줘서 고마워."

아델은 남쪽 탑 안으로 들어갔다. 지금 남쪽 탑에는 아델을 가르치는 교사들의 거처가 있었다. 교사들이 휴가를 마치고 돌아온 후 원래 외성에 있던 거처를 남쪽 탑으로 옮겼다. 그 외에 머무는 다른 손님은 없었다.

어느새 중앙탑에서의 생활이 익숙해져 버린 걸까. 아늑하다고 생각했던 조용함이 외롭게 느껴졌다.

그는 여기에 왜 왔을까. 대체 어디 있는 걸까.

'혹시?'

문득 떠오르는 장소가 있었다.

그녀는 문 앞에 서서 숨을 가다듬었다. 쉬지 않고 계단을 빠르게 올라왔더니 숨이 찼다.

그가 레바스 성에 처음 왔을 때 잠시 지냈던 방이었다. 그와 인상적인 첫 만남이 있었던 장소였다. 그녀는 시선을 들어 굳게 닫힌 문을 바라보다가 손잡이를 돌렸다.

응접실에는 아무도 없었다. 그녀는 곧바로 침실로 들어가는 문을 열었다. 만약 여기에 그가 없다면 다른 장소는 짐작 가는 곳이 없었다.

'아…….'

발코니로 나가는 창이 열려 있는 모습을 봤을 때 아델은 기뻐서 두 손을 가슴 앞쪽으로 모아 꼭 잡았다.

마음이 통했다. 그와 공유할 수 있는 추억이 있다. 자신이 특별한 존재가 된 것 같아서 기분이 몽글몽글 부풀었다.

그녀는 조심스레 발코니로 나갔다. 난간에 기대 있는 그의 뒷모습을 바라보며 잠시 서 있었다. 두근두근하던 심장이 점점 크게 쿵쿵 울리기 시작했다. 숨바꼭질처럼 그를 찾는 데 정신이 팔려서 요즘 그를 피해 다닌 사실을 잊고 있었다.

'집사에게 머리를 식히러 간다고 했지. 방해하지 말자.'

그녀는 조용히 뒷걸음질 쳤다. 두어 걸음을 뒤로 옮기는데 론이 고개를 돌렸다. 아델은 그대로 굳은 듯 멈추었다. 마치 도망이라도 치는 모양새의 아델의 모습을 아래위로 보더니 그가 말했다.

"어디 가?"

"……네?"

아델은 손짓하는 그에게 다가갔다. 마치 보이지 않는 벽이라도 있는 것처럼 한 걸음 정도 거리를 두고 멈추었다. 그녀는 두 손을 만지작거리며 안절부절못했다.

론은 아예 난간을 등지고 몸을 돌렸다. 확실히 이상했다. 전이었다면 덥석 품으로 뛰어들어 그를 곤란하게 했을 것이다. 그녀는 눈도 마주치지 않고 바닥만 보고 있었다.

"쉬는데 방해해서 미안해요."

"괜찮아. 방해 아니야. 여기 있는지 어떻게 알았어?"

"그러게요. 그냥 여기 있을 것 같더라고요. 신기하죠?"

아델은 고개를 번쩍 들고 신이 나서 외쳤다. 우리는 통하는 데가 있어요, 그렇게 말하고 싶었다. 헤실헤실 웃던 그녀는 자신을 물끄러미 보는 그와 눈이 마주치자 눈동자를 옆으로 돌렸다.

급작스럽게 어색해지는 아델을 보는 그의 눈이 가늘어졌다.

"하녀는?"

"북쪽 탑에 갔어요. 혹시 론이 기사들에게 갔는지 확인하라고 보냈어요."

"내가 혼자 다니지 말라고 했지."

아델이 콧잔등을 찡그리며 투덜거렸다.

"보자마자 잔소리. 성벽으로 둘러싸인 성 안에서 대체 무슨 큰일이 있다고 그래요. 이거 하지 마라, 저거 하지 마라, 하지 말라는 건 어찌나 많은지 몰라. 레바스의 성주님이 이렇게 잔소리쟁이라는 건 아무도 모를 거라고요."

쌓아 두었던 불만이 쏟아졌다. 그저 생각나는 대로 쫑알거리다가 아델은 아차, 하고는 입을 다물었다. 흘끔 시선을 올리니까 그는 속을 알 수 없는 표정으로 아델을 보고 있었다.

"아무래도 네 하녀를 불러서 얘기 좀 해야겠다."

그가 꺼낸 말이 갑작스러워서 아델은 화들짝 놀랐다.

"멜은 왜요?"

"네게 안 좋은 영향을 주는 것 같아."

아델이 표정을 싸늘하게 굳혔다. 그의 말투와 표정이 껄끄럽게 속을 긁는다. 그는 마치 아이를 야단치는 어른 같이 굴었다. 뱃속에서 울컥 짜증이 올라왔다.

"멜은 날 도와주는 사람일 뿐이에요. 난 누군가로부터 영향을 받을 나이는 지났어요."

"글쎄다."

무성의한 론의 대답은 아델을 더욱 약 오르게 했다. 하지만 화내지 않고 꾹 참았다. 지금은 그 문제를 따지러 온 게 아니니까.

"아까 라미아가 다녀갔어요. 사업 문제 때문에 론도 만났다고 들었어요."

"그랬지."

론은 열정적으로 사업안을 설명하던 라미아가 떠올라서 피식 웃었다.

주변의 풍문에 따르면 라미아 크리드는 상당히 영리한 여자였다. 나이가 훨씬 많은 이복 오라버니가 둘이나 있는데 그들보다 유력한 후계 후보로 거론된다는 건 적당한 능력만으로는 가능한 일이 아니었다.

　그래서 그녀에 대한 막연한 선입견이 있었다. 그런데 뜻밖에 그녀는 두세 수를 앞서 짚으려고 머리를 굴리기보다는 무모할 정도로 대담한 도전을 꿈꾸는 사람이었다.

　　「저는 새로운 시장을 개척해 볼 생각입니다. 성주님.」

　라미아의 사업 계획은 요약하면 간단했다. 첫째, 대륙의 기존 시장은 이미 포화되었으며 둘째, 그러므로 새 판로를 개척해야 한다. 론이 구상하는 것과 거의 비슷했다. 그래서 그녀의 이야기는 흥미로웠다.

　"대충 들었는데 동부의 숲에서 목재를 구매한다고 하던데요."

　아델이 꺼내는 화제에 론은 의아함을 느꼈다.

　"내게 전해 달라는 말이 있었어?"

　론의 눈에 차가운 빛이 스쳤다. 인맥을 이용하는 처세 자체를 경멸하는 건 아니었다. 인맥도, 그걸 이용하는 것도 능력이다.

　하지만 아델을 수단으로 삼는 것은 다른 문제였다. 아델과의 친분을 매개로 유리한 위치를 모색하려 했다면 판단을 잘못했다.

　"음……."

　아델은 라미아가 한 말을 놓친 것이 있는지 기억을 더듬었다.

　"아뇨. 얘기가 덜 된 게 있어요?"

　"없으면 됐어."

되묻는 아델의 표정의 보니 그건 아닌 것 같다.

"그건 왜 묻지? 목재 사업에 관심 있어?"

"사실 조금 관심은 있어요. 요즘 투자에 대해서 조금씩 배우고 있거든요. 라미아의 사업이 가능성이 있다면 투자할 생각도 있어요."

론은 새삼스러운 눈으로 아델을 보았다. 아델과 투자에 관해 이야기를 나누게 될 줄이야. 잠시 눈을 돌렸다가 다시 보면 새로운 모습을 발견하게 된다.

"아, 근데 지금은 그게 문제가 아니라 라미아가 숲에 방문해도 좋다는 허가를 받았다고 들었어요. 라미아가 갈 때 나도 함께 가고 싶어요."

"갑자기 숲은 왜?"

"저번에 론이 다녀올 때 같이 가자고 했었잖아요. 그때는 따라가지 않았지만, 사실은 전부터 가 보고 싶었어요."

론은 머릿속으로 자신의 일정을 되짚었다.

"시간이 괜찮은 날을 잡아 볼게."

"같이 가려고요? 바……."

"바쁘지 않아."

단호하게 대꾸하는 그를 보다가 아델은 고개를 끄덕였다.

"그럼 라미아가 언제 시간이 되는지 물어봐야겠네요."

"그건 내가 연락해서 조정하면 돼."

"초대장도 받았어요. 티파티인데 참석할 생각이에요."

"그래. 다녀와."

"이제는 좀 다니면서 사람을 사귀어 볼까 해요. 초대장을 받아만 두고 버리는 것은 아깝잖아요."

그는 대답이 없었다. 아델은 도전적인 눈으로 그를 응시했다. 허락하지 않는다고 해도 절대 굴하지 않을 테다!

"알아서 해."

순순한 대답을 막상 듣자 아델은 맥이 풀렸다. 그의 간섭이 성가시다고 생각했으면서 이상하게 실망스러웠다.

"그리고……."

아델은 말끝을 흐리며 시선을 떨어뜨렸다. 지금이 라미아가 말한 '진지한 이야기'를 나눌 흔치 않은 기회가 분명했다.

정원이 내려다보이는 테라스는 집무실이나 응접실보다 훨씬 매력적인 장소였다. 더구나 두 사람뿐이고 당분간 방해하는 사람도 없을 것이다.

그런데 입이 떨어지지 않았다.

"왜 말을 하다가 말아."

기다리다 못해 론이 물었다. 그는 불안함을 감춘 채 아델의 표정을 살폈다. 대체 무슨 이야기기에 망설이는 걸까. 아델의 입에서 성에서 나가고 싶다는 말이 나올까 봐 잔뜩 긴장했다.

수도의 저택을 괜히 구경시켜 줬나 보다. 아델이 2층짜리 저택을 몹시 마음에 들어 하던 것이 자꾸 걸렸다.

"론은 결혼 안 해요?"

아델은 살짝 돌아가는 방법을 택했다. 흘끔 그의 표정을 보았다가 움찔 놀랐다. 그는 마치 화가 난 것처럼 보였다.

"그냥…… 나이도 있고 성주님이고……."

"그 말은 어디서 들었어?"

그의 목소리가 차가웠다.

"네?"

"또 네 하녀야? 하녀가 회의 내용까지 엿듣고 다니나?"

"무슨 소리예요? 궁금해서 물어본 거예요."

순간 그의 눈동자가 흔들렸다. 그는 입을 다물었지만, 아델은 눈치 빠르게 전후 상황을 파악했다.

"가문의 수장들이 결혼하래요?"

"어쩌다 나온 말이야."

결혼 이야기가 나온 건 처음이 아니었다. 가문의 수장들이 집무실에 들를 때 지나가듯 말을 꺼낸 적이 몇 번 있었다. 그때는 그저 무시하며 지나쳤다.

그런데 오늘 회의에서 아예 본격적으로 얘기가 나왔다. 회의에서 거론되면 사담이 아니라 정식 의제가 된다.

일곱 가문의 수장들은 마치 약속이라도 한 것처럼 '후계를 준비하셔야 한다.'라고 입을 모았다.

"론은 뭐라고 했어요?"

"뭘 뭐라고 해. 그런 의견이 나왔고 그걸로 끝."

론은 정략결혼 자체를 혐오하지는 않았다. 정략혼이 당연한 세상에서 태어나 자랐고 오히려 정략이 아닌 혼인으로 어긋나는 부모님을 지켜봤다.

그는 레바스로 올 때 어떤 진창에서도 구르겠다고 각오했다. 비열하고 탐욕스러운 권력 싸움에 뛰어들 생각도 했으니 정략혼 따위는 대단할 것도 없었다.

아마 레바스에 오자마자 의무로 강요받았다면 받아들였을지도 모르겠다. 하지만 그의 마음가짐이 바뀌었다. 그는 자신의 인생을 자신이 주도하겠다고 결심했다.

지금 눈앞에 서 있는 여자가 갖고 싶었다. 이미 마음이 딴 데가 있으니 수장들이 말하는 정략혼은 고려할 가치가 없는 문제라서 무시했다.

"수장들은 또 거론할 거예요."

"네가 신경 쓸 일이 아니야."

아델은 그를 노려보다가 짧게 헛웃음을 쳤다.

"다 결정되면 통보만 해 주시게요? 그거라도 감사하며 기다려야 하는군요."

론은 잔뜩 화가 난 파란 눈동자를 말없이 보기만 했다. 그는 머릿속으로 재빠르게 조금 전의 상황을 뒤져 보았지만, 도통 어디에서 기분이 상했는지 알 수 없었다.

'신경 쓰지 마.'라는 말이 '통보만 기다려.'라는 말로 건너뛴 것도 이해할 수 없었다.

"내 말은 중요하지 않은 일이니까……."

"내게 말해 줄 중요한 일이 있기는 해요? 언제까지 날 어린애 취급할 거예요?"

아델이 자신을 어른으로 대우해 달라고 할 때마다 론의 귀에는 '이제 당신의 보호는 필요하지 않다.'라는 뜻으로 들렸다.

성년 생일까지 고작 두어 달 남짓 남았다. 그 시간조차 기다리지 못하겠다는 건가. 재촉하는 아델의 태도는 그를 언짢게 만들었다.

"어른은 어른이 됐다고 주장하지 않아. 말하지 않아도 주변에서 알지."

아델은 거대한 벽 앞에 선 절망을 느꼈다.

'저 사람이 보는 난 처음 만났던 날에서 달라진 게 없구나.'

그녀의 시간은 이제 흐르기 시작했는데 그의 머릿속에 있는 아델 스톤의 시간은 소녀에서 멈추어 있다. 가슴이 묵직하게 내려앉았다.

'내가 뭘…… 어떻게 해야 돼?'

좋아한다고 해 봤자 진지하게 받아 주지도 않을 거다. 거절당하는 게 차라리 덜 비참할 것이다.

'멜이 틀렸어. 날 어른으로 봐 줄 거라며.'

애꿎은 멜을 원망했다. 그러다 문득 깨달았다.

「성주님이 아가씨를 어른으로 보는 방법이요.」

멜은 그 방법이 뭔지 구체적으로 알려 준 적이 없었다.

'멜에게 물어봐야겠다.'

마음이 다급해진 그녀는 몸을 돌렸다. 하지만 발코니 창을 닫고 앞을 가로막는 론이 한발 더 빨랐다.

"너 대체 왜 그러는⋯⋯."

론이 한 걸음 내딛자 아델이 뒤로 물러났다. 론은 멈칫했다가 다시 한 걸음 다가갔다. 아델은 마치 거리를 유지해야 하는 것처럼 뒷걸음질 쳤다.

어디 언제까지 피하나 보자. 유치한 오기가 생겼다. 어차피 폐쇄된 테라스 안이었다. 도망치는 것도 한계가 있었다. 그는 노련한 사냥꾼이 짐승 몰이하는 것처럼 탈출구를 노리는 아델에게 틈을 내주지 않았다.

론이 가까이 올 때마다 반사적으로 뒤로 걷던 아델의 등이 곧 난간에 부딪혔다. 더는 물러설 데가 없었다. 그가 바짝 가까이 오는 것을 보며 몸을 움츠렸다.

"내게 할 말 없어?"

"⋯⋯없어요."

아델은 눈을 내리뜨고 대답했다.

"진짜 없어?"

"있지만 안 할래요."

"그건 또 무슨 심술이야?"

"정말 무례해요!"

"……뭐?"

론은 움찔 놀랐다. 아델이 씩씩대며 그를 노려보았다.

"무례하다고? 내가?"

"단어 선택을 조심해 달란 말이에요. 심술이라뇨! 내가 언제 론에게 심술부린다고 말한 적 있어요?"

그가 한 손으로 자연스레 입을 가리면서 고개를 돌렸다. 억지로 헛기침을 하며 나오는 웃음을 얼버무렸다. 요즘 아델을 보고 있으면 어디로 튈지 알 수 없는 작은 공 같았다.

론은 달라진 아델의 모습이 더 좋았다. 참지 않고 자신을 드러내는 모습은 훨씬 생기가 넘쳤다.

"조심할게. 또?"

아델은 잠시 생각하다가 뾰로통하게 대답했다.

"발견할 때마다 경고할 거예요."

"그래."

론은 미소 지었다. 하지만 아델이 갑자기 확 고개를 숙이자 입매가 딱딱하게 굳었다. 옆으로 빠져나가려는 아델의 앞을 그의 손이 가로막았다. 그러자 아델이 몸을 숙여서 팔 아래로 빠져나가려 했다.

그는 어이가 없어 웃으면서 민첩하게 아델의 앞을 가로막았다. 아무리 아델이 날래게 움직여도 실력이 뛰어난 검사의 발놀림을 따돌릴 수 있을 리가 없었다.

도망치려는 자와 막아서는 자의 실랑이가 한참 이어졌다. 론은 아델의 몸에 손끝 하나 대지 않고도 몇 걸음의 움직임만으로 번번이 퇴로를 차단했다.

"정말 왜 이래요!"

아델이 헉헉 숨을 몰아쉬며 소리쳤다.

"너야말로 왜 이래? 뭐 때문에 그러는지 말을 해."

"불편해서 그래요."

"……불편?"

충격받은 론의 눈동자가 흔들렸다. 그는 몇 번이고 아델이 한 말을 곱씹었다. 불편, 불편. 이 단어가 이토록 속을 뒤집을 수 있다는 것을 처음 알았다.

아델은 그가 한눈을 판 사이에 테라스를 빠져나가려고 했다. 하지만 막상 창문의 손잡이만 쥔 채 열지 못하고 고개를 돌렸다. 우두커니 서 있는 그를 흘끔거리며 보더니 슬그머니 그에게 다가갔다.

론은 복잡한 기분으로 제 앞에서 우물쭈물하는 아델을 보았다. 여전히 한 걸음의 거리를 유지하고 있다. 그는 한숨을 내쉬며 거칠게 머리카락을 헤집어 쓸어 올렸다.

"불편하게 해서 미안하다."

아델은 눈만 껌벅거렸다. 사무적이면서도 날이 서 있는 말투가 낯설었다.

"네가 원하면 서로 얼굴 보지 않고 지낼 수 있어. 성은 넓으니까. 그렇게 해 줘?"

아델은 전에 멜이 말한 '냉랭한 성주님.'이라는 뜻이 뭔지 이제 알았다. 자신을 바라보는 그의 서늘한 눈이 너무 생소했다.

"싫어요."

아델은 강하게 고개를 저었다.

"그런 뜻으로 한 말 아니에요. 어쩔 수 없다고요. 심장이 아파서……."

굳어 있던 론의 표정에 금이 갔다.

"아프다니? 언제부터? 왜 말하지 않았어?"

다급히 묻던 그는 화를 내기 시작했다.

"대체 네 하녀는 뭐하는 거지? 네 곁에서 잔심부름이나 하라고 시중인을 붙여 둔 게 아니야."

그가 마구 몰아붙이는 바람에 아델은 아무 말도 못 하고 멀거니 그를 보기만 했다.

"가자. 우선 의사부터 불러야겠다."

어, 어 하는 사이에 아델은 그가 손을 잡아끄는 대로 테라스를 나갔다. 침실을 가로질러 가는 와중에 정신을 차렸다.

'안 돼.'

의사에게 뭐라고 한단 말인가. 단단히 창피를 당할 것이 틀림없었다. 아델은 있는 힘껏 발에 힘을 주어 그의 걸음을 늦추었다. 저항을 느낀 론이 걸음을 멈추었다. 아델은 손도 뿌리치려 했으나 더 꽉 잡히는 바람에 실패했다.

"잠깐, 의사는 안 돼요!"

"왜?"

"이유를 알고 있으니까요."

"이유를 알아?"

"론 때문이에요. 론을 보면 심장이 막……."

"……뭐?"

아델은 다시 한 번 손을 빼내려고 잡아당겼다. 하지만 그는 오히려 더 힘을 주어 잡았다. 잡힌 손이 신경 쓰이기 시작하니까 가슴이 뛰었다.

괘씸한 그녀의 심장은 절대 그녀의 의지로 움직여 주지 않았다. 콩닥콩닥 뛰다가 빠르게 쿵쿵 울렸다. 심장 소리를 의식하면서 얼굴이 달아올랐다.

지난번에 멜은 아델에게 춘화집을 보여 주다가 키득거리며 말했다.

『아가씨. 어쩌면 얼굴색이 그렇게 변해요? 하얗다가 순식간에 사과처럼 붉어지네요.』

얼굴이 화끈거릴 때마다 거울을 볼 일은 없었다. 그래서 아델은 제 얼굴색의 변화가 어떤지 알지 못했다. 하지만 지금은 열기를 쬐는 것처럼 뜨끈뜨끈했다. 분명 이상할 정도로 붉어졌을 것이다.

마치 속마음이 읽힌 것 같아서 민망했다. 민망하니까 더 얼굴에 열이 몰렸다. 그를 똑바로 볼 수가 없었다.

비웃을 거다. 웃음소리가 들릴까 봐 조마조마했다.

"아델. 나 봐."

차분한 목소리에는 웃음기가 전혀 없었다.

아델은 입을 꾹 다물고 발끝만 바라보면서 잡힌 손을 꼼지락 거렸다. 그녀의 목덜미부터 얼굴 전부가 새빨갛게 물들었다.

론은 마치 탐색하는 것처럼 그녀의 반응을 살폈다. 그녀가 자신을 의식하기 시작했다면 그걸 모른 척 넘어갈 생각은 없었다.

천천히 가려고 했다. 하지만 기회가 항상 오는 건 아니다. 그는 언제 나타날지 모를 경쟁자를 상대로 정정당당하게 싸울 생각이 없었다. 간절한 것을 얻으려면 때로는 비겁해져야 한다.

론은 쥐고 있는 아델의 손을 끌어 자신의 가까이로 당겼다. 그녀는 조금 버티다가 끌려왔다.

그의 손에 잡힌 그녀의 고개가 위로 들렸다. 그의 얼굴이 바짝 다가왔다. 눈앞에 바로 그의 눈이 있었다. 숨결이 느껴질 정도로 가까웠다.

아델의 흔들리는 눈동자에 부드럽게 웃고 있는 그의 눈이 비추었다. 그가 고개를 살짝 기울였다.

그는 아무 말도 하지 않았다. 그리고 이럴 때 어찌해야 하는지 아델에게 가르쳐 준 사람도 없었다. 하지만 그녀는 깨달았다. 지금 선택권은 그녀에게 있었다. 조금만 힘을 주어 밀어내면 그가 당장 물러날 것임을 알았다.

아델은 허락처럼 눈꺼풀을 아래로 내리깔았다. 입술에 뜨거운 것이 닿았다가 떨어졌다. 그의 입술이라는 것을 알자 가슴이 터질 것처럼 뛰기 시작했다.

다시 한 번, 조금 전보다는 길게 닿아 있다가 떨어졌다. 세 번째에는 그가 살짝 그녀의 입술을 핥았다. 하지만 그녀가 움찔하자 즉시 떨어졌다.

'이게 키스인가?'

아델이 그동안 읽은 소설 내용 속에 키스에 대한 자세한 묘사는 없었다. '입을 맞추었다' 정도로 끝났다. 하지만 뭔가 이건 아닌 것 같다.

아델은 시선을 위로 들었다. 그의 보라색 눈동자가 평소보다 짙어 보였다.

"더 해 줘요."

그가 묘한 표정으로 미간을 찡그렸다. 웃는 것 같기도 하고 기가 막혀 하는 것 같기도 했다.

다시 한 번 그의 입술이 닿았다. 아까와는 다르게 그의 입술이 그녀의 아랫입술을 살짝 물었다. 잠시 떨어졌던 입술이 이번에는 각도를 바꾸어서 윗입술을 물고 빨아들였다.

아델은 어느새 눈을 꼭 감았다. 손에 잡히는 옷자락을 쥐고 있는 손이 움찔 떨렸다.

조금씩 접촉하는 시간과 깊이가 달라졌다. 입술은 생각지도 못하게 굉장히 예민한 곳이었다. 그리고 좋아하는 사람과 입술이 맞닿은 느낌은 굉장히 좋았다. 따뜻하고 짜릿했다.

쪽, 소리를 내면서 그가 입술을 뗐다. 아델은 숨을 몰아쉬면서 천천히 눈을 떴다. 얼굴이 화끈거렸다. 그리고 어쩐지 아쉬웠다. 더 깊게 닿고 싶었다.

"더."

"아델."

부르는 목소리에 웃음이 섞였다.

"이젠 나도 모르겠다. 네가 알고 그러는지 모르고 그러는지."

알쏭달쏭한 말을 아델은 이해했다. 그리고 받아칠 말이 떠올랐다.

"이젠 알아요. 황새가 아이를 데려오는 게 아니라는걸."

잠시 당혹해하던 그의 보라색 눈에 열기가 어렸다.

"누가 가르쳐 줬지?"

"멜이……."

"역시 네 하녀는 문제가 많아."

항의하려고 입을 벌리는 순간에 그가 입술을 덮었다. 뜨겁고 매끄러운 살덩이가 입 안으로 들어와 그녀의 혀와 닿았다. 아델은 눈을 질끈 감았다.

'아……. 이상해.'

입 안이 섞이는 감각이 선명했다. 서로의 안쪽이 닿는 낯선 느낌이 싫지 않았다. 꼭 감은 눈앞이 어지러웠다. 그의 손이 턱 아래와 뒷목을 받쳐 잡았다. 단단히 잡혀 버린 느낌은 안정감을 주면서도 흥분되게 했다.

그와 맞닿은 부분은 입뿐인데 온몸이 예민하게 반응했다. 등 뒤로 소름이 돋고 손끝이 찌릿찌릿했다. 이게 키스구나. 상상했던 것보다 훨씬 노골적이고 뜨겁고 끈적거렸다.

숨이 턱밑까지 차오를 무렵에 그가 입술을 뗐다. 아델은 숨을 할딱이며 그를 보았다. 어느새 그의 팔이 그녀의 허리를 끌어안아 지탱해 주고 온몸은 그에게 거의 기대다시피 서 있었다.

"장난이면 용서 안 할 거예요."

그의 고개가 내려와서 아델의 입술에 살짝 입술을 붙였다가 뗐다.

"네게 장난이었던 적은 없어."

"책임진다는 뜻이에요?"

"책임진다고 하면 뭐든 해도 돼?"

"뭘 할 거예요?"

아델은 호기심이 가득 찬 눈으로 물어보았다. 발갛게 상기된 표정으로 그를 보다가 갑자기 확 붉어진 얼굴로 시선을 피했다.

"대체 무슨 생각을 한 거야."

론은 웃음을 터뜨리며 아델의 이마에 자신의 이마를 맞댔다. 아델은 빨갛게 물든 얼굴로 그를 보다가 역시 웃음을 터뜨렸다. 론은 웃는 아델을 바라보다가 가볍게 입을 맞추었다. 아델은 얼굴을 붉히며 그의 목을 끌어안았다.

"근데요, 론."

"응."

아델은 그에게서 살짝 몸을 떼어 내 그를 올려다보며 말했다.

"좀 혼란스러워요. 날 어린애로⋯⋯. 그런 관심은 없는 거 아니었어요?"

론은 아델을 잠시 보다가 싱긋 웃었다. 그리고 그녀를 안아 들어 몇 걸음 걸어가서 옷장 옆에 붙여 놓은 테이블 위에 올려 앉혔다. 모자 등의 소품을 잠시 올려 두도록 서서 쓰는 용도의 테이블이라 높았다.

아델이 걸터앉으니 바짝 앞에 선 그를 내려다보게 되었다. 항상 올려다보기만 하다가 시선의 높이가 달라지니까 기분이 이상했다.

그가 그녀의 머리카락을 귀 뒤로 쓸어 넘겼다. 귓가에 손이 닿는 느낌이 간지러워 아델은 어깨를 움츠렸다.

"없는 척했지. 네게 그렇게 보였다면 내가 제법 표정 관리를 잘했군."

"왜요?"

"그래야 한다고 생각했으니까."

"⋯⋯무슨 뜻인지 모르겠어요."

"전대 성주님께서 남기신 유언을 지키려고 했지."

그는 두 손으로 아델의 얼굴을 붙들고 입술을 꾹 눌렀다가 뗐다.

"그분께 죄송한 일이 많아. 너마저 욕심내면 정말 용서받지 못할 것 같았어. 그런데 도저히 안 되겠더라. 내 옆에 네가 없는 미래는 상상할 수가 없어."

그는 다시 입을 맞추며 그녀의 귓가에 속삭였다.

"내 가족이 되어 내 곁에 있어 줘. 언제까지나 계속."

아델의 눈동자가 당혹스럽게 흔들렸다. 이건 그녀가 생각한 순서를 훨씬 뛰어넘었다. 역시 소설은 소설일 뿐이었나. 그녀가 열심히 읽었던 연애 소설과 맞는 게 하나도 없었다. 무엇보다도 소설 속에서는 키스가 뭔지조차 제대로 알려 주지 않았다.

"……나도요."

아델이 작게 중얼거렸다.

"내 가족이 되어 줘요. 혼자가 되는 건 이제 싫어요."

아델은 자신이 진정으로 원하는 것이 무엇인지 깨달았다. 스텔라의 가족을 볼 때마다 항상 부러웠다. 진짜 가족이 갖고 싶다. 그녀는 그와 함께하는 미래를 꿈꾸었다.

그를 향해 두 팔을 뻗었다. 그의 목을 두 팔로 감으며 그의 품에 깊이 파고들었다. 등과 허리를 감싼 그의 팔에 힘이 들어가 서로에게 꽉 밀착되는 느낌이 좋았다. 그를 안는 것이 처음도 아닌데 느낌이 달랐다. 부드러운 깃털이 온몸을 간질이는 것처럼 목 안쪽에서 웃음이 흘렀다.

"할머니께서 뭐라고 유언을 남기셨어요?"

그가 할머니의 부탁을 받아서 후견인이 되었다는 것은 알고 있었지만, 구체적으로 어떤 내용인지는 물어볼 생각을 하지 못했다.

"널 지켜 달라고 하셨지. 네가 행복하기를 바라셨어."

아델은 이어질 말을 기다렸으나 그는 말이 없었다.

"그리고요?"

"그게 전부야."

아델은 눈을 동그랗게 떴다가 손으로 그의 어깨를 내리쳤다.

"왜 이렇게 사람이 답답해요? 이렇게 꽉 막힌 성주님이라니."

영문을 모르겠다는 표정의 그를 보며 아델은 웃음을 터뜨렸다. 그가 할머니의 유언을 언급하기에 할머니가 '두 사람은 절대 안 된다.' 같은 말씀이라도 남기신 줄 알고 가슴이 덜컹했다. 안심이 되니까 웃음이 나왔다.

서로를 잘 몰랐던 첫 만남 때부터 돌아가신 할머니의 유언을 고집스럽게 지키려고 애쓰던 그의 상냥함이 감격스러웠다. 그녀의 마음속에서 수줍은 연심이 충만한 애정으로 변화하기 시작했다. 아주 자연스럽게 이루어진 과정이라서 아델은 약간의 위화감도 느끼지 못했다.

"내가 알아요. 론은 할머니의 유언을 지키려고 최선을 다했어요. 고마워요. 론이 아니었으면 할머니가 돌아가시고 내가 견딜 수 있었을지 모르겠어요."

누군가의 행복. 얼마나 불확실하고 막연한 과제인가. 갑자기 떠맡은 여자아이를 돌보는 일이 절대 쉽지 않았을 것이다. 하지만 아델은 단 한 번도 그가 자신을 귀찮아한다는 느낌을 받은 적이 없었다.

"그리고 할머니의 유언을 어긴 게 아니에요. 난 지금 행복하거든요."

아델은 한 손으로 그의 볼을 쓸었다. 가만히 눈을 마주치는 보라색 눈동자를 보며 그녀는 다짐하듯 말했다.

"내가 론도 행복하게 만들어 줄게요."

그는 잠시 아델을 바라보다가 제 얼굴을 덮은 그녀의 손을 부드럽게 떼어 내어 손바닥에 입술을 붙였다. 아델이 순간 흠칫해서 빼내려는 손을 꽉 붙들고 손끝에 입을 맞추었다. 의식이라도 치르는 것 같은 정중한 키스였다. 조마조마하고 아슬아슬한 심정으로 아델은 그의 입술이 손가락의 아랫마디에서 손등, 손목으로 올라오는 모습을 보기만 했다.

느닷없이 그의 손에 턱이 잡히고 덤벼드는 그의 입술에 속수무책으로 삼켜졌다. 느릿하게 걸어오던 짐승이 갑자기 뛰어들어 달려드는 것 같다.

아델의 두 손이 갈 곳을 찾지 못하고 꼭 주먹을 쥐었다. 아까보다 더 사납고 거침없는 키스였다. 덜컥 겁이 나면서도 그만두지 않았으면 좋겠다는 이중적인 마음이 들었다.

정신이 없는 와중에도 그녀는 몸이 붕 뜨는 느낌을 받았다. 엉겁결에 두 팔로 그의 목을 감았다. 그가 그녀를 안은 채 걷기 시작했다.

그는 기가 막힌 타이밍으로 그녀의 호흡을 조절했다. 숨이 차오를 무렵에 입술을 떼어 아델이 숨을 고르는 즉시 방향을 틀어

키스를 이어 시작했다. 그녀에게 아무 생각도 하지 못하게 할 작정이었다면 그의 의도는 성공했다. 아델은 백치가 된 것처럼 머릿속이 하얗게 비었다.

"후우……."

귓가에 들리는 그의 한숨 소리를 들으며 정신이 들었다. 눈을 뜨자 시야에 천장이 있었고 그녀의 등이 닿는 곳은 푹신했다. 침대 위에 누운 상태로 그가 위에서 누르고 있었다. 그는 고개를 그녀의 옆에 묻고 가만히 있다가 두 팔로 디디며 몸을 일으켰다.

아델은 숨을 꿀꺽 삼켰다. 조금 전까지 그가 깨물고 핥고 비비던 입술이 화끈거렸다. 입 안에서 후끈후끈 열이 느껴졌다.

그녀는 막다른 길에 몰린 초식 동물이 된 심정으로 숨소리를 죽였다. 자신을 바라보는 그의 눈빛이 낯설었다.

쿵쿵, 바깥에서 문을 두드리는 소리가 들렸다. 두 사람 사이에 감돌던 긴장감이 파삭 깨졌다.

"아가씨. 안에 계세요?"

멜의 목소리다. 굳어 있던 아델은 화들짝 놀라며 일어났다. 몹시 당황하여 두리번거리는 그녀와 다르게 론은 크게 동요하지 않았다. 아델은 혼자 여유로운 그가 왠지 얄미웠다.

그녀는 그의 팔을 잡아끌었다.

"왜?"

"이쪽으로요, 얼른."

론이 순순히 움직여 준 덕분에 아델은 크게 힘을 들이지 않고 그를 침대 안쪽으로 끌고 갈 수 있었다. 침대 가장자리에 앉은 그를 두 손으로 힘껏 밀어냈다.

"뭐 하는……!"

론은 방심하고 있다가 예상치 못한 공격을 받고 침대 아래로 떨어졌다. 출입문에서는 보이지 않는 사각 지역이었다. 아델이 침대 아래로 고개를 숙여 그에게 당부했다.

"숨어 있어요. 내가 나갈 때까지 꼼짝하지도 마요."

아델은 침대에서 내려왔다. 대충 손으로 툭툭 쳐서 옷차림을 정리한 후, 출입문 앞에 서서 크게 심호흡한 다음에야 문을 열었다.

막 문을 열고 들어가려던 멜이 반가워했다.

"아가씨. 역시 여기 계셨군요."

"어떻게 알았어?"

아델은 긴장을 드러내지 않으려고 더 표정을 차게 굳혔다.

"복도 쪽의 문이 열려 있더라고요. 그래서 혹시 여기 계신 건가 들어와 봤지요."

"아, 내가 들어오면서 문을 열어 놨나 보네."

"성주님은 북쪽 탑에 안 계세요. 오면서 물어보니까 성주님이 남쪽 탑에 들어오셨다던데요. 성주님은 찾으셨어요?"

"응? 아니. 찾는 중이었어."

아델은 침실을 나와 멜을 지나쳐 응접실로 나갔다. 옆으로 멜이 따라붙었다.

"다른 방도 뒤져 볼까요?"

"아니야. 나중에 성주님이 집무실에 계실 때 뵈러 가면 돼. 급한 일은 아니니까."

하녀와 대화를 나누는 아델의 목소리는 점점 멀어지다가 사라졌다. 론은 한 팔로 턱을 받치고 비스듬히 누워서 그 소리를 듣고 있었다.

일어나 앉으며 그는 삐딱하게 웃었다. 아무 일도 없었던 것처럼 하녀 앞에서 시치미 떼는 모습이 아주 천연덕스러웠다. 속내가 다 얼굴에 드러나는 줄 알았더니 아델의 새로운 모습을 알았다.

"대체 내가 왜 숨는 거지?"

나쁜 짓을 한 것도 아니고, 투덜거리다가 그는 입을 다물었다.

"음……."

그는 팔짱을 끼고 한숨을 내쉬었다. 나쁜 짓을 안 했다고 할 수는 없겠다. 아델은 아직 미성년자고 자신은 현재 보호자였다.

그는 길고 긴 한숨을 내쉬었다. 역시 참았어야 했다. 인내심을 갖고 기다렸어야 했다. 성년 생일까지 두 달이 남았다. 아득히 멀었다.

*　　　*　　　*

집무실의 문을 두드리자 바로 제드가 나왔다.

"성주님께서 기다리고 계십니다."

아델이 안으로 들어가는 것과 동시에 집사는 밖으로 나갔다. 아델은 안으로 들어가자마자 움찔했다. 당연히 앉아 있을 줄 알았던 그가 책상 앞으로 나와 서 있었다.

"왜 저녁 먹으러 안 왔어?"

평소와 다름없이 저녁을 먹으러 식당으로 갔다. 시간 약속을 하면 늦는 법이 없는 아델이 좀처럼 오지 않아서 의아했다. 그리고 잠시 후 하녀가 와서 '아가씨께서 생각이 없으시어 저녁 식사는 거른다고 하셨습니다.' 하고 전하는 말을 듣고 황당했다.

갑자기 왜? 나를 피하는 건가. 별생각이 다 들었다. 무슨 맛으로 저녁을 먹었는지 모르겠다.

아델은 그를 빤히 보다가 눈을 굴려 시선을 피했다.

"생각할 게 있어서요."

"무슨 생각?"

"론은 내 법적 보호자잖아요. 우리…… 아무 문제없어요?"

"……어차피 네가 성년이 되면 보호 기간은 끝나."

아델은 그의 대답 이전의 간격을 놓치지 않았다. 성큼 그의 앞으로 다가서서 마주 보았다.

"그럼 보호 기간 동안에는요?"

"음……. 이제 두 달도 채 안 남았고……."

"두 달이나 남은 거예요."

아델의 눈동자에는 흐지부지 넘어가지 않겠다는 의지가 가득했다.

"다른 사람에게 물어볼 거예요. 론이 말해 주지 않으면요."

론은 푹 한숨을 내쉬었다.

"아델. 사람이 너무 빈틈이 없으면 안 돼."

"네?"

아델은 기가 막혀서 헛웃음을 터뜨렸다. 누가 누구에게 할 말인지 모르겠다. 사사건건 자신의 기상부터 취침까지 깐깐하게 간섭하는 사람이 정작 누구인데, 어이가 없었다.

"그 문제는 복잡하게 말하면 복잡한 문제인데. 간단히 말하면 법적으로는 혼인 관계 성립은 불가."

"보호 기간 동안에 말이죠?"

"음. 보호 기간 동안에는. 법적 후견인 제도에서는 후견인이 상대적으로 우월한 강자라고 보거든. 후견인이 위치를 남용해서 사리 분별하지 못하는 피후견인에게 부적절한 관계를 강요하지 못하도록 법적으로 제한하는 거지."

설명하다 보니까 자신이 몹시 나쁜 놈인 것 같다. 론의 표정이 떨떠름해졌다.

아델은 고개를 끄덕이다가 이해가 되지 않는 부분을 물었다.

"우리가 약혼했다는 소문이 났다고 하지 않았어요?"

"아, 그건……."

론은 낮은 헛기침을 했다. 맑은 그녀의 눈동자를 보고 있으니 묘한 죄책감이 들었다.

"우리가 법적 후견인 관계로 묶인 사실은 알려지지 않았어."

"법적 후견인이 흔하지는 않은가 보네요."

"법적 후견인에게는 의무가 많아서 잘 활용하는 제도가 아니야. 후견인이라고 하면 대개가 후원자로서 돌보아 주는 경우이지. 법으로 묶이면 모든 일이 원래 복잡해."

'그래서 그랬구나.'

아델은 라미아와 바네사, 두 사람과 나눈 대화가 론의 말과 불일치하는 이유를 알았다. 레바스의 성주님이 후견인이라고 했는데도 두 사람은 약혼 소문을 이상하게 생각하는 눈치가 아니었다. 아마 그들은 레바스의 성주를 그냥 후원자라고 생각한 모양이다.

"그러면 약혼했다는 소문을 잠재우는 일은 간단한 거 아니에요? 론이 내 법적 후견인이니 약혼은 있을 수 없다고 하면 될 것 같은데요."

"말처럼 간단한 건 아니야."

아델에게는 말하지 않았지만, 약혼에 관한 소문이 퍼진 후 소문을 들은 재산관리인 제레미가 그 문제를 따지러 왔다. 거액의 유산을 물려받은 아델이 아직 미성년인 신분으로 약혼설에 휘말렸으니 제레미가 보기에는 재산을 노리는 수작이 아닌지 의심스러웠을 것이다.

제레미에게는 소문은 소문일 뿐이라고 해명했다. 소문을 걷어 내는 노력도 하겠다고 약속했다. 하지만 론은 그 약속을 지키지 않았다. 더 퍼져라, 하는 게 솔직한 내심인데 굳이 해명하거나 소문을 없애려는 노력을 할 리가 없었다.

"그러면……."

아델은 그가 자신의 턱을 틀어쥐자 흠칫 놀랐다. 가까이 다가
온 그의 얼굴이 옆으로 기울었다.

눈을 감자마자 그는 한 입에 그녀의 입술을 삼켰다. 강하게
입술이 빨리면서 거침없이 들어온 혀가 입 안에서 엉겨 붙었다.
꼭 감은 그녀의 눈썹이 파르르 떨렸다.

론은 허리를 감은 팔에 더 힘을 주어 그녀를 품 안으로 당겨
안았다. 따끈한 열기가 가득한 작은 입 안이 꿀을 문 것처럼 달
았다. 여리고 부드러운 안쪽의 살을 탐색하면서 정수리까지 열
이 오르는 것 같았다.

갈증이 났다. 허기가 졌다. 그녀를 전부 맛보고 싶은 갈망 때
문에 그의 머릿속에서 이성과 욕망이 치열하게 싸웠다.

자신의 어깨를 잡은 그녀의 손이 가늘게 떨리는 느낌이 전해
졌다. 익숙지 않은 행위에 당황하면서도 거부하지 않고 받아들
이려고 애쓰는 그녀의 태도는 쾌감 같은 희열을 안겨 주었다.

그는 그녀의 입 안을 샅샅이 맛본 후에 입술을 뗐다. 턱 없이
부족하지만, 더 계속했다가는 멈출 자신이 없었다. 숨을 가쁘게
몰아쉬는 그녀의 입술이 붉게 부풀었다. 바라보는 그의 눈에 진
득한 욕망이 담겼다.

론은 그녀를 끌어안으면서 한숨을 쉬었다. 자신의 목을 가느
다란 두 팔로 감아 꽉 안는 힘을 느끼며 그는 웃었다.

"약속 잊지 않았지?"

"네?"

"날 행복하게 해 준다며. 몇 시간 전에 한 말이야."

"물론 잊지 않았어요. 근데요."

아델은 그의 가슴을 두 손으로 밀어내면서 고개를 들었다.

"당분간은 이대로가 좋겠어요. 지금까지 지낸 것처럼요."

그가 미간을 찡그리자 아델은 풋, 웃으면서 손가락으로 그의 미간을 눌렀다.

"나보고는 인상 쓰지 말라면서요. 어차피 내가 성년이 될 때까지 아무것도 할 수 있는 게 없잖아요."

"할 수 있는 게 왜 없어."

"뭘 할 건데요?"

"……."

"법적 후견인 제도의 취지를 생각하면 론은 보호자로만 있어야 해요. 괜한 구설에 오르는 건 싫고 론이 비난받게 되는 것도 싫어요."

아델은 생긋 웃으면서 그의 어깨를 탁탁 털어 내듯 두드렸다.

"두 달간 잘 부탁해요. 법적 보호자님."

반박할 여지가 없었다. 론은 어쩐지 짜증이 났다. 고개를 숙여 그녀의 어깨에 이마를 대고 한숨을 푹 내쉬었다.

"내 말대로 할 거죠? 집사도 눈치채면 안 돼요."

"……알았어."

3장
과거와 현재

　혹갈색 머리카락의 남자는 투명한 물처럼 맑은 혹갈색 눈동자를 지녔다. 순수했으며 열정으로 가득했다. 아무것도 모르는 천진무구함이 아니라 모진 세파에 구르고 깎여서 보석처럼 반들반들하게 빛나는 유리 조각 같았다.

　순수라는 표현은 지성을 지닌 존재와 어울리기가 어려웠다. 지성은 영혼을 빛나게 하면서 동시에 탁하게 오염시킨다.

　그래서 하란이라는 남자는 특별했다.

　『너는 축복을 받아 태어났구나』

　남자의 목소리치고는 가늘고 여자의 목소리치고는 묵직했다.

어디서 들려오는지 알 수 없는 목소리가 메아리처럼 울렸다.

"제가 말입니까?"

하란은 몹시 재미없는 농담을 들은 표정을 지었다.

『무릇 모든 생명은 태어나면서 타고난 기질이 있다. 너의 곧은 성품, 꺾이지 않는 의지, 너를 적대하는 자조차 담을 수 있는 포용력. 너의 노력이 있었겠으나 타고나지 않았다면 노력만으로 이룰 수 없는 것들이다』

하란의 눈동자가 크게 흔들리더니 한참을 말이 없었다. 그리고 허탈한 듯, 홀가분한 듯 웃었다.

"그렇군요. 제가 오만했습니다. 저는 제가 이룬 모든 것들을 오직 제가 이루었다고 생각했습니다. 그래서 저는 세상을 원망했습니다. 제게는 아무것도 베풀지 않았으면서 수많은 고난으로 제게 벌을 내린다고 생각했습니다."

그의 주변으로 뽀얀 빛이 흘러나왔다. 하란을 지켜보는 '그들'만 느낄 수 있는 변화였다. 은은하게 퍼져 나오던 빛이 하란의 몸 안으로 흡수되듯 갈무리되었다.

사소한 계기로 깨달음을 얻고 성장할 수 있는 영혼이라니. 놀라웠다. 더 놀라운 것은 지금의 상태도 작은 씨앗에 불과하다는 것이다. 무한한 가능성이 있었다.

"당신의 말씀이 맞습니다. 제가 축복받은 자가 아니었다면 지금 이 자리까지 오지 못했겠지요."

하란은 깊이 허리를 숙였다. 정중한 인사를 마치고 고개를 들었다.

"괜한 투정을 부렸습니다. 지금껏 해 온 것처럼 제 힘으로 해 보겠습니다."

『성급하구나.』

뒤돌던 하란이 멈칫, 다시 몸을 돌렸다.

『너는 각오가 되어 있느냐? 세상의 이치는 균형을 맞추려 한다. 이미 어긋난 균형을 맞추기 위해 네가 우리를 찾아온 것인지, 네가 우리를 찾아와 균형이 어그러질지 지금으로서는 알 수 없구나.』

하란은 바로 대답하지 못했다. 눈을 감고 깊은 생각에 잠겼다. 잠시 후 눈을 뜬 하란은 더욱 곧은 눈빛을 하고 있었다.

"내일은 내일 생각하겠습니다. 저는 기회를 잡겠습니다."

『네가 무엇을 할 수 있을지 지켜보겠다.』

"예! 지켜봐 주십시오!"

하란은 환희에 가득한 웃음을 터뜨렸다. 얻게 될 거대한 힘에 도취된 교만함은 없었다. 충만한 기쁨과 진실한 고마움만 가득했다. 사물의 본질을 들여다보는 '그들'의 눈에는 그게 보였다.

"그럼 저와 함께 가 주신다는 것이지요?"

『우리는 이곳을 떠날 수 없다. 네가 지금 밟은 땅, 네가 마시는 공기, 너를 비추는 빛 자체가 우리다.』

"아……. 그러면 어찌합니까? 조언이 필요할 때마다 제가 와야 하는 건가요?"

『조언? 그따위를 무엇에 쓸 것이냐.』

하란은 멋쩍어하며 머리를 긁적였다.

『하루 밤낮이 지난 후에 다시 오너라. '우리'는 '나'가 되어 너를 기다리고 있을 것이다.』

아델은 눈을 뜨면서 인상을 썼다. 기분이 몹시 좋지 않았다. 그녀는 평소에 깊게 푹 잠드는 편이라서 아침에 일어나면 항상 개운했다. 가끔 이상한 꿈을 꾸기는 해도 그게 일상에 영향을 미치지는 않았다. 그런데 오늘은 머리가 무거웠다.

'정말 그 남자가 하란인가?'

지난 번 꿈과 내용이 이어진다. 그래서 허튼 꿈으로 무시할 수가 없었다. 굉장히 생생했다. 마치 과거에 있었던 기억을 떠올리는 것처럼.

'정말 그 남자가 하란이면 국사책에 나온 초상화는 순 사기잖아.'

고서의 방에서 봤던 일기의 한 구절이 떠올랐다. 하란의 제자들은 스승의 과오를 지우려 한다고 했다. 스승의 얼굴마저도 흠잡을 곳이 없게 바꾸고 싶었던 모양이다.

'겉모습 같은 건 중요한 게 아닌데.'

꿈속에서 봤던 남자는 단순히 외모로 평가할 수 없는 뚜렷한 존재감이 있었다. 강하고 아름다운 영혼을 가진 남자였다. 그래, 대마법사 하란이라면 최소한 이 정도는 되어야지, 하고 납득했다.

'나는 왜 이런 꿈을 꾸지.'

아델은 꿈속에서 하란과 대화를 나누는 미지의 존재가 되었다. 하지만 꿈속의 자신에게는 고유한 자아가 느껴지지 않았다. 동일시할 수 없는 괴리감이 있었다.

가장 이상한 것은 꿈속에서 자신의 정체가 무엇인지 도무지 알 수 없다는 점이었다.

하란의 얼굴을 보면서 동시에 공중에서 내려다보고 뒤에서 등을 보았다. 불어오는 바람을 느끼고 바닥의 모래알이 바위처럼 크게 보였다. 쏟아지는 감각들이 조금도 버겁지 않았다.

그녀는 실체가 없었다. 수없이 많은 것들이 흩어져 있다가 목소리를 낼 때는 하나로 뭉쳐서 의지를 담았다.

꿈속에서 아델은 항상 자신을 일컬어 '우리'라고 했다.

'혹시 난 태어나기 전에 공기였던 걸까?'

생각에 잠겨 있던 아델이 작게 신음하며 인상을 썼다. 아랫배가 아프다. 딱 꼬집어 말할 수 없는 이상한 통증이었다. 아랫배보다 더 아래가 바늘로 찌르는 것처럼 욱신거렸다.

'자다가 땀을 흘렸나. 끈적거려.'

아델은 낑낑 일어나 앉아서 이불을 들추었다. 하얗게 질린 얼굴로 붉은 핏자국을 보다가 다시 푹 덮었다. 당황한 그녀의 눈동자가 마구 흔들렸다. 침을 꿀꺽 삼키고 다시 이불을 슬쩍 들었다. 문이 열리는 소리를 듣고 얼른 덮었다.

"아가씨……. 아, 일어나셨네요."

"응."

멜은 침대 곁에 서서 잠시 기다렸다. 하지만 아델이 내려올 생각을 하지 않자 고개를 갸웃했다.

"조금 더 주무실래요?"

"멜. 나 몸이 좀 이상해."

"어디가 아프세요?"

멜은 울 것 같은 아델의 얼굴을 보면서 표정이 굳었다.

"……배가 아파. 저번에 멜이 말했지. 사람에 따라서는 아픈

중상도 있다고."

멜의 표정이 묘해졌다. 다짜고짜 침대 위로 기어 올라갔다. 아델의 허락도 구하지 않고 이불을 걷어 냈다. 잠시 굳어 있던 멜이 다시 이불을 덮었다.

"어……. 아가씨. 잠시 계세요. 고모……. 집사님께 다녀올게요."

멜은 당황하며 침실을 뛰어나갔다. 잠시 후 멜이 마틸다와 들어왔다. 마틸다는 얼이 빠져 있는 멜에게 해야 할 일을 지시했다. 시트를 갈고 아델의 옷을 갈아입혔다. 그리고 바로 의사가 들어왔다.

의사는 초경을 시작한 아델에게 당부 사항을 전달했다.

무리한 운동은 하지 마라, 견디기 힘든 통증은 참지 말고 진통제를 복용해라, 기분이 예민해지고 우울해지는 것은 정상적인 반응이다 등등.

의사가 나간 후 마틸다는 침대 곁에 앉아 아델의 손을 잡았다.

"축하드려요. 아가씨."

"……고마워요."

마틸다는 부끄러워하는 아델을 보며 다정하게 웃었다.

"제가 아가씨께 소홀했군요. 죄송해요. 진즉에 알려 드렸어야 하는데. 많이 놀라셨지요? 아가씨의 몸이 아이를 낳을 수 있다고 말하는 신호랍니다."

"알고 있어요. 멜이 말해 줬어요."

"멜이요?"

마틸다가 멜을 돌아보았다. 대견해하는 고모의 눈빛을 받으며 멜은 우쭐했다.

"아셔야 하는 것들이 더 있답니다. 여인의 몸이 어떻게 아이를 갖고 낳는지 하나씩 알려 드릴게요."

"그것도 알아요."

"어머나."

마틸다는 감탄사를 중얼거리며 멜을 돌아보았다. 조카의 엉뚱함을 잘 아는 마틸다는 멜이 아가씨께 무슨 소리를 했을지 걱정이 되었다. 거만하게 턱을 세우고 의기양양해하던 멜은 고모의 날카로운 시선을 받고 바로 기가 죽어서 눈을 피했다.

"쉬세요. 아가씨."

아델은 일어나려는 마틸다를 붙들었다.

"저기, 성주님께…… 말씀드릴 건가요?"

"아가씨. 창피한 일이 아니에요. 오히려 축하받으실 일이죠."

"할머니가 살아 계셨다면 바로 말씀드렸을 거예요. 근데 성주님은…… 좀 민망해요."

마틸다는 빙그레 미소 지었다. 염려 말라는 듯 아델의 손등을 가볍게 두드렸다.

"무슨 말씀인지 알겠어요."

마틸다는 멜의 곁을 지나치면서 '따라오너라.'라고 말했다. 멜이 쭈뼛거리며 마틸다의 뒤를 따라 나가고 나자 침실에 아델은 혼자 남았다.

'우와.'

아델은 두 손으로 얼굴을 감싸 쥐었다. 아까는 멍하게 정신이 나가 있었다가 뒤늦게 실감이 났다.

그동안 내색하지 않았으나 초조했다. 어린아이의 몸이었다가 갑자기 자란 신체, 이상한 능력, 자기 자신에 대해 늘 의구심이 있었다. 드디어 자신이 평범한 사람이 되었다는 안도감이 들었다.

*   *   *

론은 심각한 표정으로 우편물을 노려보았다. 보낸 우편물이 반송되었다. 아델에 대해 알아보라고 일을 맡긴 조사원에게 보낸 우편물이다.

'무슨 일이 생겼어.'

행방이 묘연해졌다. 론이 걱정한 쪽은 사울 왕국으로 보낸 사람이었다. 그런데 생각지도 않았던 조사원의 신상에 일이 생겼다.

'누가 아델에 대해 묻고 다닌다더니.'

조사원을 해칠 만한 사람으로 떠오르는 자는 정체 모를 그자밖에 없었다. 위험한 자가 아델을 찾고 있다.

'행방불명된 조사원을 찾아야겠군.'

조사원의 흔적을 좇다 보면 누가 조사원과 접촉했는지 알 수 있을 것이다.

론은 앨런과 사무관 버나드 몬트를 불렀다. 대강의 상황을 설명한 후 버나드에게는 대륙으로 보낼 조사단을 구성하라고 지시했다.

"앨런. 자네는 조사단을 호위할 기사들을 선별하도록. 또 사람이 상하는 일이 있어서는 안 될 테니까."

"예. 성주님."

"조사단이 해야 할 일은 둘이다. 첫째는 사라진 조사원의 행적을 좇는 일, 둘째는 조사원을 해친 증거나 조사원이 납치를 당한 정황을 발견하면 배후를 찾는 일."

버나드는 들고 온 노트에 간략하게 메모하다가 물었다.

"은밀함이 우선입니까, 신속함이 우선입니까?"

론은 잠시 생각하다가 답했다.

"둘 다 버릴 수 없군. 조사단을 둘을 꾸리게. 한쪽은 조용하고 은밀하게 움직이고 한쪽은 아주 시끌벅적하게 뒤집고 다니는 게 좋겠어."

"예. 성주님."

"대륙은 하란과 비교하면 무법 지대나 다름이 없다. 사람이 다치는 일이 없게 철저히 준비해라."

론은 덧붙여 말했다.

"필요한 만큼의 인원을 충분히 동원하고 비용은 아끼지 마라."

모든 일정을 미루고 조사단을 구성하는 일을 최우선으로 삼았다. 신속함을 원하는 성주의 뜻에 따라서 버나드가 지휘하는 임시 부서를 구성했다. 대륙 현지의 사정에 밝은 길잡이와 정보원을 고용하기 위해 관리들 몇이 덴버로 갔다.

어떤 일이든 진행에 발목을 잡는 가장 큰 원인은 대부분 예산일 것이다. 하지만 성주가 예산을 얼마든지 필요한 대로 쓰라고 한 마당이라 모든 건 순조롭게 쭉쭉 진행되었다.

앨런은 기사들의 자발적인 신청을 먼저 받고 그중에서 골라 명단을 작성했다. 버나드는 임시 부서의 관리들과 머리를 싸매고 조사단의 일정과 계획을 짰다.

론은 다른 일에 우선해서 수시로 보고를 받고 즉시 반영하도록 의견을 냈다. 며칠 만에 조사단의 구성은 거의 가닥이 잡혔다.

그런데 생각지도 못한 일이 벌어졌다. 루터가 집무실에 와서 소장을 내밀었다.

론은 소장을 읽어 본 후 차갑게 웃었다.

"케일리 가문이 소를 제기했다는 거요?"

"예. 성주님."

대회의를 통해 케일리 가문을 일곱 가문에서 축출하기로 결정했고 법적인 절차도 모두 마쳤다. 케일리 가문이 빠져나간 빈

자리를 채울 새 가문의 후보도 정했다. 추천은 루터가 했으며 다른 가문들도 딱히 이의가 없다고 전해 들었다.

"명목상으로는 절차상 문제가 있었다고 합니다만."

"절차에 미비한 점이 있었소?"

"없습니다."

"그럼 다른 속셈이 있는 거로군."

"예. 아무래도 성주님께 부담을 드리려는 것 같습니다. 대가문이 소송에 휘말리면 사람들의 입에 오르내리게 됩니다. 해결될 때까지 짧게는 몇 개월이고 길게는 몇 년이나 걸리는 일이라 장기적으로 대가문의 이름이 노출되면 아무래도 좋지 않습니다."

루터가 말을 돌려 하고 있지만, 간단히 말하자면 골탕을 먹이려고 어깃장을 놓는다는 뜻이었다.

"그래서 케일리 가문이 얻는 게 무엇이오?"

"대개 이런 경우 중재 절차로 들어갑니다. 케일리 가문의 입장에서는 어차피 축출된 마당에 금전적인 이득이라도 얻으려는 것 같습니다."

"억지를 부리는 상대와 협상을 하라는 거요?"

"성주님께서 승계 절차를 마치신 지 얼마 되지 않았습니다. 초반부터 소송에 휘말리면 성주님께 부담이 될 수 있습니다."

"지도자의 자질 여부로 왈가왈부하는 자들이 나온다는 거군."

결정은 성주의 몫이었다. 루터는 답변을 기다렸다. 그런데 내심으로는 중재 쪽으로 가기를 바랐다.

소송은 지저분한 싸움이었다. 이기기 위해서는 수단 방법을 가리지 않았다. 상대를 인신공격하는 일도 흔했다. 근거가 없는 음해성 소문은 소송 중에 나오는 경우가 많았다.

세간의 시선을 신경 쓰는 어지간한 규모의 가문이면 가급적 소송은 피하려고 했다. 가문을 이끌다 보면 불법까지는 아니어도 드러내기 껄끄러운 일을 하기 마련이고 파고들면 불편한 비밀을 누구나 한두 가지는 갖고 있었다.

더구나 레바스는 얼마 전에 주인이 바뀌어 많은 사람이 관심 있게 주시하고 있었다.

"협상은 없소."

"……결정을 바꾸실 의향은 없으십니까?"

"이길 것이 확실한 싸움 아니오?"

"이겨도 득이 없습니다. 대가문인 레바스는 강자의 입장에 있습니다. 사람들은 강자와 약자가 싸우면 약한 쪽을 응원합니다. 진실 여부와는 상관없이 말이지요. 그리고 케일리 가문은 오랫동안 레바스를 위해 일했습니다. 옛정이 있는데 매몰차다는 말이 나올 겁니다."

"상관없소."

얼마 전이었다면 론은 중재를 택했을 것이다. 자격 없이 레바스의 힘을 빌리고 있으니 곱게 빌려 쓰다가 되돌려 줘야 한다고 생각했다. 논란이 될 만한 일은 하지 않으려 했다.

"세간의 시선 때문에 이길 수 있는 싸움에서 물러나지 않을 거요."

어차피 세상 사람들은 론을 레바스의 주인이라고 생각한다. 진실을 혼자 끌어안고 몸을 사리는 건 자기만족일 뿐이었다. 장기적으로 볼 때 레바스 가문의 미래에도 좋지 않을 것이다.

어차피 일은 벌였다. 제대로 주인 노릇을 해 보자. 정말 내 것이라고 여기고 레바스를 위해 모든 노력을 다해 보자.

그는 새롭게 마음을 다졌다.

"어차피 얻게 될 악명이라면 사정 봐주지 마시오. 관대한 척나를 포장할 생각은 없소. 오히려 그 반대로, 내게 덤비면 어찌되는지 본보기로 삼아야겠소."

론은 살면서 인간의 씁쓸한 속성을 배웠다. 좋은 사람이 되어 인정을 베풀면 대부분 만만히 보고 함부로 대했다. 평소에 고약한 사람이 가끔 선심을 베풀면 감격하고 고마워했다.

루터는 성주를 바라보다가 한숨을 쉬었다. 단호한 표정은 절대 말을 바꿀 여지가 없어 보였다.

"성주님의 뜻은 알겠습니다."

"소송에 관해서는 바실 수장이 맡아서 진행하시오."

"예. 성주님."

론은 고개를 꾸벅 숙이고 나가려는 루터에게 갑자기 떠오른 질문을 던졌다.

"그런데 케일리 가문에서는 질 싸움이라는 것을 알 텐데 물고 늘어질 여지가 있으니 소를 제기했을 것 아니오."

"파악 중에 있습니다. 브로디 공과 말을 맞추어 허황된 일을 만들 것 같기도 합니다. 그래서 멀론 브로디의 행방을 찾는 중입니다."

"그자의 행방이라면 내가 알고 있소."

"성주님께서요? 대륙으로 나간 이후에 입국했다는 소식은 듣지 못했습니다만."

"대륙의 어디에 있는지 안다는 거요."

놀라워하는 루터를 보며 론 역시 공교롭게도 딱 들어맞게 그자의 행방을 알게 되었다는 생각을 했다.

론은 대륙의 지도에 표기해서 루터의 집무실로 보냈다. 표시된 곳은 사울 왕국의 미튼 백작령이었다. 대륙에 사람을 보내어 멀론을 잡아 오든지 케일리 가문 측에서 멀론에게 접촉하지 못하게 손을 쓰든지 그건 루터가 알아서 할 것이다.

그런데 일은 엎친 데 덮친다더니 저녁 시간이 다 되어 불쑥 에릭이 나타났다. 저녁 식사 준비가 다 되었다고 집사가 보고한 직후였다.

"제드. 아델에게 오늘 저녁은 함께 먹지 못하겠다고 전해라."

"예. 성주님."

론은 식사를 미루었다. 어지간한 일이 아니면 에릭이 직접 오지는 않았을 것이다.

"오랜만에 들어왔다가 재미있는 소문을 들었습니다. 아델 아가씨께서 사교계의 유명인이 되셨다지요. 아름다운 숙녀가 되셔서 말입니다."

"들어오자마자 잘도 챙겨 듣는군. 재주도 좋아."

"정말 자라신 겁니까?"

론은 아델에 관한 가십을 화제로 삼고 싶지 않았다.

"그 얘기를 하자고 온 건 아닐 텐데."

"성주님께 긴히 드릴 말씀이 있어서 왔습니다만, 아가씨와 무관한 일이 아닙니다."

에릭은 말콤 그랜트의 뒤를 캐느라 매일 잠자리가 바뀔 정도로 부지런히 돌아다녔다.

말콤은 경계심이 상당하고 가까이 두는 측근이 거의 없었다. 지금껏 꽤 많은 사람의 정보를 캐 보았지만, 이만큼 어려운 상대는 처음이었다. 험난한 산일수록 정복할 가치가 있는 법. 조금씩 실마리를 잡아가는 재미가 쏠쏠했다.

펠릭스 후작이 방패막이가 되어 준 덕분에 말콤의 시선을 딴 곳으로 돌리고 비교적 자유롭게 움직일 수 있었다. 그런데 말콤이 숨기려고 하는 부분만 좇다 보니까 드러난 사실을 확인하는 일에 소홀했다. 그래서 너무 늦게 알았다.

사안의 심각성을 느끼고 돈 주고도 구하기 어려운 고가의 마법 스크롤을 사용하면서까지 성주에게 정보를 전하러 왔다.

"아델에 관한 일이라니?"

"말콤 그랜트. 그자가 얼마 전부터 잃어버린 조카를 찾고 있다고 합니다. 그런데 아무래도 아가씨를 찾는 것 같습니다."

"뭐?"

"그자가 찾는 조카의 신상을 대충 정리해서……."

론은 에릭이 내미는 봉투를 낚아채듯 받아 내용을 꺼냈다. 읽어 내려가는 론의 표정이 점점 심각하게 굳었다.

'그럼 아델을 찾고 있던 자가…….'

"제드!"

집사가 고개를 숙이며 대답했다.

"가서 버나드 사무관에게 당장 오라고 전해라."

"예. 성주님."

성주의 목소리에서 다급함을 느꼈는지 제드가 서둘러 나갔다.

'조사단을 대륙으로 보내는 일은 보류해야겠어.'

조사단의 구성을 다 마치고 내일 새벽 일찍 출발하기로 아까 이야기가 끝났다. 하지만 행방불명된 조사원의 배후에 말콤 그랜트가 있다면 조사단을 보내는 건 너무 위험했다.

말콤이 그 괴물과 관련이 있다고 의심하고 있었다. 거의 확신했다. 용병 수십의 목숨을 벌레처럼 짓이기는 그 괴물은 절대 사람이 대적할 수 있는 상대가 아니었다. 조사단을 그 괴물이 벌리는 아가리 안으로 밀어 넣을 수는 없는 일이다.

"성주님. 저는 이만 가 보겠습니다."

"지금 바로 말인가?"

"예. 하던 일이 있어서 말입니다. 그리고 현자 줄리오 님을 뵈었습니다. 조만간 성에 오겠다고 하시더군요. 성주님을 뵈면 맡기신 일이 거의 해결이 되었다고 전해 달라 하셨습니다."

에릭이 느닷없이 줄리오의 이야기를 하자 어리둥절했다.

"맡긴 일이라니?"

"저도 자세한 내용은 듣지 못했습니다."

"아……. 그 일 말이로군."

론은 고개를 끄덕였다. 반지에 대해 조사해 달라고 부탁했던 것이 기억났다.

레바스 가문의 신물이 왜 자신을 거부하지 않는지, 그 문제는 론이 반드시 풀어야 하는 의문이었다. 곧 답을 얻을 수 있다고 하는데 크게 감흥이 없었다. 지금은 그게 중요하지 않았다.

에릭이 한발 빠르게 소식을 가져다주기는 했지만, 이미 늦었다. 사실 확인을 하고 대처 방안을 마련하기도 전에 그다음 날 오전, 중앙 법원에서 파견한 관리가 방문했다.

법원의 관리는 봉인된 두툼한 봉투를 론에게 직접 건네고 수령 확인증을 받아갔다. 봉투 안에서 서류를 꺼내 하나씩 확인하면서 론의 표정이 점점 사나워졌다.

탄원서, 친족 관계 확인서, 면접 청구서 등 빈틈없이 마련된 서류는 얼마나 철두철미하게 준비했는지 알게 해 주었다. 서류들이 말하는 결론은 한 가지였다. 말콤 그랜트가 조카 아델 스톤을 되찾겠다고 주장하고 있었다.

　　　　*　　　*　　　*

　이른 새벽, 멀론이 조용히 방에서 나왔다. 며칠 계속 지켜보았기 때문에 이 시간에는 지나가는 사람이 없다는 것을 알면서도 다시 한 번 복도를 살폈다.

　멀론이 미튼 백작의 성에서 식객으로 지낸 지 몇 개월이 지났다. 처음에는 환대하며 귀빈으로 대접해 주던 백작은 멀론의 처지가 개털이 되었다는 사실을 눈치챘는지 슬슬 거리를 두기 시작했다.

　몇 개월을 빌붙어서 놀고먹으니 집주인의 눈초리가 곱지 않은 것은 당연했다. 더구나 요즘 백작령의 사정이 그다지 좋지 않았다. 얼굴을 볼 때마다 돈 이야기를 하며 투자를 제안하는 멀론을 상대하기가 더욱 불편했을 것이다.

　미튼 백작의 괘씸함을 성토하며 멀론은 이를 갈았다. 현재 자신의 처지는 생각지 않고 과거의 영광만 떠올렸다.

　한때 대륙에서 아동 인신매매가 성행할 무렵에 미튼 백작은 은밀한 퇴폐 업소를 운영했다. 당시에 멀론은 짭짤한 수익을 안겨 주는 단골손님이었다.

　'고약한 자 같으니. 내가 제 놈에게 퍼 준 돈이 얼마인데.'

　진실은 멀론이 멋대로 어림짐작하는 것과 달랐다.

　어차피 두 사람은 철저하게 이득으로 엮인 얄팍한 관계에 불과했고 그마저도 떳떳하게 드러낼 수 없었다. 처음에 멀론이 찾아왔을 때부터 미튼 백작은 달갑지 않았다. 귀족의 체면으로 적당히 말을 돌려 하는데 멀론은 알아듣지 못했다.

말로 해서는 안 된다는 것을 알고 나서 미튼 백작은 행동으로 보였다. 만나자고 하면 이런저런 핑계로 피하고 멀론의 방을 작고 볼품없는 곳으로 바꾸었다.

노골적으로 가라고 표시하는 것을 멀론은 엉뚱하게 해석했다. 내 처지가 빈곤해졌다고 박대 받는다며 분통을 터뜨릴 뿐이었다.

'분명히 그 창고에 뭐가 있어.'

멀론은 우연히 지나가다가 낡은 창고를 보았다. 처음에는 잡스러운 물건을 쌓아 두는 창고인 줄 알았다.

별생각 없이 지나가던 하인에게 물었다.

"저 창고에는 무엇이 들었나?"

하인은 당황하며 말을 얼버무렸다.

"잘 모릅니다. 백작님께서 들어가지 말라고 하셔서 아무도 얼씬하지 않습니다."

그때부터 뭔가 이상하다고 생각했다.

그 후 오며 가며 창고를 유심히 보았다. 딱히 창고로 무엇이 들고 나가는 것 같지 않았다. 그런데 지나가는 자들은 항상 창고 주변을 빙 둘러서 피해 갔다.

관심을 갖기 시작하니까 사꾸 눈이 가고 호기심은 더 커졌다.

백작은 만나 주지 않고 할 일이 없이 빈둥대는 일도 지겨웠다. 시간이 남아돌자 망상은 커졌다. 날이 갈수록 안에 무엇이 있는지 궁금해서 견딜 수가 없었다.

밤에서 새벽으로 흐르는 경계에 걸친 이 시간에는 사람들이 가장 깊은 잠에 빠져 있다. 멀론은 누구의 눈에도 띄지 않고 창고에 접근했다.

'귀물이 있는 것치고는 경계가 허술한데.'

창고의 문에 바짝 기대어 서 있으니 심장이 마구 뛰었다. 불안함과 설렘이 뒤섞인 기묘한 느낌이었다.

'뭔가 있어.'

근거 없는 확신이 생겼다. 멀론은 힘껏 몸으로 문을 밀치고 안으로 들어갔다. 두리번거리며 조심히 발걸음을 옮겼다. 새벽의 옅은 빛이 미세한 나무 벽 틈새로 스며들어 아주 어둡지는 않았다.

"으억!"

우뚝 서 있는 사람을 발견하고 멀론은 바닥에 주저앉았다. 벌벌 떨면서 눈을 부릅떴다.

'갑옷?'

사람의 형태처럼 세워 둔 갑옷이었다. 투구까지 씌워 놓아서 얼핏 사람처럼 보였다. 귀족의 성이나 저택에 장식으로 세워 둔 것을 몇 번 본 적이 있었다.

멀론은 투덜거리면서 일어났다. 갑옷에 놀라 널브러진 자신의 꼴사나움이 짜증났다. 주변을 스윽 둘러보다가 눈이 커졌다. 세워 둔 갑옷 기사가 한둘이 아니었다. 눈으로 어림잡아도 수십은 넘었다.

'은근히 비싸다고 들었는데.'

눈을 빛냈다가 아쉬움에 입맛을 다셨다. 무게와 부피가 있으니 몰래 가지고 나갈 수는 없을 것이다.

'창고에 이런 것을 수십 개씩 쌓아 두면서 돈이 없다니.'

좀 이상하기는 했다. 금덩어리는 아니어도 창고에 방치해 둘 물건은 아니었다.

안쪽으로 계속 걸어 들어가다가 멀론의 눈이 번뜩였다. 상자가 보였다. 보물 상자일지도 모른다.

멀찍이에서 봤던 상자는 가까이 가니까 훨씬 큼직했다. 장인이 다듬었는지 겉이 매끄럽고 섬세한 문양이 새겨져 있었다. 주변을 돌면서 상자를 살피는 멀론의 표정이 떨떠름해졌다. 양쪽으로 길쭉한 나무함은 마치 관 같았다.

'원래 보물은 무덤에서 나오는 거지.'

멀론은 낑낑대며 뚜껑을 들었다. 나무인데 무게가 굉장했다. 위로 드는 것을 포기하고 옆으로 밀어냈다. 제법 요란한 소리를 내면서 뚜껑이 아래로 떨어졌다. 그는 안에 든 것을 확인하고 실망했다.

"또 기사 갑옷인가?"

관 같다고 생각했는데 아무래도 맞는 것 같다. 긴 나무함 안에는 한 구의 기사 갑옷이 시체처럼 누워 있었다.

'따로 빼서 보관했다는 건 매우 귀한 물건이라는 뜻이겠지?'

갑옷 자체를 희귀한 금속으로 만들었다거나 보석으로 장식했는지도 모른다. 멀론은 고개를 더 바짝 들이밀고 관에 담긴 갑옷을 살펴보았다. 보석을 빼돌릴 수 있을까 싶어서 손으로 더듬었다. 씌워 놓은 투구는 다른 갑옷 기사들의 것과 형태가 달라서 얼굴을 완전히 가리지 않고 턱이 드러났다.

'턱?'

턱이 있다. 틀림없는 사람의 턱. 멀론은 비명도 지르지 못하고 그대로 주저앉았다. 정말 관이었나. 안에 든 것은 시체인가. 온몸이 덜덜 떨렸다. 다리에 힘을 주어 일어나려고 해도 꼼짝도 하지 않았다.

탁, 소리가 나면서 관 밖으로 금속 장갑을 낀 손이 나왔다. 멀론이 핏발 선 눈으로 부들부들 떨었다. 이어서 쑥 몸을 일으키는 갑옷을 보면서 그대로 눈을 까뒤집고 기절했다.

관에서 일어나 앉은 갑옷 기사의 투구 속에서 붉은 눈이 빛났다.

카발은 주먹을 쥐었다가 폈다. 저항이 느껴졌다. 몸의 주인은 아직 포기하지 않았다.

─시간이 더 필요해.

저택 별채의 돌바닥 아래에 누워 있는 카발의 본체는 강력한 힘을 가진 대신 약점이 있었다.

어지간한 인간이라면 근처에 다가오지도 못하겠지만, 심지가 굳건하여 어둠이 파고들 틈이 없는 인간이 휘두르는 물리적인 공격에는 속수무책이었다.

그래서 카발에게는 방패이자 무기가 필요했다. 어둠의 기사를 만들어서 데리고 다니는 이유였다.

─이놈을 욕심부리지 말았어야 했는데.

카발은 이를 아득 갈았다. 몸의 원래 주인은 기사였다. 완벽하게 조화로운 신체가 훌륭해서 탐이 났다. 강력한 어둠의 기사를 만들 수 있을 것 같았다. 하지만 이렇게 수고로울 줄 알았다면 놈을 발견한 그 날 그냥 죽였을 것이다.

상성이 극단적으로 맞지 않았다. 아주 드물게 맑은 영혼을 지닌 자였다. 그걸 깨달았을 때는 이미 많은 기운을 쏟아 넣은 후였다. 이놈에게 들인 노력이라면 그런대로 쓸 만한 어둠의 기사를 여럿 만들 수 있었을 것이다.

인제 와서 포기하려니 놈이 어떤 변수가 될지 알 수 없었다. 차라리 철저하게 타락시켜서 어둠의 기사로 만들어야 한다. 영혼을 타락시킬 수단으로는 흑마법이나 살생이 있다.

그런데 오랫동안 봉인되었다가 깨어나 보니 세상이 많이 바뀌었다. 흑마법사는 물론이고 처절한 전쟁도 사라졌다. 세상은 징그럽게도 평화로웠다. 언제고 인간들은 다시 치고받기를 시작하겠지만, 당분간은 아니었다.

그래서 얼마 전에 작정하고 판을 벌였다. 인간으로부터 가장 극단적인 어둠의 감정, 공포와 절망을 끌어낼 사건을 계획했다.

공포 앞에서 벌벌 떨다가 고꾸라질 심약한 것들이 아니라 끝까지 발악할 독한 것들이 필요했다. 말콤에게 일러두었더니 알아서 자리를 마련했다.

카발은 기사를 조종하여 사냥감처럼 몰아 둔 수십의 인간들을 잔인하게 찢어 죽였다. 죽어 가는 인간들의 피를 흠뻑 뒤집어씌우고 특수하게 제작한 관에 넣어 두었다.

이쯤이면 굴복했나 싶어서 오랜만에 와 보았더니 여전히 몸의 주인은 아득바득 고개를 쳐들고 있었다.

—힘으로 누르지 말고 다른 방법을 써야겠군.

갑옷 기사는 다시 관에 누웠다. 몸에서 스스륵 빠져나온 보라색의 기운이 기사의 머리맡에서 맴돌았다.

—날 주인으로 현혹시켜 달래 볼까.

카발은 놈이 자신의 주인을 지키려고 했던 끈질긴 충심을 기억했다.

　—지크.

　기사의 귓가에 속삭였다. 기사의 귀에는 그리워하는 목소리로 들릴 것이다.

　—지크 하워드.

　굳게 다물려 있던 입술이 움찔거렸다.

　—나의 기사. 지크.

　카발은 단단하게 닫혀 있는 놈의 마음에 틈새가 생기는 순간을 파악했다.

　—효과가 있군.

　음산하게 울리는 웃음소리는 마치 사납게 으르렁대는 것 같았다.

　—인간 하나를 굴복시키지 못해 회유책이라니.

한 걸음 물러서는 것이 못마땅했다. 그동안 내내 힘겨루기를 하다가 결과적으로는 자신이 우회로를 택한 것이다.

현혹으로 어둠의 기사를 부리면 기사는 스스로의 의지로 움직이기에 본능만 남아 있는 대개의 어둠의 기사보다 훨씬 쓸모가 많았다.

하지만 이 방법은 잘 쓰지 않는다. 치명적인 문제가 있었다. 현혹이 깨지면 모든 것이 원점이 된다.

　―놈의 진짜 주인이 나타나면.

카발은 망설였다. 오랜 시간을 들여 정공법을 택하는 것이 나을지도 모른다.

　―아니야. 놈의 주인은 죽었다.

허약한 어린 사내아이였다. 맹독이나 다름없는 발톱에 찢겼으니 살아 있을 리가 없었다.

보라색의 기운이 바닥에 뻗어 있는 멀론에게 다가갔다.

　―쥐새끼가 숨어들었군.

창고에 가득한 기사 갑옷은 쓸모없이 모아 둔 것이 아니다. 마법이 존재하기 전부터 이어진 고대의 수법이라 아마 마법사들도 알아내지 못할 것이다.

기사 갑옷을 하나씩 뒤져 봐서는 알아낼 수 있는 게 없다. 특정한 위치에 갑옷을 배치하고 적당한 숫자가 모이면 특별한 결계가 만들어졌다.

결계는 사람의 어두운 감정을 자극했다. 두려움을 증폭시켜 가까이 오기를 두려워하게 만들거나 반대로 욕심을 가진 자는 욕심에 눈이 멀어 이끌려 오게 된다.

백작성의 사람들은 얼마 전에 많은 사람이 죽은 사건을 대충 알고 있었다. 그 후 몇 대의 수레가 낡은 창고에 들어갔다 나왔고 백작은 접근하지 말라고 명령했다. 다들 창고를 꺼림칙하다고 생각했다. 창고의 주변에 병사를 세워 두지 않아도 누구도 들어오지 않는 것은 그래서였다.

카발은 창고에 들어온 인간의 탐욕스러움이 흥미로웠다. 창고에 들어왔다는 사실 자체가 카발의 먹잇감이 될 자격이 있다는 뜻이었다.

—굴을 하나 파 두려 했는데 마침 잘되었다.

보라색의 기운이 멀론의 입과 코를 통해 안으로 빨려 들어갔다. 카발은 무방비한 인간의 머릿속을 뒤졌다. 욕심과 탐욕이 가

득한 영혼은 카발이 제 안을 멋대로 헤집고 다녀도 아무 저항이
없었다.

　　—하란에서 왔군.

카발은 멀론의 기억을 뒤졌다. 깊이 건드리면 뇌가 망가져 바
보가 되어 버린다. 아직 이놈을 어떤 용도로 쓸지 결정하지 않았
다. 그래서 슬쩍 겉만 훑었다.

　　**—결계를 통하지 않고 하란으로 들어갈 방법이 있었
　나.**

하란의 국경은 거대한 마법 결계였다. 그래서 카발은 하란으
로 갈 수 없었다. 그런데 자유 도시 덴버에 하란의 수도로 직접
오갈 수 있는 이동 마법진이 있다는 사실이 멀론의 기억에 있었
다.

　　—이건!

희열이 가득한 목소리였다.

　　—찾았다.

선명히 자리 잡은 욕망의 한 조각을 발견했다. 금발의 푸른 눈동자, 자라지 않는 소녀를 향한 음심.

—찾았다! 크하하하!

광소가 터졌다.

*　　*　　*

숲을 방문하기로 한 날이었다. 약속한 시간보다 이르게 라미아가 도착했다. 라미아가 도착했다는 소식을 성주님께 알려 드리라고 하녀를 보낸 후 론이 오기를 기다리는 동안 아델은 라미아와 짧은 티타임을 가졌다.

"바네사가 초대한 티파티는 갈 거지?"

"응. 가야지."

"총 스무 명에게 초대장을 보냈는데 한 명도 빠짐없이 참석하겠다고 답장을 보내왔대. 바네사가 지금껏 이런 경우는 없었다고 하더라."

"흐음. 좀 특별한 티파티인가?"

라미아가 쿡쿡 웃었다.

"네 덕분이잖아."

"나?"

"네가 참석한다고 하니까 다들 궁금해서 오겠다는 거지. 사람들이 얼마나 네게 관심이 많은데."

"어……. 그러니까 좀 긴장되네."

부담이 되면서도 나쁜 기분은 아니었다.

"라미아. 지난번에 의사를 불러 주겠다고 한 거. 그 일은 이제 신경 쓰지 않아도 돼."

라미아의 눈이 동그랗게 커졌다.

"혹시……."

아델이 살짝 얼굴을 붉히며 고개를 끄덕였다.

"와, 축하……."

라미아는 말을 하다가 말고 웃음을 터뜨렸다.

"진짜 기분이 이상하네. 아델. 네가 말하는 여자 친구가 뭔지 좀 알 것 같기는 해. 이런 이야기를 나눈 건 네가 처음이야. 나에게도 네가 첫 여자 친구인 것 같다."

라미아는 기분이 묘했다. 정말 이 아이는 날 겉모습에 상관없이 편한 친구로 대해 주는구나 싶어서 신기하면서도 즐거웠다.

"성주님은 아셔?"

"……성주님이 왜 알아야 하는데?"

아델이 새침하게 대꾸했다.

"그럼 너를 보는 눈이 좀 달라질 수도 있으니까."

라미아는 대답 없이 눈만 굴리는 아델을 미심쩍게 보았다.

"성주님이 늦으시네."

말을 돌리는 건가? 라미아는 노골적으로 '흐음.' 하는 소리를 내면서 고개를 요리조리 돌리며 아델의 반응을 관찰했다. 아델은 슬쩍 눈을 피하면서 일어났다.

"성주님께 다녀올게."

도망치듯 응접실을 나오며 아델은 안도의 숨을 내쉬었다. 그녀는 복도를 걸어가며 작게 투덜거렸다.

"라미아는 너무 눈치가 빨라."

비밀로 해야 한다. 아무리 친구라고 해도 말할 수 없었다.

처음의 의도는 그가 도덕적인 비난을 받는 것이 싫어서 둘만 알자는 것이었지만, 사실 요즘은 금기의 비밀 연애를 하는 기분이 들어서 솔직히 즐기고 있었다. 사람들이 왜 남이 모르는 비밀을 만드는지 알 것 같다.

집무실이 있는 복도에 들어섰을 때 제드가 집무실에서 나와 아델이 오는 방향과 반대쪽으로 부지런히 가는 모습을 보았다. 뒷모습이 어쩐지 다급해 보였다.

'많이 바쁜가?'

그는 요즘 온종일 일이 많았다. 어제는 점심 식사를 하면서 얼굴을 본 것이 전부였다. 저녁 식사는 기다리지 말고 먹으라는 말을 집사가 와서 대신 전했다. 잠깐 얼굴이라도 보러 갈까 하다가 방해하고 싶지 않아서 참았다.

아델은 집무실의 문을 열고 안으로 들어갔다. 마침 출입구 쪽으로 나오려던 론과 마주쳤다. 느낌상 숲으로 출발하기 위해 나오는 길은 아닌 것 같았다. 아델을 보자마자 잊었던 것을 기억한 것처럼 짧게 탄식하는 그의 반응으로 추측은 확신이 되었다.

"기다려도 안 와서요."

"미안. 내가 지금······."

론은 말을 잇지 못하고 한숨을 내쉬었다.

"일이 많은가 봐요."

"음. 갑자기 생긴 일이라서. 미안해. 같이 못 가겠다."

"어쩔 수 없죠."

아쉬웠지만, 이해했다. 어지간한 일이 아니라면 그가 약속을 깰 사람은 아니라는 걸 알기 때문이었다.

"몸은 좀 어때?"

"네?"

"며칠 계속 감기 기운이 있다며 거의 방에만 있었잖아."

"아, 이제 괜찮아요."

마틸다 집사가 약속대로 적당히 다른 핑계를 대 주었구나. 아델은 살짝 민망한 기분을 얼른 털어 냈다.

"오늘은 내가 시간이 안 돼. 다음에 가자."

"라미아가 일부러 와서 기다리고 있는걸요. 라미아와 다녀올게요."

"그럴래?"

"그럼요. 먼 데도 아니고 동부에 있는 숲이잖아요."

"정말 미안해."

"괜찮다니까요. 대신 시간이 나면 수도 구경시켜 주기로 한 약속은 지켜요. 맛있는……."

그가 목 뒤를 감싸 잡아 끌어당기며 그녀가 하지 못한 말을 한입에 삼켰다. 포개어진 입술을 비비며 벌어진 그녀의 입 안으로 그가 깊이 들어와 안쪽을 훑고 빠져나갔다. 짧고 진한 입맞춤이었다.

아델은 그가 이런 식으로 갑자기 치고 들어올 때마다 정신이 하나도 없었다. 당혹스럽게 흔들리는 그녀의 눈에 가늘게 휘어져 웃는 보라색 눈이 보였다.

"조심해서 다녀와. 숲은 생각보다 넓으니까 숲지기를 절대 놓치지 말고 따라다녀. 자칫 잘못하면 길을 잃어."

입술에 아슬아슬하게 닿은 상태로 그가 말할 때마다 숨이 닿아서 간지러웠다.

"잔소리는 싫어요."

"다녀와서……."

론은 말을 하다 말고 그녀의 입술 위에 도장을 찍는 것처럼 꾹 눌렀다가 뗐다.

"이 얘기는 나중에 하자."

아델은 '뭔데요?'라고 묻지 못했다. 그가 두 손으로 아델의 얼굴을 잡고 입술에 몇 번의 키스를 하더니 눈가와 이마에도 입을 맞춘 후에 놓아주었다. 그리고는 '잘 다녀와.'라는 말을 남기고

획 나가 버렸다.

정신없이 휩쓸린 기분이다. 아델은 잠시 넋 놓고 있다가 피식
웃었다.

*　　*　　*

하란에서 가장 엄격한 법이 무엇이냐고 묻는다면 대부분 사
람은 '가족법'이라고 대답할 것이다. 특히 미성년자의 친권에 관
한 법률은 매우 복잡하고 까다로웠다.

청구인 원고, 말콤 그랜트의 대리인은 근본적인 문제를 지적
했다.

아델이 대륙에서 하란으로 오게 된 과정은 불법이다. 따라서
처음부터 말콤은 조카에 대한 친권을 잃은 적도 타인에게 넘긴
적도 없다고 주장했다.

"청구인은 상인입니다. 상행을 떠나면 짧게는 몇 주, 길게는
몇 개월을 떠돌아다닙니다. 그리고 대륙은 하란과 달라서 멀리
떨어진 사람끼리 연락을 주고받기가 불가능에 가깝습니다."

말콤은 남편을 잃은 누이동생과 어린 조카를 보살피며 산속
마을에서 함께 살았다. 정신이 온전치 않은 누이를 먹여 살리기
위해서 어쩔 수 없이 마을 사람들에게 누이와 조카를 맡기고 상
단을 따라다녔다.

누이와 조카에게 몹쓸 사건이 벌어진 사실을 당연히 알지 못

했다. 오랜만에 돌아와 보니 누이는 죽고 조카는 사라져 버렸다.

'말도 안 되는 거짓을 꾸며 대는군.'

론은 말콤의 대리인을 노려보았다. 대리인은 청구인의 말을 대신 읊어 주는 자에 불과하다. 그걸 알면서도 진실의 전달자인 양 당당한 대리인의 면상을 보고 있으니 분노가 일었다.

대리인의 주장은 론이 알고 있는 진실과 달랐다. 아델의 모친 젬은 친어머니도 아닐뿐더러 남편과 딸을 잃은 후 일가붙이가 전혀 없는 혼자였다고 들었다.

에릭으로부터 들은 내용과도 달랐다. 말콤이 조카를 찾는다며 주변에 흘린 이야기에서 산에서 함께 살았다는 내용은 없었다.

목적을 위해서는 얼마든지 거짓을 꾸며 댈 수 있다. 론은 말콤이 위험한 자라는 사실을 재확인했다.

"이것은 납치나 다름이 없습니다."

"말씀이 심하시군요."

레바스의 대리인이 반박했다.

"납치는 범죄를 뜻하는 말입니다. 당시의 상황을 설명하기에 적절하지 않습니다. 마법사들의 선량한 도움이 아니었다면 원고의 조카는 큰 위험을 면하지 못했을 겁니다."

"표현에 실수는 인정합니다. 청구인도 그 점에 대해서는 무척 감사하게 생각하고 있습니다. 하지만 마법사들은 청구인의 조카를 데려가기 전에 가족이 있는지 확인했어야 합니다. 고된 상행에서 돌아와 보니 누이동생은 죽고 조카는 사라졌습니다. 청구인의 충격과 고통이 얼마나 컸을지 짐작이 가십니까? 조카가 무사하다는 기쁨은 잠시였을 것입니다. 청구인은 오랜 세월 조카를 찾아 헤매야 했습니다."

날조된 억지 주장을 듣고 있으려니 론은 속이 부글부글 끓었다. 그런데 반박할 자료가 없다.

급히 백탑에 사람을 보내서 알아봤더니 당시의 정황을 증명할 어떤 서류도 없었다. 직접 아델을 데려온 데보라가 증인이 될수는 있지만, 지금 부재중이었다.

성으로 돌아오는 마차 안에서 론은 무거운 표정으로 생각에 잠겼다.

'대체 무슨 속셈이지.'

대리인만 보내도 되는 자리인데 굳이 참석한 것은 혹시 말콤이 올지도 모른다고 생각했기 때문이다. 그자가 오늘 왔다면 무슨 수를 써서든 대화를 나눌 기회를 만들어 속을 떠보려고 했다.

하지만 말콤은 대리인만 보냈다. 핑계로 댄 이유가 더 가관이었다.

'시한부? 웃기는군.'

말콤의 대리인은 현재 말콤의 건강 상태가 극도로 악화되어 남은 시간이 고작 몇 개월에 불과한 시한부라고 주장했다. 그래서 청구인에게 시간이 없으니 조카를 만나는 절차가 가급적이면 빠르게 진행되기를 바란다고 했다.

론은 당연히 그 말을 믿지 않았다. 그런 중요한 정보라면 에릭이 진즉에 알아냈을 것이다.

'그자가 아델의 외숙일 리가 없어.'

절대. 론은 확신했다. 그리고 아주 기적 같은 확률로 정말 두 사람이 친족 관계라고 하더라도 말콤 그랜트, 그자가 위험하다는 사실은 변함이 없었다.

성으로 돌아오자마자 론은 루터를 불렀다. 루터가 긴 시간에 걸쳐 꼼꼼하게 서류를 살피는 동안 론은 맞은편에 꼼짝하지 않고 앉아 있었다.

"음……."

서류의 마지막 장을 덮으며 루터는 무겁게 신음했다.

"서류는 완벽합니다."

"아델의 외숙이라고 주장하는 그자는 대륙인이오. 하란의 법을 어찌 안단 말이오?"

"시간과 돈을 들이면 가능합니다. 법에 정통한 전문가를 고용했을 겁니다. 꼼꼼하게 준비한 것 같습니다."

하란은 법치국가였다. 왕의 한마디에 목이 잘리는 대륙의 사법 체계와 비교하면 합리적이고 원칙적이었다. 그러나 법의 맹점을 이용하면 눈앞에서 터무니없는 일이 벌어져도 지켜봐야만 할 때가 종종 있었다.

말콤 그랜트는 아델 스톤이 자신의 조카라는 주장을 뒷받침

할 서류를 완벽하게 준비했다. 사실 여부는 상관없었다. 중앙 법원은 서류의 유효성을 인정했다.

말콤이 대륙인이라는 점이 오히려 이번에는 유리하게 작용했다. 말콤의 주장이 사실인지 확인할 증거가 하란에는 없었다. 대륙에 사람을 보내서 조사한 후 반대되는 증거를 찾아야 한다. 문제는 시간이었다.

"아델이 성년이 되려면 얼마 남지 않았소. 충분히 자신의 일을 결정할 수 있는 나이란 말이오. 이 시기에 친권 문제를 다투는 건 우습지 않소?"

"법이란 게 그렇습니다. 물론 법이라고 해도 어느 정도 융통성은 있지만 말입니다. 그런데 이번 경우는 좀 미묘합니다. 이걸 보십시오."

루터는 말콤이 법원에 제출한 서류 중 진료 기록과 절절한 그리움을 담은 호소문을 펼쳤다.

"살날이 얼마 남지 않았으니 유일한 혈육을 보고 싶다고 합니다. 재판관들도 사람입니다. 인정에 흔들릴 수밖에 없습니다."

"……"

론은 한숨을 내쉬었다. 이 진료 기록은 위조된 것이 분명할 텐데. 그런데 기록이 거짓임을 증명하려면 말콤을 끌고 와서 의사의 진찰을 받게 해야 한다. 납치라도 하지 않는 이상 불가능하다. 그리고 불법적 수단으로 취득한 증거는 인정받지 못한다.

"그리고 이자는 친권을 되돌려 받을 완벽한 서류를 준비해 놓고 정작 요구한 내용이 미약합니다."

정말 친권을 주장했다면 재판부에서는 받아 주지 않았을 것이다. 아델이 어리다면 모를까 이제 곧 성년이기 때문이다. 고작 한두 달의 친권을 갖겠다는 주장은 누가 봐도 억지였다.

그런데 말콤은 영리했다. 말콤이 주장한 것은 친권이 아니다. 죽어 가는 외숙이 하나뿐인 조카의 얼굴을 한 번 보자는 혈육의 정이었다.

말콤은 면접권을 청구했고 현재 법원은 심사 중이다. 말콤의 건강 상태를 고려해서 아마 며칠 안으로 법원은 결정을 끝낼 것이다.

"어찌 될 것 같소?"

"법원은 청구를 받아들일 겁니다. 그럼 성주님께 두 사람의 만남을 주선하라는 이행 명령서를 발송하겠지요."

대체 왜? 론은 도무지 말콤의 꿍꿍이를 알 수 없었다.

'아델의 재산을 노리는 것도 아니고.'

아델이 상속받은 유산에 대해서 말콤은 거론하지 않았다. 딱히 아델의 친족으로서 어떤 권리도 말하지 않았다. 그냥 아델을 한 번 보자는 것이다.

대부분 사람은 사정을 들으면 아름답고 슬픈 이야기라고 할 것이다. 평생 잃어버린 조카를 찾아 헤매다가 죽을 날을 받아 놓고 겨우 찾았다. 만나고 싶다는데 막을 이유가 없다.

하지만 론은 불안하고 불길했다. 아직도 괴물의 악몽을 꾼다.

말콤은 그 괴물과 관련이 있다. 아델을 그자와 만나게 하고 싶지 않았다.

더구나 말콤은 와병 중이라는 핑계로 아델이 자신을 만나러 오기를 원했다. 만남의 장소가 하란이 아니라 대륙이라는 점이 가장 마음에 걸렸다.

"내가 법원의 명령을 거부하면?"

지나치게 심각한 성주의 반응을 의아하게 바라보던 루터의 표정이 굳었다.

"설마 그러시지는 않겠지요."

"……."

"성주님!"

성주가 시마의 유언을 충실히 이행해서 다행이라고 생각했다. 아가씨가 무탈하게 잘 지내시니 돌아가신 성주님께 면목이 섰다. 그래서 성주가 아델 아가씨의 일이라면 좀 과민해도 그러려니 했다.

하지만 그게 레바스 가문과 성주의 이력에 부담이 되어서는 안 된다.

"중앙 법원과 싸우려고 하시면 안 됩니다. 고작 면접권일 뿐입니다."

"……대륙에 있을 때 좀 알던 자요. 위험한 자라서 그렇소."

루터는 성주의 표정을 보며 간단한 문제가 아님을 깨달았다. 속내를 잘 드러내지 않는 성주가 몹시 내키지 않는다는 불편한 심기를 그대로 보이고 있었다.

법원과 힘겨루기 해서는 안 된다. 이겨도 져도 손해가 막심했다. 고민하던 루터의 머릿속에 문득 떠오르는 생각이 있었다.

"몬트 수장을 불러 말씀을 나누어 보시지요. 어쩌면 도움이 될지도 모르겠습니다."

"갑자기 왜 몬트 수장을……."

"저도 자세한 내용은 모릅니다만, 전대 성주님께서 몬트 수장에게 아가씨를 위해 맡기신 일이 있다고 들었습니다."

"흐음."

론의 눈매가 가늘어지면서 중얼거렸다. 아직도 내가 모르는 일이 있었단 말이지? 비난이 담긴 눈초리였다.

"성주님. 숨기려 한 것이 아니라 저도 잊고 있었습니다."

절대 성주님을 믿지 못해서가 아니라고 루터는 쩔쩔매며 변명했다.

"누가 뭐라고 했소?"

론은 심드렁하게 대꾸했다.

"그분은 주변 사람들이 아델을 해코지할까 봐 걱정이 많으셨던 모양이오."

"……예. 항상 아델 아가씨를 걱정하셨습니다."

론은 '내가 진짜 손자였다면 서운했을까?' 의문이 들었다가 '진짜가 아니라서 모르겠군.' 하고 결론을 내렸다.

그리고 아델에게 상처를 주었다가는 죽어도 용서받지 못하겠구나, 라는 생각도 문득 들었다.

몬트 수장에게 말을 전하겠다고 하면서 루터가 돌아갔다. 두어 시간 후 몬트 수장이 집무실로 찾아왔다.

"대강의 이야기는 바실 수장으로부터 들었습니다."

몬트 수장은 가져온 봉투를 소파 테이블에 내려놓았다.

"금고에서 이것을 꺼낼 날이 오지 않기를 바랐습니다만, 제가 생각했던 상황은 아니라서 다행입니다."

론은 낡은 봉투를 바라보다가 안에 든 것을 꺼냈다.

*　　　*　　　*

숲으로 떠나는 마차가 외성 문을 통과했다.

마차 안에서 아델과 라미아는 목재 사업에 관해 이야기를 나누었다. 아델이 투자할 의사를 보이자 라미아는 열성적으로 자신의 계획을 늘어놓았다.

"대륙의 어지간한 곳은 이미 포화 시장이야. 국교를 체결하지 않은 나라는 거의 소국들이지. 근데 영토도 인구도 제법 규모가 있는데 아직 국경을 열지 않은 나라가 몇 곳이 있어."

"그런 곳을 공략할 계획인 거야?"

"응. 남대륙에 있는 왕국인데 리피노 왕국이라고. 굉장히 넓은 숲을 국경으로 알시온 왕국과 이웃한 나라지."

아델은 고개를 갸웃했다. 대륙의 지리를 간략히 배우기는 했지만, 들어보지 못한 곳이었다.

"숲이 있다면서 그쪽에 목재를 팔려고?"

"아, 근데 그 숲에서는 나무를 못 베거든. 붉은 호수의 숲이라고 해서 신성시해."

"붉은 호수의 숲?"

"호수의 물이 붉대. 그리고 여신에 관한 전설이 있다고 들었는데 잘은 몰라. 아무튼, 리피노 왕국은 독특한 제사 의식이 있어. 귀족 평민 가리지 않고 집에 제단을 만들어 두는데 흰색 나무를 귀하게 여겨서 제기를 흰색으로 칠해. 그래서 난 동부의 숲에서만 자생하는 흰색 나무를⋯⋯."

라미아의 사업 설명을 들으며 아델은 딴생각에 빠졌다. 붉은 호수가 있는 숲, 여신의 전설. 처음 듣는 이야기인데 낯설지가 않다. 중요한 것을 잊고 있다는 기분이 들었다.

금발의 어린 소녀 둘이 양쪽 다리를 붙들고 찰싹 달라붙었다. 사랑스러운 소녀들이 초록색 눈동자로 간절히 올려다보았다.

『저도 데려가 주셔요』
『저도 함께 가고 싶어요』

흑갈색 머리의 사내, 하란이 갑자기 나타난 아이들을 보고 눈을 크게 떴다.

"웬 아이들이……."

두 손으로 아이들의 머리카락을 쓸어 주었다. 손가락 사이로 빠져나가는 머리카락이 보들보들했다. 다정한 손길에 기뻐하며 아이들은 골골대는 고양이처럼 웃었다.

"아이들로 보이느냐?"

"예?"

"너는 이곳으로 오는 길에 두 그루의 삼나무를 보았을 것이다. 키는 하늘을 찌를 듯이 높고 두께는 네가 양팔을 벌린 너비의 열 배는 넘지."

"아……. 예. 보았습니다."

"사람만 영혼을 갖고 있다고 생각하지 마라. 오랜 세월을 견딘 나무는 지혜를 품고 정령이 된다."

"그럼 이 아이들은……. 아니, 정령님들……. 아니면 삼나무 요정님……?"

하란은 몹시 당황했는지 횡설수설했다. 첫 만남에서 당당하게 자신의 의견을 드러내던 때와 다르게 순진한 소년 같았다. 어리숙한 표정이 재미있어서 웃으니 하란은 어쩔 줄 모르며 얼굴을 붉혔다.

"너는 전보다 오히려 나를 더 어려워하는구나. 네게 익숙한 인간의 모습인데 어찌 그러느냐?"

하란은 우물쭈물하다가 '이런 모습인 줄은 몰랐지요.'라고 중얼거리며 한숨을 푹 내쉬었다.

"어려워하는 것이 아닙니다. 당황해서 그럽니다. 시간이 좀 지나서 익숙해지면 나아질 겁니다."

"사람이 아닌데 사람의 흉내를 내어 불편한 것이냐?"

"……이런 말씀을 드려도 될지 모르겠습니다만, 저와 함께 다니시려면 얼굴을 감추는 게 좋겠습니다."

"어째서?"

"아름다우십니다. 지나칠 정도로요. 미녀를 차지하기 위해 전쟁을 일으켰다는 역사 속의 왕을 비로소 이해하게 되었습니다."

"보이는 것에 현혹되는구나."

"예. 인간이니까요."

몸을 숙이고 앉아 어린아이의 모습을 한 정령들과 시선을 맞추었다.

"함께 가고 싶으냐?"

두 소녀가 입을 모아 '예.' 하고 대답했다. 초록색의 맑은 눈동자가 반짝거렸다.

"내가 자리를 비운 동안 너희들이 이곳을 지켜야 하지 않겠니? 둘 중 하나는 남아야 한다. 누가 나와 가겠느냐?"

아델은 눈을 떴다. 고개를 누군가의 어깨에 푹 기대고 있었다. 남은 잠기운을 몰아내며 몸을 바로 세워 앉았다. 마차 안이다. 그녀에게 어깨를 빌려준 사람은 라미아였다.

"내가…… 잤나 봐."

아델은 멍하게 중얼거렸다. 분명 조금 전까지 라미아와 대화를 나누고 있었는데 어쩌다 잠이 들었는지 모르겠다.

"응. 잘 자더라."

"미안해. 불편했지?"

"괜찮아. 어젯밤에 잠을 설쳤어?"

"오늘 숲에 갈 생각에 설레었나 봐."

"그렇게 설렐 정도면 가 보지 그랬어. 숲은 레바스 가문이 관리하니까 가고 싶으면 언제든 갈 수 있잖아."

"그러게 말이야."

아델은 짧고 선명한 꿈을 떠올렸다. 아니, 어쩌면 꿈이 아니다. 불쑥불쑥 떠오르는 기억의 조각들이었다. 그녀는 이제 꿈을 기다렸다. 꿈이 계속되면 언젠가 진실에 다가갈 수 있을 것 같다.

흑갈색 머리의 남자는 대마법사 하란 본인일 것이다. 그런데 하란보다 더 인상적인 등장인물은 두 소녀였다.

금발의 초록색 눈동자.

'르웨나……를 닮았어.'

갑자기 강한 바람이 아델의 얼굴로 불었다. 라미아가 차창을 활짝 열어 바깥으로 고개를 쑥 빼고 있었다. 라미아는 아델을 보며 흥분한 어조로 말했다.

"이제 거의 도착했어. 숲이 보여. 생각했던 것보다 규모가 상당한걸."

매끄럽게 길이 닦인 시가지와 다르게 숲이 가까워질수록 길이 거칠었다. 흔들리는 마차 안에서 잘못 움직였다가는 입 안을 깨물 것이다. 아델은 천천히 일어나 마차의 벽을 짚으며 창가로 다가갔다.

라미아가 물러나 자리를 내주었다. 아델은 창틀을 쥐고 조심스레 바깥으로 고개를 내밀었다.

'아…….'

황금의 벌판이 펼쳐져 있었다. 누런 곡물이 풍요로움을 뽐냈다. 아델은 황홀하게 넋을 놓았다가 뒤늦게 이상하다고 생각했다. 황금의 벌판은 이미 오래전에 사라졌다. 그녀는 눈을 질끈 감았다가 떴다.

착시였을까. 눈부신 황금의 벌판이 사라지고 푸름이 가득한 숲이 멀찍이 보였다. 아델은 몇 번이고 눈을 감았다가 떴다. 하지만 황금의 벌판은 다시 나타나지 않았다.

마차는 숲의 초입에서 멈추었다. 라미아는 계단을 설치하기 전에 마차에서 뛰어내린 후 아델이 마차에서 내려오도록 손을 잡아 도와주었다.

"와. 이렇게 울창한 숲인 줄은 몰랐어."

라미아처럼 아델도 감탄했다. 하늘을 찌르도록 높이 솟은 나무들이 빽빽하게 밀집했다. 레바스 성의 남쪽 탑에 있는 정원이 제법 숲처럼 우거졌다고 생각했는데 눈앞에 보이는 숲에 비하면 그 정원은 앞뜰에 불과했다.

'낯설지가 않아.'

아델은 분명히 숲에 처음 왔다. 이렇게 우거진 숲은 비슷한 곳도 구경한 적이 없었다. 그런데 이상하게 익숙했다. 그리운 느낌마저 들었다.

숲을 방문한 귀인을 맞이하기 위해 숲 안에 있는 마을의 촌장이자 숲지기가 직접 마중 나왔다. 고급스러운 옷차림을 한 아름다운 금발의 남녀는 한눈에 봐도 범상치 않았다. 이미 사전에 소홀함 없이 모시라는 당부를 전해 들은 데다가 두 사람을 호위하는 기사들의 기세가 삼엄하여 촌장은 잔뜩 기가 죽었다.

"먼 길을 오시느라 고생이 많으셨습니다. 마차를 오래 타셔서 힘드실 겁니다. 잠시 쉬실 자리를 마련해 두었습니다."

"아, 되었소. 놀러 온 것이 아니라 용무가 있어 온 것이니……."

라미아는 대답하다가 아델을 돌아보았다.

"너는 좀 쉬고 있을래?"

"아니야. 나도 괜찮아."

마차에서 내릴 때까지만 해도 아델은 조금 피로함을 느꼈다. 그런데 숲 안으로 들어와서 걷기 시작하자 온몸에 상쾌한 기운이 가득 차는 기분이 들었다.

라미아는 아델이 힘든데 괜찮은 척하지는 않는지 표정을 유심히 살폈다. 아델이 탈이 나면 곤란했다. 레바스 성주의 심기를 건드릴 만한 일은 피하고 싶었다. 아델의 표정에 생기가 넘치는 것을 확인한 후 안심하며 관리인과 대화를 이어 나갔다.

"겉과 속이 모두 흰색인 나무가 있다고 들었소."

"아, 예. 백단을 말씀하시는군요."

"자생하는 형태를 보았으면 하는데 안내해 줄 수 있소?"

"예. 백단이 다량 군집하여 자라는 곳이 있습니다. 이쪽으로 오십시오."

촌장이 앞장섰다. 라미아와 아델을 포함한 한 무리의 사람들이 뒤를 따라갔다.

『······님. ······님』

처음에는 바람 소리인 줄 알고 무시했다.

『······님. ······님』

목소리는 끈질기고 조금씩 선명해졌다. 누군가 아델을 부르고 있었다.

아델은 토론에 가까운 대화를 나누는 숲지기와 라미아를 보았다. 나무의 생태와 목재의 가공에 관한 전문 용어까지 튀어나왔다.

혹시 라미아라면 더 예민하게 뭔가를 느낄 수 있지 않을까 싶

어서 더 유심히 살폈지만, 아델의 시선을 알아차리지 못하고 숲
지기와의 대화에 푹 빠져 있었다.

아델은 소리가 들리는 방향을 바라보았다. 깊은 숲 안쪽, 그
림자가 져서 어두웠다. 안에 무엇이 있을지, 무엇이 그녀를 기다
리고 있는지 알 수 없으나 아델은 두려움보다 강한 끌림을 느꼈
다.

가야 해.

메마른 사막의 햇빛 아래 선 것처럼 갈증이 났다. 저 소리를
찾아가면 시원한 샘물로 목을 축일 수 있을 것 같다.

숲 안쪽을 물끄러미 바라보던 아델이 발걸음을 옮겼다. 그녀
는 서두르지 않았다. 천천히 느릿하게 걸었다.

기이하게도 누구도 아델에게 어디 가느냐고 묻거나 뒤를 따
르지 않았다. 아델을 호위하기 위해 여러 명의 기사가 성에서부
터 따라왔다. 그들은 아델의 주변으로 띄엄띄엄 서서 어떤 돌발
상황에도 대응할 수 있도록 경계를 늦추지 않았다.

그런데 누구도 아델이 움직인다고 의식하지 못했다. 심지어
기사는 자신의 바로 곁을 지나가는 아델의 기척을 느끼지 못했
다. 아델이 숲의 안쪽으로 사라지고 꽤 한참의 시간이 지난 후에
도 그녀의 부재를 알아차리는 사람이 없었다.

제대로 길이 나 있지 않은 숲에서 아델은 거침없이 걸었다. 우
거진 잡풀, 땅 위로 불룩 솟아난 뿌리, 시야를 가리는 나뭇가지
가 스스로 비켰다.

반 시간 정도 그녀는 걸어 들어갔다. 마치 평지인 것처럼 나아 갔기에 보통의 사람들이 숲에서 이동할 수 있는 거리보다도 훨씬 멀리 갔다.

그녀는 지금껏 누구의 발길도 닿지 않은 곳에 들어섰다. 숲 안에는 사람의 접근을 허락하지 않는 금지가 존재했다. 하지만 아무도 그런 곳이 있다는 사실을 알지 못했다. 숲을 지나는 자들은 자신도 모르는 사이에 금지의 주변을 빙 둘러 피해 갔기 때문이다.

그녀는 걸음을 멈추고 가만히 섰다. 흐려져 있던 아델의 눈동자에 서서히 빛이 돌아왔다.

'여긴 어디지?'

주변이 트인 곳이었다. 발목 높이의 고른 풀이 인위적으로 만든 정원처럼 쭉 깔려 있었다.

그녀는 당혹스러워하며 주변을 더 둘러보았다. 사람의 기척이 없다. 그녀를 호위해야 하는 기사는 보이지 않았다. 지금 완전히 혼자였다.

「……님」

아델은 흠칫 놀라며 뒤를 돌아보았다. 동그란 작은 빛 하나가 그녀의 눈앞에 나타났다. 춤을 추듯 떠다니는 빛을 보며 아델은 미소 지었다.

불안감이 순식간에 사라졌다. 혼자가 아니다. 숲에 가득한 초목이 그녀의 곁에 있었다.

강한 바람이 그녀를 덮쳤다. 잠시 눈을 감았다가 뜨니 주변에 빛 덩어리가 가득했다. 아델은 감탄하며 몽환적인 광경을 응시했다.

그녀의 주변을 에워싼 빛이 바람을 타듯 움직이기 시작했다. 그것들은 옆의 것과 엉겨 붙어 부피를 키웠다. 점점 덩치가 커지는 빛이 모양을 만들었다.

빛은 반투명한 사람의 모습을 갖추었다. 금방 사라질 것처럼 흐릿한 금발의 미녀가 아델을 보며 환하게 웃었다. 여인의 초록색 눈동자는 눈물을 쏟을 것처럼 일렁거렸다.

『……님. 기다리고 있었습니다.』

아델은 이런 기이한 상황에 놀라지 않는 자신이 더 이상하다고 생각했다.

"당신은…….."

아델은 여자의 얼굴을 초상화의 방에서 본 적이 있었다.

"르웨나……? 하지만 당신은 죽었는데…….."

『제 육신과 영혼은 이미 흩어졌습니다. ……님과 이야기를 나누는 저는 제가 남긴 잔상입니다. 사라지기 전에 다시 뵐 수 있어서 다행입니다.』

"……날 알아요? 다른 사람과 착각하는 건 아닌가요?"

『……님. 이미 늦었지만, 감히 용서를 구합니다. 어쩌
면 ……님의 말씀대로 저는 어리석은 선택을 했는지도 모
릅니다.』

"저기요?"
대화를 나눌 수가 없다.
'잔상이라고 했지? 이건 마법인가?'
아델은 이런 형태와 유사한 마법에 대해서 배운 적이 있었다.
특정 조건을 충족하면 작용하는 마법의 유형은 굉장히 다양했
다.
하지만 카발의 회고록에 따르면 르웨나는 마법사가 아니었
다. 아예 마법 자체를 쓸 수 없다고 했다.

『제가 인간으로 살기를 선택하지 않았다면 모든 게 달
라졌겠지요. 하지만 전 짧은 생을 택했기에 제 아들을 안
아 볼 수 있었습니다.』

아델은 잠자코 르웨나의 이야기를 들었다. 질문을 하고 대답

을 들을 수 있으면 더없이 좋았겠지만, 일방적으로 르웨나가 떠드는 내용 중에서도 제법 흥미로운 부분이 있었다.

『제 아이의 아이들을 혹시 보셨습니까? 대대로 고독한 운명을 타고날 거라고 하셨지요. 그런 운명을 물려준 저를 원망하고 있지는 않은가요? ……미련이 짙습니다. 절 보고 딱하다고 혀를 차고 계실 것 같습니다.』

르웨나가 두 손안에 무언가를 담은 것처럼 동그랗게 감싸 쥐었다. 손가락의 틈 사이로 눈부신 빛이 뿜어 나왔다.

『……님께서 주신 것을 이제 돌려 드립니다.』

르웨나가 아델을 향해 두 손을 내밀었다. 르웨나의 손바닥 위에 동그란 빛이 떠올라 아델에게 날아왔다.

아델은 당황하며 눈앞에 둥둥 떠 있는 빛 덩어리를 보았다.

'내 것이 아닌데 왜 내게 준다고 하지?'

르웨나는 아델이 태어나기 전에 살다가 떠난 사람이다. 두 사람 사이에는 어떤 접점도 없었다.

'대체 날 누구와 착각하는 거야?'

르웨나가 하는 말이 모두 또렷이 들리는데 이상하게 이름을 부를 때마다 뭉개져 알아들을 수가 없었다.

아델은 빛 덩어리를 향해 손을 뻗었다. 내 것이 아닌데 내 것 같다. 친숙하고 그리웠다.

『저는 행복했습니다. ……님. 단 한 번도 후회하지 않 았습니다.』

점점 더 투명해지는 르웨나를 보며 아델은 빛을 잡았다. 강력 하고 뜨거운 기운이 그녀의 몸 안으로 쏟아져 들어왔다. 르웨나 의 말이 맞았다. 이건 본디 자신의 것이었다.

4장
신화

아델은 익숙한 공간에서 눈을 떴다. 이곳은 현실이 아니었다. 그녀의 깊은 의식의 안쪽, 존재하지만 존재할 수 없는 곳.

주변은 울창한 숲이었다. 하지만 모든 것이 허상이다. 아델은 눈을 감았다가 떴다. 푸른 숲이 사라지고 아무것도 없는 새하얀 공간이 끝없이 펼쳐졌다.

"안녕."

아델은 금발의 푸른 눈의 소녀에게 인사했다.

『안녕』

소녀가 대답했다.

"너는 내가 아니야."

아델의 말에 소녀는 아델을 빤히 바라보았다. 그러다 쓴웃음을 지으며 말했다.

『나는 네가 아니다.』

서로 마주 본 두 사람은 놀랍도록 닮았다. 금발에 푸른 눈, 이목구비가 거의 비슷했다. 다만, 한쪽은 다 자란 성인의 모습이고 다른 한쪽은 어린 소녀의 모습이었다.

"난 아델이야."

『난 ……라고 한다.』

"뭐라고? 안 들려."

『듣지 못할 것이다. 너는 나를 부정했으니까.』

아델은 곰곰이 생각했다. 어렴풋이 기억이 나는 것 같았다. 아델을 닮은 소녀는 아델에게 진실을 알아야 한다고 했다. 그러나 그 진실을 얻기 위해서는 아델 스톤이라는 자아를 포기해야 했다. 그게 싫었다.

"난 나야. 너에게 휘둘리고 싶지 않아."

『어디서부터 잘못된 것일까.』

소녀 아델은 한숨을 내쉬었다.

『우리는 원래 하나였다. 서로에게 앞모습이자 뒷모습이었다.』

"근데 너 말투가 이상해. 전에는 안 그랬던 것 같은데."

『너와 내가 분리되었기 때문이다.』

아델은 얼마 전까지 자신의 모습이었던 소녀가 딱딱한 표정으로 건조한 말투를 쓰는 것이 아무래도 이상해 보였다. 한편으로는 차라리 좋다는 생각도 들었다. 아무리 자신과 닮았어도 완전히 별개의 존재 같았다.

"이대로 나는 나, 너는 너. 각자의 삶을 살면 되는 것 아닌가?"

『그렇게 간단하지가 않다.』

갑자기 주변이 바뀌었다. 아델은 어디론가 날아가고 있었다. 주변의 모든 것이 순식간에 휙휙 지나갔다.

"어디로…… 가는 거야?"

『기억을 보여 주는 거다.』

뚜렷한 목적지가 있었다. 그곳으로 가는 중이었다. 거기가 어디였더라. 붉은 물빛의 호수가 얼핏 눈앞으로 스쳐 지나갔다. 그리움이 밀려왔다. 날아가던 아델은 그물에 걸린 물고기처럼 갑자기 꽁꽁 묶였다.

"아델……. 아델……."

흐느낌 소리에 섞여 구슬프게 이름이 불렸다. 깊은 슬픔에 잠긴 여자의 목소리였다. 심장을 쥐어짜는 것처럼 고통이 가득했다. 그 소리를 외면할 수 없었다. 홀린 것처럼 소리에 잡혀 강한 원념에 끌려갔다.

낡은 옷차림의 깡마른 여자는 행색이 엉망이었다. 한 짝만 신고 있는 신발은 밑창이 떨어져 발가락이 보였다. 머리를 풀어헤친 여자는 흙바닥에 주저앉아 미친 듯이 손가락으로 땅을 파헤쳤다. 초점이 없는 눈에서는 눈물이 멈추지 않았다. 깨진 손톱에서 줄줄 피가 흐르는데도 아랑곳하지 않았다.

"아델……. 어디 있니? 가여운 내 딸. 엄마와 함께 가자."

『저 여자의 원념에 붙잡혔다.』

멍하게 바라보던 아델이 흠칫 놀랐다. 불쑥 깨달음이 찾아왔다.

"저 여자가…… 내 어머니구나."

『아델 스톤의 어머니지.』

시야가 빙글빙글 돌았다. 아델이 눈을 떴을 때 흙먼지로 얼룩진 얼굴의 여자가 눈물이 가득한 눈으로 내려다보고 있었다. 입술이 이마에 닿고 눈에 닿았다. 여자는 아델의 얼굴에 쉴 새 없이 입을 맞추며 울었다.

"아델. 내 딸."

아델이 눈을 감았다가 다시 떴을 때 다시 주변이 새하얀 공간으로 바뀌었다. 아델은 무의식중에 자신이 보통의 인간은 아니라고 생각했다. 그래서인지 기억에 없는 어머니를 처음 본 소감은 약간의 놀라움뿐이었다. 아마 이 공간 자체가 감정을 억누르고 이성을 유지하게 하는 특별한 힘이 있는지도 모르겠다.

"난 아델 스톤이 아니었어."

『넌 아델 스톤이다.』

"난 진짜가 아니잖아."

『주변에서 널 아델 스톤으로 생각하고 부른다. 너 스스로도 그렇게 생각했다. 그게 진짜가 아니면 무엇이 진짜인가?』

아델은 잠시 말이 없었다. 하지만 혼란은 짧았다. 지금껏 그녀는 자신을 아델이라고 생각하며 살아왔다. 이제 와서 다른 무엇이 될 수 없었다.

"넌……. 아니, 우리는 유령이었어?"

소녀 아델이 코웃음 쳤다.

『그런 하찮은 것이 아니다.』

"그럼 저 여자…… 아델 스톤의 어머니는 특별한 능력을 지닌 사람이었나? 화족 같은?"

『아니다. 평범한 인간이었다.』

아델은 다소 화제를 벗어난 질문을 했다.

"화족이 뭔지 알아?"

『네 지식을 공유하고 있다. 아마 그들은 정령의 피를 받은 후손들일 것이다.』

"정령?"

『그 이야기는 지금 중요한 것이 아니다.』

"그래. 네 말대로 우리가 특별했다면 보통의 인간인 내…… 어머니에게 왜 잡힌 거지?"

『나는, 그때는 우리였지. 우리는 오랫동안 봉인되어 있었다. 봉인이 깨지면서 밖으로 튕겨 나왔지. 우리는 돌아가려고 했다.』

"어디로?"

『본디 우리가 있었던 곳으로. 우리의 터전으로.』

다시 주변이 바뀌었다. 울창한 숲, 주변에는 안개가 잔뜩 깔렸다. 아델은 발목까지 오는 깊이의 물가에 서 있었다. 그녀는 잔잔한 수면의 널찍한 호수를 바라보았다. 옅은 물감을 풀어놓은 것처럼 물색이 붉었다.

허리를 숙여 두 손으로 물을 떴다. 붉은 호수는 꽤 깊은 바닥까지 들여다보일 정도로 맑았다. 두 손으로 뜬 물은 붉지 않고 투명했다.

다시 새하얀 공간으로 돌아왔다. 두 손을 모으고 있던 아델은 텅 빈 손을 바라보다가 손을 내렸다.

『우리는 그때 많이 약해져 있었다. 하지만 인간에게 잡
힐 정도는 아니었지. 문제는 이름이었다.』

"존재하게 하고 다른 것들과 구별하게 하는, 유일한 것……."
아델은 꿈속에서 들었던 말을 되뇌었다. 소녀 아델이 고개를
끄덕였다.

『우리의 이름은 그 여자가 잃은 어린 딸의 이름과 흡사
했다. 이름은 구속하는 힘이 있다.』

"이름이 뭔데?"

『……다』

아델은 몇 번을 더 물었다. 하지만 아무리 애를 써도 뭉그러지
는 소리는 제대로 들리지 않았다.

『인간들에게는 이런 공교로운 일을 뜻하는 표현이 있

지. 운명이라고 하던가?」

아델은 픽 웃었다.

"낭만적이네. 운명이라는 거야?"

소녀 아델이 어깨를 으쓱했다.

『그런 표현을 쓴다는 거다. 아무튼, 우리는 약한 상태
였고 그 여자를 떨쳐 낼 힘이 부족했다. 우리는 힘을 조금
더 회복할 때까지 잠시 머물기로 했다. 사람의 모습이 되
었으니 기운을 감추고 숨어 있기에도 좋았다.』

누구로부터 숨은 거냐고 물으려는데 장면이 바뀌어 아델은 누
군가의 품에 꼭 안겨 있었다. 아델을 꽉 끌어안은 여자는 아델의
귓가에 끊임없이 중얼거렸다.

"아델. 내 딸. 아델. 아델……."

듣고 또 들으면서 아델은 생각했다.

아델. 나는 아델.

여자는 아델보다 훨씬 체구가 큰데도 마르고 힘이 없었다. 꽉
안고 있는 힘은 마지막 기력을 쥐어짜 내는 것처럼 아슬아슬했다.

이 여자는 나를 보호해 주고 사랑해 주겠구나.

여자를 잃으면 혼자가 된다. 이 따뜻한 품을 잃고 싶지 않았다.

아델의 염원은 빛으로 변해서 여자의 몸으로 스며들었다. 흐

릿하게 풀려 있던 여자의 눈동자가 맑아지더니 아델을 보며 고개를 갸웃했다.

"아이야. 너는 누구니? 내 딸이 살아 있었다면 얼마나 예쁘게 컸을까."

여자의 정신은 오락가락했다. 아델을 안고 흔들며 '아델, 내 딸.' 하고 속삭이다가 '내 딸은 어디 갔을까.'라고 한탄하기를 반복했다. 아델은 자신을 앞에 두고 자꾸 아델을 찾는 여자를 이해할 수 없었다.

여자는 아델을 안고 작다고 중얼거렸다. 좀 더 커지면 되는 걸까. 모습을 조금 바꾸면 혼란은 사라질 것이다. 아델은 앙증맞은 갓난아이의 손이 조금씩 커지는 모습을 바라보았다.

『예상 못 한 변수가 발생했다. 아델 스톤이라는 자아가 태어났다. 우리와 별개의 새로운 존재였다.』

아델은 목소리를 들으면서 기억 속에서 빠져나왔다. 다시 새하얀 공간, 소녀 아델과 단둘이 서 있는 곳으로 되돌아왔다.

『넌 갓난아이와 같았다. 그러나 제대로 성장할 수 없었다.』

"왜? 네가 방해했어?"

아델은 삐딱하게 물었다.

『네 어머니가 된 여자는 정신이 불안정했다. 네게 아무
것도 가르쳐 줄 수 없었다』

"아……."

아델은 자신이 레바스 성으로 온 이후에 1년 정도가 지나서 말
을 하기 시작했다는 이야기를 들은 기억이 났다. 그녀가 아델 스
톤으로서 배운 모든 것들은 레바스 성으로 온 이후에 얻었다.

"그럼 내가 할머니를 만나지 않았다면……."

『우리는 떠났을 것이다』

"내가 레바스 성에 온 것도 변수였구나."

『그렇다. 하지만 상관없었다. 그때도 아직 우리였으니
까』

"왜? 할머니는 내게 많은 것을 가르쳐 주셨어."

아델은 눈을 깜빡거렸다. 그러자 상대방도 똑같이 깜빡거렸
다. 오른손을 들어 올리자 상대방은 왼손을 들어 올린다. 그녀는
대형 거울 앞에 서 있었다. 시선을 돌리자 익숙한 침실의 내부가

신화 187

보였다. 지금은 사용하지 않는, 남쪽 탑에서 지낼 때 쓰던 그녀의 침실이었다.

아델은 거울 속에 비친 어린 소녀의 모습을 신기한 듯 보았다. 얼마 전까지 자신의 모습이었지만, 다시 이 모습으로 돌아오니까 마음도 어린아이가 된 기분이 들었다.

"아델."

아델은 몸을 돌렸다가 눈을 크게 떴다. 입술이 바르르 떨렸다.

"할머니!"

환상이라도 좋았다. 아델은 시마의 품으로 달려들었다. 아델이 마지막으로 기억했던 모습보다 훨씬 젊은 시마가 아델을 꼭 안아 주었다.

"아델. 오늘은 바깥 구경을 하러 갈까?"

"좋아요!"

아델이 스텔라 남매에게 상처를 입어 남쪽 탑에 틀어박히기 전, 아주 오래전의 기억이었다.

『너는 여전히 성장하지 못했다.』

딱딱하고 건조한 목소리는 또다시 아델을 기억 속에서 끌어냈다. 다시 새하얀 공간. 아델은 안타까운 한숨을 내쉬며 소녀 아델을 원망스럽게 흘겨보았다.

"내가 계속 자라지 못한 게 문제였다는 거야?"

『네가 자라지 못한 건 네가 그걸 원했기 때문이다.』

"내가? 말도 안 돼. 난 어린아이 모습이 싫었어!"

『넌 아이의 모습으로 만족했다. 홀로 오롯이 서기를 거부했다.』

아델은 말문이 막혔다. 아니라고 해야 하는데 말이 나오지 않았다. 그녀의 마음속 어디에선가 '그랬을지도.'라고 납득했다. 할머니의 애정을 느끼며 행복했다. 변함없이 할머니의 보호 아래에서 영원히 이어지기를 바랐다.

『진짜 변수가 등장했다.』

아델은 자신을 내려다보는 보라색 눈동자를 보며 흠칫 놀랐다. 눈높이가 한참 위에 있었다. 푸른 머리카락의 장신의 남자가 관찰하듯 아델을 보고 있었다.

할머니의 손자를 찾았다는 말을 들은 날, 그의 침실로 몰래 숨어 들어가 처음 만난 그날의 기억이었다. 아델은 그를 보며 충격받았다. 지금과는 비교할 수 없이 차갑고 건조한 눈으로 그녀를 보고 있었다.

아델은 그날 그가 무척 친절했다고 생각했다. 하지만 눈은 거짓을 말하지 않는다. 당장 눈앞에서 아델에게 무슨 일이 벌어져도 못 본 척 지나갈 것처럼 그의 눈빛은 냉정했다. 지나간 기억에 불과하다는 것을 알면서도 아델은 가슴 안쪽이 쓰렸다.

눈을 질끈 감았다가 뜨니까 다시 하얀 공간으로 되돌아왔다. 이번에는 돌아와서 안도했다.

아델은 쿵쿵 뛰는 심장을 한 손으로 눌렀다. 냉정한 그가 두려우면서도 그를 본 것만으로도 그녀의 심장은 뛰고 있었다.

"왜…… 왜."

아델은 자신을 빤히 바라보는 소녀 아델에게 물었다. 소녀 아델이 한숨을 내쉬며 고개를 설레설레 내젓는 모습에 괜히 얼굴이 붉어졌다.

『이해할 수가 없다.』

"이해해 달라고 말하지 않았어."

『……난 르웨나를 이해하지 못했다. 그런데 너는 한때 나였고 우리였다. 결국 우리는 어리석다고 생각한 실수를 저질렀다.』

"실수가 아니야. 난 후회하지 않아. 앞으로도 하지 않을 거고."

소녀 아델은 한참 동안 말이 없었다.

"네가 말하는 진짜 변수는 론을 뜻하는 거지?"

『넌 홀로서기를 바랐다. 나를 거부했다. 우리는 너와
나가 되었다.』

"그럼 난 이제 사람……인 거지?"

물끄러미 아델을 보던 소녀 아델이 말했다.

『이제 하찮은 서론은 끝났다. 중요한 본론이 남았다.』

"하찮다니!"

『내가 앞서 우리는 봉인되어 있었다고 말했다.』

아델은 들은 척도 하지 않고 화제를 돌리는 소녀 아델을 노려
보았다. 무표정한 소녀 아델이 왠지 심술을 부린다는 느낌이 들
었다. 아델은 부루퉁하게 대꾸했다.

"그게 뭐."

『우리는 봉인 안에서 기나긴 싸움을 했다. 그리고 아직
끝나지 않았다.』

"그 싸움. 나와 상관이 있나?"

『당연히. 나는 수없이 네게 이야기했다.』

"기억에 없어."

소녀 아델은 미간을 살짝 찌푸렸다가 폈다. 성가신, 혹은 언짢아하는 것처럼 보였다.

『그래서 넌 들어야 한다. 다행히 난 너와 다르게 인내심이 많지. 어리석은 네가 충분히 이해할 수 있도록 처음부터 끝까지 풀어 주겠다.』

"……아. 확실하게 기억나는 게 있네. 넌 예전에 만났을 때도 참 밉살스러웠어."

혀를 차는 소녀 아델은 쥐어박고 싶을 정도로 얄미웠다.

소녀 아델은 아델이 팔짱을 끼고 노려보는데도 아랑곳하지 않고 거만한 어조로 말했다.

『긴 이야기가 될 것이다.』

* * *

태초에 빛과 어둠이 있었다. 그들은 탄생의 순간부터 상대를 인정하지 않았다. 서로가 적이었다.

그들은 끊임없이 격렬하게 싸웠다. 빛은 어둠이 될 수 없고 어둠도 빛이 될 수 없었다. 그들은 철저하게 양 극단에 있었다. 아득히 오랜 세월에 걸쳐서 서로를 견제하고 제압하려는 시도를 되풀이했다. 그런데 어느 날, 절대 함께할 수 없을, 빛과 어둠을 동시에 품을 수 있는 존재가 나타났다. 인간이 등장했다.

처음에 빛과 어둠은 인간을 이용해서 우위를 차지하려고 했다. 인간은 빛에 가까워지기도 하고 때로는 어둠 그 자체가 되기도 했다. 인간을 이용하면서 빛과 어둠은 서서히 서로에게 동화되어 갔다.

오히려 인간이 빛과 어둠을 먹어 버렸다. 그것을 깨달았을 때 이미 빛과 어둠은 자신들의 고유한 힘을 상당히 잃어버린 후였다. 그들의 의지는 옅어지고 서서히 세상으로 흩어지고 있었다.

빛과 어둠은 위기를 느꼈다. 오랜 세월 싸우는 동안 그들에게 자아가 생겼다. 그들은 소금으로서 존재하고 싶었다. 바닷물을 구성하는 염분이 되기를 바라지 않았다.

그들은 드디어 서로의 존재를 인정하고 타협했다. 각자의 터전을 잡고 서로에게 간섭하기 않기로 약속했다. 인간과 단절하여 고유한 자아를 유지하려 했다.

빛이 자리 잡은 땅은 무성한 숲이 되어 인간의 접근을 막았다.

어둠이 자리 잡은 땅은 생명이 자라지 않는 불모지가 되어 인간 스스로가 발길을 돌리게 했다.

그러나 이미 세상은 거대해졌다. 이미 그들은 세상의 일부가 되었다. 세월이 흐르고 또 흐르면서 그들은 태초의 자신을 잊었다. 전능했던 과거의 영광은 옛이야기가 되었다.

인간은 더욱 강대해졌다. 마법의 힘을 얻으며 세상을 지배하기 시작했다. 그들은 스스로 빛 혹은 어둠이 되어 싸우고 또 싸웠다.

"들으면서도 실감이 안 나."

아델이 말하자 소녀 아델이 고개를 끄덕였다.

『내게도 그렇다. 그저 전해지는 기억을 네게 말해 주는 것뿐이지』

"그래서 너, 아니 우리라고 해야 하나? 정확히 정체가 뭐야?"

『한때는 빛이었고 잠시 전능한 신으로 추앙받기도 하였으나 결국은 자리 잡은 터전이 전부가 되어 버린 정령 정도일까?』

"빛의 정령?"

『그렇게 말할 수도 있겠군』

"그래서 나무나 풀이 내게 반응하는 건가?"

『식물은 가장 빛에 근접한 생명체이니까』

한때 세상의 중심에 있었던 태초의 빛은 변방으로 밀려났다. 터전으로 자리 잡은 숲에서 존재하는 동안 세상을 유지하는 질서를 깨닫게 되었다.

빛과 어둠은 절대 이길 수도 질 수도 없는 무의미한 싸움을 했다. 그들은 한 몸과 같아서 어느 한쪽이 없이는 의미가 없었다. 세계의 질서는 빛과 어둠의 균형을 유지했다. 절대적인 규칙이었다.

빛의 정령은 질서에 순응하고자 마음먹었다. 이미 옛날의 강력함을 잃어버렸다고 해도 여전히 세상에 큰 영향을 미칠 정도의 힘은 갖고 있었다. 그리고 세상의 질서는 그 힘을 원하지 않았다. 시간이 흐를수록 빛의 정령은 점점 힘을 잃고 결국에는 세상을 구성하는 요소의 일부분이 될 운명이었다.

그런데 어느 날, 누구도 접근하지 못했던 정령의 숲 안으로 인간이 들어왔다.

"하란⋯⋯."

역시 그건 단순한 꿈이 아니었다.

소녀 아델이 고개를 끄덕이며 말했다.

『인간이 찾아온 그 날, 모든 것이 시작되었다.』

빛의 정령은 이미 태초의 빛과 다른 존재가 되었다.

인간과 교류를 끊고 오랫동안 그들과 접촉하지 않았다고 해도 이미 시작된 변화는 서서히 진행 중이었다.

구겨진 종이는 다시 펴도 처음의 상태가 될 수 없다. 빛의 정령을 변질시킨 것은 '감정'이었다. 인간으로부터 감정을 배웠던 것이다.

고립된 땅에 자기 자신을 가두어 지내는 동안 무료했다. 그래서 오랫만에 찾아온 인간을 보고 흥미를 느꼈다. 흥미, 무료함. 모두 감정을 지닌 존재들이나 느끼는 것들이었다.

『이미 돌이킬 수 없다는 것을 그때는 몰랐다.』

"네 이야기면서 마치 네 이야기가 아닌 것처럼 말하네."

『내게 남은 것은 기억뿐이다. 그때의 나는 지금의 나와 다르다. 오히려 지금의 내가 더 완전해졌지.』

"어째서?"

『네가 감정을 모두 가져간 채 내게서 분리되었기 때문

이다」

아델은 고개를 기울여 생각에 잠겼다.

"하지만 넌 감정이 있는 것처럼 느껴져."

『너와 아직 일부를 공유하기 때문이지」

아델이 눈을 깜빡였다가 떴을 때 주변이 바뀌었다. 하란이 눈앞에 있었다. 눈이 마주친 하란이 웃었다. 젊은 청년의 웃음은 빛처럼 밝았다.

『유희였다」

"유희? 놀이를 말하는 거야?"

『최고의 마법사라고 자신하는 인간이 얼마나 성장할지 지켜보는 일은 매우 흥미로울 것 같았다」

하란은 위대한 힘을 얻기 위해서 고대의 기록을 뒤지다가 빛의 정령을 찾아왔다. 그는 숭고한 꿈을 꾸었다. 고통받는 많은 사람을 구하고 세상을 바로잡고 싶었다. 찬란한 빛의 힘이 자신을 도와줄 거라고 믿었다.

"너무한다. 하란은 잔뜩 각오하고 찾아왔는데 넌 놀이라고 생각했단 말이야?"

『인간은 착각하고 있다. 선악은 인간의 개념이다. 빛은 선이 아니고 어둠은 악이 아니다』

빛의 정령은 하란의 숭고한 뜻에 동참할 뜻이 없었다. 도와주지 않으면 어둠의 편에 서겠다는 협박이 우스웠다. 그러거나 말거나, 사실 상관없었다.

그렇기에 하란의 오해를 바로잡지 않았다. 궁금했기 때문이다. 그야말로 유희였다. 인간이 지배하게 된 세상이 얼마나 달라졌는지 구경하고 싶었다.

세상의 균형을 유지하려는 보이지 않는 힘이 있다. 하란에게 경고한 그 말은 진심이었다. 그래서 오직 방관자로만 있으려 했다.

아델은 끊임없이 바뀌는 장면으로 옮겨 다녔다. 많은 곳을 가고 많은 사람을 만났다. 아델이 주체가 되어 모험을 했다는 것이 아니다. 보여 주는 대로 따라다닐 뿐이었다.

아델이 꿈에서 봤던 남자는 대마법사 하란이 틀림없었다. 그녀는 국사책의 초상화를 생각하며 또다시 분개했다.

'그건 사기야! 전혀 안 닮았다고!'

하란의 아들 카발도 보았고 르웨나도 보았다. 지나치게 많은 것을 보다 보니까 전부 기억할 수 있을지 걱정이 되었다.

"아침에 눈을 뜨면서 전부 잊어버리면 어떻게 해?"

『네가 잊고 싶다면 잊을 것이다. 반대로 네가 기억하겠다는 의지가 있다면 기억할 것이다.』

"전부 내 탓이라는 거네."

『내가 보여 주는 것들은 네 이야기가 아니다. 기억해도 네게 아무 영향을 주지 않는다. 네가 거부감을 가질 이유가 없다.』

"내 이야기가 아니니까 문제라고. 잊었던 기억을 되살리는 게 아니잖아. 남의 이야기는 들으면 원래 금방 잊어. 네가 종종 꿈으로 찾아오면 되지 않아?"

『그래도 되겠나?』

물론이지, 대답하려다가 아델은 머뭇거렸다.

소녀 아델은 아델과 똑 닮았다. 따지고 들면 닮았다는 표현으로는 부족했다. 소녀 아델의 모습은 얼마 전까지 아델의 것이었으니까.

그런데 아델은 눈앞의 소녀를 자신과 동일시할 수 없었다. 건조한 표정과 가라앉은 눈동자, 딱딱한 말투는 사랑스러운 외모와 대비되어 더욱 기괴한 느낌을 주었다.

빛의 정령이라고 주장하는 이 아이를, 믿을 수 있는가? 스스로에게 물었더니 선뜻 대답이 나오지 않았다.

거짓말은 하지 않을지도 모른다. 그렇다고 숨기는 것이 전혀 없다고 확신하지 못하겠다.

"네가 꿈에서 날 만나려면 내 허락이 필요해?"

『그렇다.』

"그럼 지금은?"

『이곳은 특별하다. 나는 르웨나에게 내 힘의 일부를 빌려주었다. 르웨나는 그 힘으로 이곳을 정화했다. 나는 이곳에서 자유롭다.』

소녀 아델이 아델을 빤히 보다가 말했다.

『나를 경계할 필요는 없다. 널 해롭게 하지 않는다.』

"……못 한다는 거야 안 한다는 거야?"

『안 한다』

"할 수도 있다는 거네."

『축하한다. 넌 정말 인간에 가까워졌구나. 의심과 억측
은 인간의 특성이지』

아델은 기가 막혀서 웃음을 터뜨렸다. 신랄한 빈정거림에도
이상하게 화가 나지 않았다. 오히려 슬그머니 고개를 내민 불안
감이 다시 쏙 들어가 버렸다.
"네가 내 꿈에 들어오면 내게 좋지 않은 거지?"

『좋다 나쁘다로 말할 수 없다. 하지만 네가 바라는 인
간이 되는 길은 멀어지겠지』

"그게 좋지 않은 거라고."
아델은 한숨을 쉬다가 고개를 번쩍 들었다.
"그런데 몇 번 이상한 꿈을 꾸었어. 그건 뭐야?"

『무슨 꿈?』

아델은 하란을 처음 만난 순간을 꿈으로 보았다고 설명했다.

소녀 아델이 생각에 잠겼다. 덩달아 아델의 표정도 심각해졌다.

『그건 네가 나를 엿본 것이다.』

"아…… . 미안해. 그러려는 의도는 아니었을 거야. 기억은 안 나지만."

『상관없다.』

"나는? 내가 널 엿보면 내게 문제될 일은 없어?"

『보이니까 보는 것일 뿐. 너는 참 질문이 많구나. 지금은 내가 하는 말에 집중해 주면 안 되겠나?』

아델은 얌전히 '네.' 하고 대답했다.

다시 시야가 바뀌었다. 끝없이 펼쳐진 건조한 땅으로.

금발의 미녀가 된 빛의 정령을 주변에서는 '……님'이라고 불렀지만, 아델의 귀에는 절대 들리지 않았다. 그게 좀 답답한 것만 제외하면 정령이 보여 주는 수백 년 전의 세상 구경은 재미있었다.

어느 시점부터 아델은 위화감을 느꼈다. 항상 멀찍이 떨어져 있던 정령은 아주 조금씩 거리를 좁혀 갔다. 그건 아마 정령조차도 의식하지 못한 느릿한 변화였던 것 같다.

정말 철저한 방관자로 있을 생각이었다면 하란이 위기에 처할 때마다 도와주어서는 안 되었다. 정령은 객관적인 입장을 잊고 말았다.

『균형이 깨졌다. 틀림없는 나의 과오다.』

목소리에는 회한이 가득했다.

『내가 세상에 간섭함으로써 내게 대항하는 어둠의 세력도 강해졌다. 어둠은 나의 가까운 곳에 은밀히 파고들었다. 알아차렸을 때는 이미 늦었다.』

아델은 도무지 이해가 가지 않는 것을 물었다.

"균형이 깨지든 말든 네가 고민할 문제가 아니잖아. 어차피 그 힘은 스스로 작동한다며. 네가 나설수록 더 악화되는 거 아니야?"

소녀 아델이 아델을 몹시 복잡한 눈으로 쳐다보았다. 아델이 봤던 표정 중에서 가장 감정이 담겼다. 정말 감정이 없는 게 맞는 건가? 의문이 들었다.

"넌 모순적이야. 네가 정말 중립을 지키려 했다면 처음부터 하란을 따라갔으면 안 돼. 넌 시작부터 깊이 개입했어. 어둠의 힘이 커져서 그게 하란을 비롯한 주변의 인간들이 겪어야 하는 고난이 되었다면 그건 그들의 문제야. 그걸 네가 자책하는 것 자체가 네가 객관적이지 않다는 뜻이지."

소녀 아델이 쓴웃음을 지었다.

『바보는 아니구나』

"······너 말이야."

『그래서 말하지 않았나. 인간이 찾아온 그 날, 모든 것
이 시작되었다고』

＊　　　＊　　　＊

아델은 눈을 떴다. 눈앞이 흐릿해서 눈을 꼭 감았다가 뜨니까
맺혔던 눈물이 흘러내렸다.

걱정했던 것과 다르게 모든 게 생생히 기억났다. 빛의 정령이
들려준 긴 이야기가 틀림없이 머릿속에 남았다.

'누구의 잘못이 없어도 비극은 일어날 수 있구나.'

가슴이 저려서 한숨을 내쉬었다. 통나무로 엮은 천장이 보였
다. 현실로 돌아왔다. 살짝 몸을 뒤척이자마자 다급한 외침이 들
려왔다.

"아델! 정신이 들어?"

라미아가 아델이 일어나 앉도록 부축해 주었다. 안도감과 걱정이 뒤섞인 눈으로 바라보는 라미아의 안색이 해쓱했다. 아델은 라미아를 의아하게 보았다.

"무슨 일 있어?"

"무슨 일 있냐고?!"

라미아는 버럭 소리쳤다. 그리고 두 손으로 제 머리를 감싸 쥐었다.

"네가 갑자기 사라져서 난리가 났었다고. 으아! 내 수명이 십 년은 줄었을 거야."

숲지기와 목재에 관해 한참 이야기를 나누다가 아델을 너무 오래 방치했다는 생각이 뒤늦게 들었다. 곁에서 기다리느라 지루했겠지. 미안한 마음이 들어 주변을 둘러보니 어디에도 아델이 보이지 않았다.

「아델은 어디 갔지요?」

그제야 기사들이 두리번거렸다. 그들의 반응을 보며 더 황당했다. 숲 속 깊이 들어온 터라 일행을 제외하면 인적이 없었다. 곁을 지키고 선 기사들의 수만 다섯이었다. 그런데 누구도 아델이 어디 있는지 알지 못했다.

되짚어 보면 이상한 일이 한둘이 아니었다.

라미아는 그저 목재 사업을 하고 싶을 뿐이지 식물학자가 아니었다. 숲지기와 장시간의 대화를 나눌 정도로 나무의 생태에 관심이 깊지 않았다. 그리고 아무리 관심 있는 화제라고 해도 일행을 팽개치고 제 볼일에만 몰두한 것은 평소의 라미아답지 않았다.

기사들은 호위 대상이 언제 사라졌는지 알기는커녕 아예 아델이 없다는 사실조차 의식하지 못한 채 멍청하게 서 있었다. 모든 게 이상했다.

정말 아델이 사라졌다는 사실을 깨닫는 순간 라미아는 뒷목에 쭈뼛 소름이 돋았다.

"숲에 사나운 짐승은 없다고 하지만, 보통 넓은 게 아니잖아. 대체 어디서부터 널 찾아야 할지 알 수가 있어야지. 거기다가 숲지기는 이상한 말이나 하고."

"이상한 말?"

"숲이 사람을 홀린다나? 숲을 앞마당처럼 다니던 일꾼도 가끔 실종되곤 한다면서. 그런데 늦어도 하루 안으로는 다시 돌아온다는 거야. 그런 말을 들었다고 '아, 그럼 너도 곧 돌아오겠군.' 하면서 기다릴 수가 있느냐고. 되는 대로 사람들을 동원해서 숲을 뒤지게 했지. 기사들은 사색이 되어서 이리저리 뛰어다니고 난리였어."

"저런. 고생이 많았구나."

"지금 네 얘기 하는 거거든!"

라미아는 고개를 끄덕이며 맞장구치는 아델의 반응이 어이가 없었다.

"걱정시켜서 미안해."

라미아는 아델을 물끄러미 보다가 한숨을 쉬었다. 맥이 쭉 빠졌다. 사소한 일로 괜한 호들갑을 떠는 사람이 된 기분이라고나 할까.

아델의 실종을 깨달은 후 찾을 때까지 걸린 시간은 두 시간 정도. 이 넓은 숲을 언제 다 뒤지느냐고 걱정한 것에 비하면 금방 찾았다.

찾은 과정도 신기했다. 마치 보이지 않는 길잡이의 안내를 받은 것처럼 오래 헤매지 않아서 의식이 없이 누워 있는 아델을 발견했다.

가장 가까운 일꾼의 숙소에 데려다 눕히고 안도의 숨을 몰아쉴 즈음에 아델이 깨어났다. 다친 곳도 아픈 곳도 없는 것 같다. 생각해 보면 큰 사고는 아니었다.

"몸은 어때?"

"괜찮아."

"숲지기 말로는, 네가 발견된 곳은 평소에 일꾼들도 다니지 않는 곳이라더라. 어쩌다 거기까지 간 거야?"

대답 없이 미소만 짓는 아델을 가만히 보다가 라미아가 미간을 찡그렸다. 분명히 아델이 맞는데 어딘지 모르게 낯설었다.

"너 정말 괜찮은 거지?"

"라미아. 네가 갑작스러운 사고로 앞이 보이지 않게 되었어. 그런데 다시 시력을 되찾는다면 기분이 어떨 것 같아?"

"……글쎄? 기쁘겠지. 정말 뭐라 표현할 수 없이 행복할 테고."

"지금 내가 그래."

아델은 조금 전에 눈을 뜨자마자 온몸에 차오르는 기운을 느꼈다. 벅차오르는 충만함이었다. 숲에 가득한 청량함이 그녀가 느끼는 기운을 증폭하는 매개 역할을 했다.

*　　　*　　　*

급하게 결재해야 하는 한차례의 업무가 대충 마무리될 즈음에 집사가 차를 가지고 들어왔다. 론은 펜을 내려놓고 잠시 휴식을 취했다. 차를 마시는 그의 시선이 책상 끝에 올려둔 낡은 봉투로 향했다.

몬트 수장의 금고 속에 보관되었던 서류는 의외의 물건이었다. 몬트 수장이 아델을 양녀로 삼는다는 입적 서류였다.

서류는 완벽했다. 법원에 제출하기만 하면 소급해서 유효가 된다. 빈틈도 없었다. 양부모는 양부모의 권리에 기대어 어떤 이익도 취할 수 없었다. 몬트 수장이 아델을 양녀로 들여도 아델이 받은 유산에는 손댈 수 없었다.

시마는 생전에 자신에게 갑작스러운 사고가 발생했을 때 혼자 남을 아델의 처지를 걱정했다. 아델이 스텔라 남매로부터 괴롭힘을 당하는 일이 벌어진 이후 막연한 걱정이 구체화되었다. 아델에게 법적인 보호 장치가 있어야 한다고 생각했다.

몬트 수장은 옛 기억을 떠올리며 아련한 표정으로 말했다.

「전대 성주님께서는 혹시 당신께서 아델 아가씨를 보호
해 주지 못할 상황이 올 경우에 제게 아가씨의 어머니가 되
어 지켜 달라고 하셨습니다.」

양녀로 삼으면 될 것을 왜 서류를 보관만 하고 있었느냐고 묻
자 몬트 수장은 머뭇거렸다.

「자식은 어머니가 키우는 게 자연스럽습니다. 아가씨가
제 딸이 되었다면 레바스 성에서 지낼 수 없었을 테지요. 전
대 성주님께서는 많이 외로운 분이셨습니다.」

론은 시마의 인간적인 약한 부분을 엿본 기분이 들었다. 아델
을 사랑하는 시마의 마음이 위선은 아니었을 것이다. 다만, 아이
를 키우는 기쁨으로 자신의 외로움을 달래려고 했다.

몬트 수장이 가져온 서류는 아델이 성년이 되면 쓸모가 없었
다. 성년이 되는 순간부터 신변에 관한 모든 권리는 오직 본인에
게만 있기 때문이다. 그런데 지금 당장 이용하기에 따라서는 제
법 쓸 데가 있었다.

「아델 아가씨의 친지라고 주장하는 자가 나타났다지요.

제가 아가씨의 어머니가 되면, 아가씨께서 성년이 되실 때
까지 제가 온전한 보호자 역할을 할 수 있습니다.」

법적인 후견인이라고 해도 어쨌든 후견인에 불과했다. 부모의
권리와 맞붙으면 부모의 친권이 압승이다. 말콤이 친권을 주장
하면 론에게는 불리할 수밖에 없었다.

그런데 몬트 수장이 양어머니가 되면 문제는 양부모의 친권과
혈족의 친권 사이의 겨루기로 넘어간다. 하란의 법은 아무래도
하란인에게 더 관대하다. 하란의 법원은 몬트 수장의 편을 들어
줄 것이다.

론은 선택권을 놓고 고민했다. 답은 둘로 좁혀졌다. 아델이 알
지 못하도록 모든 일을 처리하거나, 모든 정황을 설명한 후 아델
이 어떤 결정을 내리는지 들어보거나.

'말하면 분명히 말콤, 그자를 만나겠다고 할 텐데.'

아델은 전부터 계속 자신의 뿌리를 찾고 싶다고 말했다. 친지
가 나타났다고 하면 반드시 만나려 할 것이다.

'아델이 모르게 덮어 버리면……'

아델의 눈과 귀를 가리는 일은 어렵지 않았다. 그러나 숨겼다
가 들통이 나면 후환이 두려웠다. 지난번에 우편물을 감추었던
일과 비교할 수 없는 후폭풍이 밀어닥칠 것이다.

론은 답을 고르지 못하고 끙끙대다가 제드를 불렀다.

"아델은 아직 안 왔나?"

"조금 전에 돌아오셨습니다."

"언제? 왜 말하지 않았지?"

"이따가 식사 시간에 뵐 테니 지금은 바쁘신데 방해하지 말라고 하셨습니다."

"방에 있나?"

"아닙니다. 정원에 나가 계십니다. 모셔 올까요?"

론은 고개를 저으며 일어났다.

아델은 울타리를 주변에 두른 나무 앞에 서서 나무를 올려다보았다. 나무는 기적처럼 되살아난 이후 정원사들의 특별한 관심 속에서 극진한 보살핌을 받고 있었다.

회생한 할머니의 탄생목을 그동안 늘 멀찍이에서 보기만 했다. 무슨 일이 또 벌어질까 봐 겁이 났기 때문이다. 그런데 이제는 모든 것을 통제할 자신이 있었다.

기뻐하는 나무의 기분이 느껴졌다. 눈앞의 나무뿐만이 아니었다. 정원의 모든 식물들이 내뿜는 농밀한 기운이 그녀에게 쏟아져 들어왔다.

숨이 차서 눈을 감았다. 알고 난 이후에는 알기 전으로 돌아갈 수 없다. 아델은 자신이 지닌 힘이 어디에서 비롯되었는지 정확히 알게 되었고, 자신이 괴물일지도 모른다는 막연한 두려움에서 벗어났다.

두려움은 최후의 방어막과 같았다. 방어막이 사라지자 이제 거칠 것이 없었다. 아델은 자신의 상태가 망망대해 같다는 생각이 들었다. 광활하게 넓고 아득히 깊어서 한계를 알 수 없었다.

'이게 정령의 힘.'

아델은 자신과 분리된 또 다른 아델을 정령이라고 부르기로 했다.

정령은 아델에게 말했다.

『시간이 지날수록 너는 내 힘에 먹힐 것이다. 내가 너의 근본이기 때문이다. 무릇 세상의 모든 것은 원래대로 돌아가려는 성질이 있지』

비교하자면 아델은 신이 강림한 무녀와 비슷했다. 그런데 언제 깨질지 모르는 유리처럼 몸이 약했다. 깨지기 전에 신을 본래 있던 곳으로 되돌려 보내야 한다.

『네가 진정으로 인간이 되고 싶다면 나를 완전히 떨쳐내야 한다』

정령은 두 가지 방법이 있다고 했다. 첫째, 아델이 쫓아내든지. 둘째, 정령이 스스로 나가든지.

『내 이름을 알아내라』

첫 번째 방법이었다. 하지만 도대체 어떻게.

정령이 아무리 말해도 아델의 귀에는 이름이 뭉개져서 들리지 않는다. 들리지 않는 이름을 무슨 재주로 알아낸다는 말인가.

『혹은 나를 나의 터전으로 데려다 주면 된다.』

두 번째 방법이었다.

막막하기는 마찬가지였다. 정령도 그곳이 지리적으로 어디에 있는지 모른다고 했다. 막연하게 붉은 물빛의 호수가 있는 숲이라는 것만 안다.

'불가능하지는 않아. 조사하면 돼. 붉은 물의 호수가 흔하지는 않을 테니까. 그런데 붉은 호수…… . 어디서 들었더라.'

정령과 숲에서 나눈 긴 대화는 경고로 끝을 맺었다.

『서둘러라. 어둠이 너와 나를 찾아내기 전에.』

아델은 눈을 뜨고 고개를 돌렸다. 아까부터 점점 가까이 다가오는 그의 기척을 느끼고 있었다. 론이 걸음을 멈추자 아델은 그를 보며 생긋 웃었다.

"다녀왔어요."

그는 대답하지 않았다. 표정 없이 아델을 잠시 바라보았다. 갑자기 그가 손을 뻗어 아델의 얼굴을 감싸 쥐었다. 볼을 쓰다듬는 손끝의 움직임은 마치 확인을 하는 것 같았다.

"왜 그……."

턱이 위로 들리고 그의 얼굴이 다가왔다. 입술만 살짝 닿았다 떨어지는 짧은 입맞춤이었다. 동그랗게 눈을 뜨는 아델을 보며 론이 미소 지었다.

"괜찮은 거지?"

"나한테 무슨 일이 있었대요?"

"설명은 못 하겠는데 그냥 이상했어."

론은 멋쩍게 웃었다.

"뭐가 이상했는데요?"

"좀 달라 보였는데……."

예민하네, 생각하면서 아델은 피식 웃었다. 이 남자는 르웨나의 후손이다. 아델을 제외하면 아마 정령의 기운을 가장 짙게 물려받은 유일한 인간일 것이다. 타고난 핏줄 덕분이겠지만, 자신의 변화를 그가 알아차려 준 사실이 아델은 기뻤다.

다소 떨어진 거리에서 두 사람을 보고 있던 멜의 턱이 아래로 떨어졌다. 입을 쩍 벌린 채 어깨를 툭툭 치는 제드에게 고개를 돌렸다.

"우리는 들어가자."

"집사님. 저기…… 저거……."

"어허. 소란 떨지 말고."

휙 몸을 돌리는 제드의 등을 보다가 멜은 종종걸음으로 얼른 뒤따라갔다. 고개를 돌려서 아가씨와 성주님을 흘끔거리고 싶은 것을 꾹 참았다.

"집사님. 알고 계셨어요?"

대체 두 분이 언제부터 저런 분위기였냐. 숨어 있는 질문을 제드는 척척 알아들었다.

"너는 젊은 아이가 눈치도 없다."

아델의 시중만 드는 멜과 다르게 제드는 두 분이 함께 있는 모습을 자주 보았다. 매일 보니까 변화가 금방 눈에 띄었다. 언제부턴가 두 분이 서로를 바라보는 눈빛이 달라졌다. 대화를 나눌 때의 분위기가 미묘해져서 긴가민가했다. 얼마 전부터는 확신했지만, 아랫사람의 도리로 모른 척하고 있었다.

제드의 타박을 들으며 약이 오른 멜의 입이 툭 튀어나왔다. 감쪽같이 시치미를 뗀 아가씨에 대한 배신감으로 부르르 몸을 떨었다.

'어떻게 아가씨께서 이러실 수가!'

왜 여태 그런 의심은 전혀 안 했을까, 자신의 둔감함을 자책하며 입안으로 구시렁거렸다.

"함부로 입 놀리지 말고."

"그 정도로 멍청하지는 않다고요."

멜은 볼멘소리로 항의했다.

두 사람은 서서히 해가 저물어 가는 정원을 산책했다. 아델이 오늘 다녀온 숲에 대한 감상을 재잘재잘 떠들었다.

"생각보다 굉장히 넓어서 놀랐어요. 라미아도 놀라던걸요. 서부에도 그렇게 키가 높은 나무가 울창한 숲은 없다고 했어요."

"드물지. 대륙에도 거의 없어."

"아, 그런데 론. 숲에 다녀온 이후에 해 줄 이야기가 있다고 했죠."

론은 잠시 망설이다가 순순히 말콤 그랜트에 관한 일을 꺼냈다. 아델이 지닌 정령의 기운이 무의식적으로 론에게 영향을 미쳤다. 거짓말을 하거나 숨길 수 없게 하는 힘이었다.

론은 말해 놓고 나서 당황했다. 말해야 하나, 숨겨도 되나, 언제 어떤 식으로 기회를 잡고 어디까지 말하면 될까, 오랜 시간의 고민이 무색하게 금방 털어놓은 자신을 이해할 수 없었다.

다행히 아델의 반응이 예상과 전혀 달랐다. 눈을 반짝이며 탄성을 지르고 당장 외숙을 만나러 가겠다고 조를 줄 알았더니 그다지 흥분한 기색이 없이 약간 놀라는 표정만 지었다.

"아델. 나는 그자가 네 친족이라는 근거가 아주 부족하다고 생각해. 내가 사실 확인을 마칠 때까지 기다려 주면 안 될까?"

아델도 말콤이라는 남자가 자신의 외숙일 리가 없다고 생각했다. 그녀에게 친족은 존재할 수 없었다.

무슨 이유로 외숙이라고 나섰는지 모르겠지만, 굳이 반대를 무릅쓰고 낯선 사람을 만날 필요는 없을 것이다.

"날 만나러 오겠다는 게 아니라 내가 직접 찾아가서 만나 주기를 원했다는 거죠?"

"그자가 널 보러 여기 오겠다면 막을 생각은 없어. 그런데 네가 찾아가기에는 너무 먼 길이야."

아델은 고개를 끄덕였다. 그의 반대는 일리가 있었다.

여전히 아델은 레바스 성에 오기 전의 기억이 없었다. 데보라는 아델이 어머니를 잃은 충격으로 기억을 잃었다고 생각했지만, 사실은 달랐다. 당시 아델은 갓 태어난 갓난아이와 다름이 없었다. 무언가를 기억에 담아 둘 만큼 성장하지 못했다.

기억이 없으니 그리움도 없다. 자신이 대륙인인 줄 알았을 때는 태어난 곳에 가 보고 싶었다. 하지만 이제는 미련이 없었다.

"얼마나 멀기에 그래요? 어딘데요?"

"들어 본 적은 없을 거야. 알시온 왕국이라고, 남쪽으로 한참 내려가야 해."

아델이 흠칫 놀라 고개를 돌렸다.

"리피노 왕국과 이웃한……?"

자신의 기억력이 이렇게 좋은지 몰랐다. 숲으로 가는 마차 안에서 라미아와 지나가듯 나눈 대화 속에 잠깐 등장했을 뿐인데 그의 말을 듣자마자 떠올랐다.

"알아?"

론이 의아해했다. 알시온 왕국은 하란으로부터 멀리 떨어진 나라인 데다가 국교도 맺지 않았다. 하란에는 거의 알려지지 않았다.

"근처에 붉은 호수가 있는 숲이 있죠?"

"있……."

무심코 대답하려다가 론이 얼른 덧붙였다.

"……다고 들었던 것 같아."

아델은 걸음을 멈추고 두 팔로 자신의 양쪽 팔을 감싸 안았다. 오싹 소름이 돋았다.

"왜 그래?"

"대륙에서 나를 도와준 분이 왜 하필 대현자님이었을까요."

넋이 나간 표정으로 아델이 중얼거렸다.

"대현자님은 왜 나를 레바스 성으로 데려왔을까요. 왜 나는 할머니를 만났을까요."

정말 그저 우연에 불과한가. 모든 일이 계획하지 않았는데도 이처럼 맞아떨어질 수 있을까. 붉은 호수를 찾아야 하는 시점에 때마침 붉은 호수의 근처로 가는 길이 열렸다. 마치 어서 오라고 손짓하는 것처럼. 그 손짓을 모른 척하면 안 될 것 같다.

"만나러 가야겠어요."

론이 미간을 팍 일그러뜨렸다. 그가 이를 악물고 '아델.' 하고 부르는 음성은 잔뜩 억눌렸다. 그가 이토록 노골적으로 불편한 심기를 드러내는 일은 좀처럼 없었다.

"무조건 안 된다는 게 아니야. 그자에 대해서 알아볼 때까지 기다려."

론은 차분한 설득을 시도했다. 하지만 아델은 고집스럽게 고개를 내저었다.

"시간이 없어요. 서둘러서 가야 된다고요."

지금껏 그녀에게 일어난 일들 중 하나라도 어긋났다면 아델은 오늘 이 자리에 존재할 수 없었을 것이다. 그래서 이번에도 어그러뜨리고 싶지 않았다. 마음이 급해졌다.

"확신하건대 그자가 시한부라는 말은 절대 사실이 아니야."

"그런 문제가 아니에요."

"그럼 대체 왜!"

아델은 말을 할 것처럼 입을 열었다가 다시 꾹 다물었다.

「네 이야기를 다른 사람에게 해도 돼?」

아델은 자신이 알게 된 놀라운 사실들을 론과 공유하고 싶었다. 그에게 비밀을 만드는 일이 내키지 않았다. 하지만 정령은 단호히 대답했다.

『내 이름을 알아내지 못한 상태에서 내 존재를 드러내지 마라.』

이유를 묻자 정령은 어둠에 빗대어 설명했다. 비교적 순수성을 지킨 빛의 정령과 다르게 어둠의 정령은 고유한 자신을 지키지 못했다.

어둠의 정령은 인간들을 멀리하겠다는 맹세를 저버렸다. 인간이 주는 어둠을 탐했다. 탐욕이라고 부르면 탐욕이 되고 증오라고 부르면 증오가 되었다. 그러는 동안 본래 가졌던 이름을 잊고 말았다. 타락한 어둠은 정령으로서 존재할 수 없게 되었다.

『이름은 나를 나로서 존재하게 한다.』

사람은 지위에 따라 다양한 호칭을 갖기 마련이었다. 어머니가 되었다가 딸이 되고 누군가의 주인이 되고 높은 지위에 오르면 그에 어울리는 호칭을 받았다.

하지만 정령이 보여 준 옛 기억 속에서 사람들은 항상 정령을 향해 '……님.', 즉 아델의 귀에는 들리지 않는 이름으로 꼬박꼬박 불렀다. 다른 호칭으로 부른 적이 없었다.

그래서 그랬던 건가. 다시 생각해 보니 무심코 지나친 일에 중요한 의미가 있었다.

"지금은 이유를 말할 수 없어요."

아델은 두 손으로 그의 손을 붙들고 간절히 말했다.

"하지만 나중에 모두 알려 줄게요. 그곳에 꼭 가야 해요."

그녀의 눈동자 속에는 꺾을 수 없는 의지가 굳건했다. 협상의 여지가 보이지 않는다. 말없이 아델을 바라보던 그의 눈빛이 누그러졌다.

"반드시?"

"네."

"말할 수 없는 그 이유가, 말콤 그랜트와 관련이 있는 건가?"

"그건 아니에요. 잘 알지도 못하는 사람인걸요."

"소풍을 가는 게 아니잖아. 무작정 가야 한다고만 말하면……."

"언젠가 론이 말했던 재능이요. 내가 가진 이상한 능력."

아델은 전혀 무관하지는 않지만, 핵심은 비켜 간 핑계를 생각해 냈다.

"고서의 방에서 옛날 기록들을 보다가 그 재능에 관한 내용을 찾았어요. 난 내가 가진 능력에 대해 알고 싶어요. 붉은 호수가 있는 숲에 단서가 있대요. 그곳에서 꼭 찾아봐야 할 게 있어요."

"붉은 호수? 네가 알시온에 가려는 이유가 붉은 호수 때문이야?"

"네. 제발요. 내 인생이 걸린 일이에요. 뭘 찾는 거냐고 묻지는 말고요."

론은 알시온에서 태어난 사람이라면 누구나 그러하듯 호수의 전설을 들으며 자랐다. 전설은 전설일 뿐이라고 생각하는 한편으로 자신의 어머니가 평범한 사람은 아니었다는 사실은 인정했다.

아델을 처음 만났을 때부터 어머니와 닮은 부분이 많아서 신경이 쓰였다. 대체 너와 붉은 호수가 무슨 관계가 있겠느냐고, 아델의 말을 터무니없는 소리로 취급할 수 없었다.

그는 나직이 한숨을 내쉬었다.

"알았어. 대신 나와 같이 가."

"정말 같이 갈 거예요?"

"널 혼자 보낼 수는 없으니까."

아델은 헤실헤실 웃으면서 두 팔로 그의 허리를 꽉 안고 품에 기댔다. 언제나처럼 그에게서는 시원한 바람 냄새가 났다. 커다란 손이 머리카락을 부드럽게 쓸어 주는 느낌이 좋았다.

론은 착잡한 표정으로 한숨을 삼켰다. 이런 식으로 알시온의 땅을 다시 밟게 될 줄은 몰랐다. 먼 길을 떠날 준비를 해야겠다. 한동안 성을 비우게 될 테니 일정도 조정해야 할 테고.

'가급적이면 안전한 곳에서 그자를 만나야 해.'

어차피 최소한 한 번은 말콤을 만나야 한다. 기왕 먼 길을 가게 되었으니 법원의 뜻대로 하는 게 좋겠다. 다만, 말콤이 무슨 속셈인지 알 수 없는 이상 그자와 대면하는 장소만큼은 철저하게 안전이 확보된 곳으로 고를 것이다.

'알시온에서 가장 안전한 곳. 믿을 수 있는 사람이 주선하는 장소.'

한 사람의 얼굴이 떠올랐다. 얼른 지우고 다른 후보를 찾으려 했다. 하지만 아무리 생각해도 알시온에서 믿을 만한 인물은 그 사람밖에 없었다.

아이작.

펠릭스 후작가의 저택이라면 안심할 수 있다. 알시온에서 그보다 안전한 곳은 없을 것이다.

5장
모든 것이 시작된 곳에서

제드는 느닷없이 불쑥 얼굴을 내미는 사람 때문에 화들짝 놀랐다.

"앗, 미안해요. 집사님. 놀라게 하려던 건 아니었는데."

줄리오가 히죽 웃었다.

"현자님. 언제 오셨습니까?"

제드는 놀란 가슴을 쓸어내리며 예의 바르게 인사를 건넸다.

"조금 전에요."

레바스 성의 사람들은 전부터 데보라가 불쑥 나타나곤 하는 일에 익숙했다. 그래서 줄리오가 갑자기 와서 돌아다녀도 신경 쓰지 않았다. 고용인들은 계속 지내던 사람과 마주친 것처럼 줄리오를 보고 꾸벅 인사하며 지나갔다.

줄리오에게 '무슨 용무가 있으십니까.'라고 묻는 사람이 아무도 없었다. 어쩔 수 없이 줄리오는 직접 성주의 집무실을 찾아왔다.

"성주님을 뵈러 오셨습니까?"

"예. 레오…… 성주님은 안에 있죠?"

"예. 안에……."

제드의 말이 채 끝나기 전에 줄리오는 제드를 지나쳐 저만치 걸어갔다. 말릴 틈이 없었다. 이미 줄리오는 집무실의 문을 열어 안으로 들어가고 있었다.

"……계십니다만, 아가씨도 함께 계십니다."

미처 전하지 못한 말을 중얼거렸다.

'현자님은 두 분과 모두 친분이 깊으시니 괜찮겠지.'

제드는 잠시 고민하다가 다시 가던 걸음을 옮겼다.

아델은 들고 온 찻쟁반을 책상에 올렸다. 그녀는 주전자를 들어 잔에 가득히 찻물을 따랐다. 집무실 안은 순식간에 쌉쌀한 차향으로 가득 찼다.

"하루에 홍차를 몇 잔씩 마신다면서요? 건강에는 이게 더 좋아요."

론은 썩 달갑지 않게 보다가 찻잔을 들었다. 옅은 노란색의 액체에서 풍기는 싸한 풀 냄새가 취향에 맞지 않았다. 생글생글 웃고 있는 그녀의 미소가 무언의 압박처럼 느껴졌다. 한 모금을 마셔 보았으나 역시 아니다.

그는 말없이 찻잔을 내려놓았다.

"별로예요?"

"이따가 의사가 올 거야."

아델은 말을 돌리는 그를 흘겨보았다.

"의사는 왜요?"

"떠나기 전에 건강진단."

"아주 건강한걸요."

"그래야지. 완벽한 상태가 아니면 출발은 무기한 연장이야."

예정대로라면 내일 아침 일찍, 그들은 알시온으로 출발한다. 호위하는 기사들과 시중을 드는 고용인들, 잡다한 일을 맡을 일 꾼들까지 포함해서 수십 명의 일행이 움직일 예정이다.

꾸려 놓은 짐이 한가득이고 성주의 장기 부재에 대처하기 위한 일정을 조종하느라 고생했다. 하지만 론은 그 모든 것을 얼마든지 뒤엎을 의사가 있었다.

"아주 완벽해요. 나한테 그렇게 말해 놓고 정작 론이 아프지 않을 거라고 누가 장담한대요. 그러니까 그거 마셔요. 건강에 좋은 거니까요. 내가 론을 주려고 직접 덖은 찻잎이란 말이에요."

무려 직접. 론은 저항할 수 없었다. 그는 내키지 않는 표정으로 찻잔을 들어 말끔히 비웠다.

"사실 맛은 없어요. 그죠?"

아델은 괜히 미안한 마음이 들어 헤헤 웃었다. 그녀는 쥐고 있던 사탕을 흔들었다.

"혹시 몰라서 챙겨 왔어요. 줄까요?"

론이 고개를 끄덕였다. 아델은 손바닥에 사탕을 올려서 내밀었다. 그는 빤히 보기만 하다가 거부하는 것처럼 등을 의자에 깊이 기댔다.

"달라면서요."

"껍질은 까서 줘야지."

아델은 헛웃음을 터뜨렸다.

"예, 예. 까드리죠. 뭐가 어렵겠어요."

그녀는 책상 옆을 돌아 그가 앉아 있는 의자로 다가갔다. 사탕의 껍질을 벗겨 아예 그의 입술 가까이 내밀었다. 입만 벌리면 먹을 수 있도록.

그가 사탕을 쥔 그녀의 손을 잡아 끌어당겼다. 방심하고 있던 그녀는 그대로 그의 품으로 쓰러졌다. 놀라 버둥거릴 틈도 없었다. 그의 두 손이 그녀의 턱 아래를 감싸 잡으면서 입술을 포갰다.

그가 그녀의 아랫입술을 물었다가 놓았다. 키스를 시작할 때의 신호와도 같았다. 그녀의 몸은 신호에 이미 길들여졌다. 입을 열어 안쪽을 깊이 훑는 혀를 받아들였다. 힘을 주어 꽉 감은 속눈썹이 가늘게 떨렸다.

평소에는 가볍게 닿는 것조차 하지 않으면서 키스할 때의 그는 다른 사람 같았다. 아델이 놀라 한 걸음 물러서고 싶을 정도로 거리낌이 없었다. 짙게 호흡이 얽히는 키스는 그녀를 언제나 당황하게 했다.

촉, 작은 소리를 내면서 입술이 떨어졌다. 그가 입술 위에만 살짝 입맞춤하며 말했다.

"사탕보다 이게 더 좋아."

아델의 얼굴이 붉게 달아올랐다. 그녀는 이맛살을 잔뜩 찡그리며 그를 노려보았다. 그가 조금 전에 마신 차의 잔향이 되레 그녀의 입안에 진하게 남았다. 쓰고 떫고, 기이한 맛이었다.

"맛없지?"

내 고통을 알겠냐는 듯 의기양양하게 웃는 그가 얄미웠다. 그녀는 보란 듯이 손에 쥐고 있는 사탕을 자신의 입에 넣었다. 입안에서 몇 번 굴렸더니 금세 달콤한 맛이 미각의 고통을 덜어주었다.

"나 준다는 거 아니었어?"

그가 아델의 허리를 팔로 감아 품으로 당겼다. 아델은 그의 가슴에 기대어 반쯤 걸터앉은 자세가 되었다. 전에는 무릎에 앉아도 되냐고 물어보면 정색하고 거절하더니 그게 전부 내숭이었던 거다. 이제는 오히려 아델이 두 손으로 그의 가슴을 밀어내 적당한 간격을 유지했다.

"안 먹겠다고 했잖아요."

"내가 언제."

"방금 전에……."

"그런 말을 한 적은 없는데."

순식간에 다가온 그의 입술이 아델의 입술 위를 꾹 눌렀다가 떨어졌다. 입술을 떼며 그의 혀가 살짝 그녀의 입술을 핥았다.

"달다. 네가 좋아하는 버터 사탕이구나."

휘어지는 그의 보라색 눈동자가 더 달았다. 아델은 시선을 떨어뜨리며 후끈거리는 제 볼을 손등으로 문질렀다.

남의 눈이 있을 때 그는 적당한 거리를 유지했다. 누구도 트집 잡을 수 없는 후견인의 역할에 충실했다. 둘만 있을 때와 그렇지 않을 때의 간격이 너무 컸다.

언제부턴가 그와 키스한 횟수를 세는 것을 포기했다. 좋으면서도 부끄럽고 그가 성큼 다가오는 게 겁이 나기도 했다.

"여! 나 왔다!"

아델은 경쾌하게 외치며 안으로 들어오는 남자와 눈이 마주쳤다. 그녀는 소스라치게 놀라 '히끅!' 하고 딸꾹질 같은 비명을 질렀다.

"으악! 실례……."

다급히 몸을 돌려 도로 나가려던 남자가 멈칫, 천천히 다시 뒤돌았다. 그사이에 아델은 얼른 론으로부터 한 발자국 떨어졌다.

줄리오는 부릅뜬 눈으로 두 남녀를 번갈아 보았다. 자신을 불청객 취급하며 쏘아보는 푸른 머리의 사내를 외면하고 그의 시선은 금발의 숙녀에게 고정되었다.

"설마 스톤 양?"

아델이 발그레한 낯으로 고개를 꾸벅 숙였다. 그녀의 귀까지 빨갛게 물들었다.

"우아아악! 세상에 이게 웬일이래? 그새 무슨 일이 벌어진 거야?"

줄리오는 아델을 아래위로 훑었다. 몹시 실례되는 짓을 하고 있다는 자각도 없었다. 너무 놀라 제대로 말이 나오지 않았다.

"아델. 나가 봐."

론이 자연스레 줄리오의 시선을 차단하는 위치에 섰다.

"왜! 스톤 양하고 인사는 하게 해 줘!"

줄리오의 요구는 들은 척도 않고 론은 아델을 보며 말했다.

"인사는 이따가 해도 돼."

아델은 줄리오를 흘끔 보고 고개를 끄덕이고는 종종걸음으로 집무실을 나갔다. 그녀는 지금 너무 당황해서 줄리오와 웃으며 인사를 나눌 여유가 없었다.

줄리오는 멍청하게 입을 벌리고 이미 닫힌 문을 뚫어지게 보았다.

"노크할 줄 몰라?"

"어? 아, 그건 미안……. 야. 너야말로 신성한 일터에서 뭐하는 거냐?"

"……신성은 무슨."

론이 투덜거리며 소파에 가서 앉았다. 그는 아델과 있는 시간을 방해받아서 언짢았다.

두 사람은 항상 누군가의 시선에 노출되어 있었다. 둘만 있을 수 있는 시간이 거의 없었다. 아델이 집무실에 찾아와서 집사가 슬그머니 자리를 피해 주면 고작 차 한 잔 마실 시간 정도였다. 주변의 시선을 의식하는 아델은 자주 찾아오지도 않았다.

처음에는 조금 재미있었던 것 같다. 누가 있으면 새침하게 시치미를 떼는 그녀가 귀여웠다.

하지만 시간이 지날수록 그는 조금씩 짜증이 나기 시작했다. 눈에 보이면 만지고 싶었다. 억지로 눌러 참으려니 고문이 따로 없었다.

론은 맞은편에 털썩 앉는 줄리오의 얼굴을 봤다가 움찔했다. 히죽거리는 꼴이 놀림거리를 찾아낸 악동 같았다. 저절로 한숨이 나왔다. 절대 말려들지 않겠다고 굳게 마음먹었다.

"어떻게 된 거야? 스톤 양 맞지? 정말 맞지?"

"보면 알잖아."

"내가 여자아이는 언제 훌쩍 자랄지 모른다고 말은 했지만, 이건 상식적으로⋯⋯."

"줄리오의 상식은 알 바 아니고. 갑자기 어쩐 일이야?"

"갑자기라니. 조만간 가겠다고 전달해 달라고 했는데 못 받았냐?"

론은 얼마 전에 에릭이 찾아왔을 때 전했던 말을 기억해 냈다.

"그러면 반지는⋯⋯."

"음흉한 자식. 내가 널 전부터 알아봤지. 너 그때 내가 한 말에 뭐랬더라? 말도 안 되는 소리 말라고? 그렇게 펄쩍 뛰더니 어떻게 된 거야?"

"그 얘기는……."

"설마 스톤 양이 쪼그마했을 때부터 시커먼 속셈이 있었던 거냐? 스톤 양은 네가 겉보기보다 훨씬 의뭉스럽다는 걸 알기는 해?"

"줄리오."

론이 사납게 눈을 번뜩이자 줄리오는 입을 다물었다. 거품 물고 달려드는 놈을 상대하는 게 낫다. 론을 화나게 하는 건 뒷일이 무서웠다.

'이 녀석을 우습게 봤다가 호되게 당한 놈이 한둘이 아니지.'

안면이 있는 사이라도 선을 넘으면 가차 없었다.

"반지는 몇 가지만 확인하면 되는데 도구가 필요해."

줄리오는 헛기침하며 말을 돌렸다.

"그래서 말인데 여기에 연구실이 있잖아. 거기 좀 빌려 썼으면 해서."

"연구실은 내 것이 아니야. 주인의 허락을 받아야지."

"그럼 스톤 양에게 물어봐야겠네. 스톤 양은 자기 물건이 손타는 걸 싫어하나? 연구실의 물건을 누가 만지는 걸 질색하는 사람이 많거든."

"그렇진 않을 거야. 물어볼게."

"물어보는 건 내가 해도……."

"내가 해."

론이 단호하게 말을 잘랐다. 줄리오는 떨떠름하게 고개를 끄덕였다. '내가 스톤 양에게 말을 붙이는 게 싫어서 이러나.' 하고 잠깐 생각했다.

'에이, 설마.'

줄리오는 자신의 의혹을 일축했다. 오랫동안 알고 지낸 론의 캐릭터에 끈적끈적한 감정은 어울리지 않았다. 론이 끔찍이 레온을 챙길 때도 레온이 어디서 누구를 만나고 뭘 하고 다니든 개의치 않았다.

"확인하는 데 시간이 얼마나 걸리지?"

"이틀? 길어 봤자 하루 더."

"내일부터 한동안 성을 비울 예정이야."

론은 간단하게 먼 길을 떠나게 된 사정을 설명했다.

"그러면 내가 주인도 없는 집에 혼자 남아도 돼?"

"상관없어."

"반지는?"

"집사에게 맡겨."

줄리오는 내키지 않는지 '으음.' 하고 중얼거렸다.

"이거 귀한 물건이잖아. 중간에 건너서 넘어가는 건 찜찜하단 말이야. 내가 갖고 있다가 네게 직접 줄게."

"그래도 되고."

"그리고 이 반지에 걸린 마법은 아직 확실하지는 않지만 두

가지 기운을 식별해. 아, 근데 이걸 알아내는 데는 대현자님의 도움을 좀 받았어. 미안하다. 허락도 받지 않고."

"백탑의 대현자님 말이지? 그분은 괜찮아. 그럼 혈통은 확실히 아닌 건 맞지?"

"아닌데 딱 잘라 아니라고 말하기도 그렇고……. 미묘해. 대현자님도 관심을 많이 보이셨어. 확실히 전부 알아내면 말해 줄게."

줄리오는 품을 뒤져서 작은 유리병을 꺼냈다.

"마지막 확인을 위해 재료가 필요해. 네 피."

론은 유리병을 쥐었다. 유리병 안에는 반 정도 투명한 액체가 들어 있었다.

"이 안에 담으라고?"

"피가 굳지 않게 하는 특수한 액체야. 대여섯 방울이면 돼."

"대현자님과 갔던 일은 잘되고 있는 건가?"

정말 궁금해서가 아니라 의례적인 질문이라는 것을 알기에 줄리오도 형식적으로 대답했다.

"순조로워."

발굴 작업이 거의 막바지에 이르렀다. 화재로 쌓인 잔해를 거의 다 치웠고 때마침 데보라가 돌아왔다. 데보라에게 현장을 맡긴 후 반지 때문에 잠시 레바스 성에 들렀다. 용무가 끝나면 다시 마인들의 마을로 돌아갈 계획이다.

줄리오는 론의 얼굴을 유심히 뜯어보다가 불쑥 말했다.

"너 말이야. 스톤 양, 데리고 노는 건 아니지?"

갑자기 바뀐 화제가, 그리고 내용이 터무니없어서 론은 화가 나기보다는 어이가 없었다.

"생각해 보니까 네가 어떤 녀석인지는 나름대로 알지만, 네가 여자에게 어떤 남자인지는 모르니까. 좋은 녀석이 좋은 남자는 아니더라고. 네가 여자하고 노는 걸 내가 봤어야 아, 이놈은 이런 놈이구나 알지."

"대답할 가치가 없군."

"아, 왜. 난 스톤 양의 친구로서 걱정하는 거야. 순진한 스톤 양이 속이 시커먼 늑대에게 잡아먹힐까 봐."

"내가 뭘 어쨌다고."

론의 표정이 비딱해졌다. 줄리오가 적극적으로 나서는 태도가 거슬렀다. '아델에 대해서 뭘 알아?'라는 말이 턱밑까지 올라왔다.

"그럼 말해 봐. 둘이 정식으로 교제하는 거야?"

론의 눈썹이 움찔했다.

"……아니."

"왜?!"

줄리오는 마치 천하의 몹쓸 놈을 보는 표정을 지었다.

"아델이 성년이 될 때까지는 곤란한 현실적인 문제가 좀 있어."

"허허……."

줄리오는 혀를 찼다. 아래위로 보는 시선이 숫제 상종도 못할 쓰레기를 보는 듯했다.

안 그래도 속이 답답한 와중에 줄리오의 비난이 가득한 눈빛을 받으니 론은 울컥했다. 남 일이라고 말이 쉽지, 알지도 못하면서 몰아붙이는 줄리오가 원망스럽고 한편으로 억울했다.

"그럴 만한 사정이 있다니까."

"그래 놓고 막상 스톤 양이 성년이 되면 딴소리 하는 거 아냐?"

"아니야."

론은 이를 악물고 대꾸했다.

"아니라고? 뭐가 아닌데?"

"성년 생일에 약혼 발표를 하려……. 하아……."

론은 자괴감이 가득한 표정으로 깊은 한숨을 내쉬었다. 말려들지 않겠다고 마음먹었으면서 얄팍한 도발에 넘어가다니.

아직 아델에게 말도 꺼내지 못했다. 이런 식으로 툭 던질 내용이 아니었다.

"……그럼 일해라. 더 방해하지 않을게."

줄리오가 슬그머니 일어났다. 화가 잔뜩 난 론에게 뒷덜미를 잡힐까 봐 얼른 도망쳤다. 집무실을 나와서 빠른 걸음으로 복도를 걸었다. 계단을 내려간 후에 비로소 그의 발걸음이 느긋해졌다. 그는 즐겁게 휘파람을 불었다.

'잘됐네. 스톤 양.'

줄리오는 진즉 아델의 마음을 알고 있었다. 그녀의 마음이 다치지 않고 비극적인 짝사랑으로 끝나지 않아서 다행이다.

'대체 둘이 언제 눈이 맞은 거야?'

남녀 사이는 정말 알 수가 없다고, 중얼거리며 그는 피식 웃었다.

*　　*　　*

아델은 오랜만에 초상화의 방에 들어갔다. 방의 가장 깊은 곳에 걸린 르웨나의 초상화 앞에 섰다. 숲에서 정령과 나누었던 대화가 떠올랐다.

『르웨나는 순수한 나무의 정령이었다.』

빛의 정령은 르웨나의 이야기를 하면서 몹시 유감스러워했다.

아득히 오래전에는 세상의 생명력이 충만하여 정령이 탄생하는 일이 흔했다. 정령의 일부는 인간과의 사이에서 새로운 생명을 탄생시키기도 했다. 정령의 피를 물려받은 정령과 인간의 혼혈은 대부분 인간의 삶을 택해 인간들과 어울려 살았다.

라미아가 말하는 화족은 아마 그들의 후손일 거라고, 정령은 아델에게 설명해 주었다.

『인간들 때문에 나무의 정령은 태어나기가 지극히 어려워졌다. 베이지 않고 오랜 세월을 견뎌야 하기 때문이지.

르웨나는 이 세상에 마지막으로 탄생한 정령, 그것도 나무의 정령이었다.』

「그렇게 귀했는데 왜 데리고 나온 거야?」

『나무의 정령은 순수하고 자애롭다. 호기심도 많지.』

빛의 정령은 머지않은 언젠가 자신이 사라질 운명이라는 걸 알고 있었다. 자신의 터전을 나무의 정령들에게 물려주려고 했다.

가장 걱정되는 것은 인간의 탐욕이었다. 오랫동안 인간의 접근이 없었지만, 언제까지 그러리라는 법이 없었다. 그래서 나무의 정령에게 인간이 어떤 존재인지를 알려 주어 경계심을 갖게 하고 싶었다.

『그래서 르웨나라는 이름을 주었던 건데.』

정령은 르웨나라는 이름의 기원을 설명했다. 아득한 옛날, 인간이 세상에 등장하기 전에 존재했던 정령의 이름이었다.

이름 덕분인지 르웨나는 인간에게 관심이 없었다.

『그래서 방심했다. 카발에게 호기심을 갖는 것을 내버려두었다.』

「넌 르웨나의 선택을 어리석다고 생각하는구나.」

『어리석고말고.』

르웨나의 선택에 관해서는 말을 길게 해 봤자 서로의 의견차를 전혀 좁힐 수 없기 때문에 아델은 더 따지고 들지 않았다.

'난 당신의 선택을 이해해요. 르웨나.'

초상화를 바라보며 중얼거렸다. 초상화 속에서 그녀가 흘리는 눈물의 의미가 가슴에 깊이 와 닿았다. 사랑하는 사람을 잃은 슬픔과 동시에 사랑하는 사람의 아이를 얻은 기쁨이었을 것이다.

'나는 붉은 호수의 숲으로 가요. 그곳에 당신의 언니, 혹은 동생이 있을지도 몰라요.'

아델이 꿈에서 봤던 소녀는 두 명이었다. 바깥세상으로 나온 르웨나가 아닌, 다른 하나는 어떻게 되었을까.

그 부분에 대해서 정령은 뚜렷이 답을 내놓지 못했다.

『가 보지 않고서는 알 수 없다.』

「왜? 하나는 숲을 지키라고 남겨 둔 것 아니었어?」

『그곳의 주인은 나다. 갓 태어난 어린 정령이 제대로 지킬 수 있을 리가 없지. 하나만 데려간 이유는 데려간 하나가 잘못되어도 남겨 둔 하나가 있기 때문이다. 그 또한 잘못된 선택이었다. 둘 모두 데려가지 말았어야 했는데. 그때의 나는 금방 되돌아가게 될 줄 알았다. 정령은 원래 호기심이 많다. 제대로 지혜와 판단력을 갖출 때까지 통제하지 않으면 멋대로 돌아다니지. 그래서 인간이라도 만나게 되면…….』

「어떻게 되는데?」

『정령과 인간 사이에 혼혈이 종종 태어났던 이유라고 말해 두지.』

정령이 언짢아하는 기색이 역력하여 아델은 더는 묻지 못했다.

초상화의 방을 나와 아델은 밖으로 나가려다가 몸을 돌렸다. 가장 안쪽의 방, 굳게 봉인된 방문 앞으로 다가갔다.

아델은 문에 박혀 있는 둥그런 수정구에 손을 올렸다. 지난번과 마찬가지로 아무 변화가 없었다.

「가문의 방에 있는 봉인된 방 말이야. 그 안에 뭐가 있어?」

정령은 몹시 어려운 질문을 받은 것처럼 한참 동안 아무 말이 없었다.

『모른다. ……하지만 무엇이 있는지 짐작은 한다.』

정령은 추가적인 설명을 덧붙이지 않고 아델을 옛 기억 속으로 데려갔다.

참혹한 현장이었다. 여기저기 쓰러져 있는 사람들이 보였다. 신체의 일부가 잘려 나간 자, 터져서 찢긴 자, 핏덩어리를 울컥 토해 내는 자, 멀쩡해 보이는 사람이 아무도 없었다.

흙바닥은 스며든 핏자국으로 얼룩덜룩했다. 바람을 타고 피비린내가 물씬 풍겼다. 주변을 가득 채운 것은 공포와 절망이었다.

―고작 이 정도로 날 상대할 수 있을 줄 알았나?

음산한 목소리는 쇠를 긁는 것처럼 귀에 거슬렸다. 이곳에서 오직 목소리의 주인만이 두 다리로 버티고 우뚝 서 있었다. 끈적끈적하고 시커먼 기운이 살아 있는 생명처럼 남자의 몸을 감싸 돌았다.

―버러지 같은 하찮은 것들! 내 너희들을 모두 어둠의 기사로 만들어 나의 발밑에서 기게 만들 것이다.

남자가 광소를 터뜨렸다.

―음?

남자가 뚝 웃음을 그치더니 팔을 휘둘렀다. 남자에게 돌진하다가 튕겨 나간 불덩어리가 나무로 날아갔다. 시뻘건 불꽃이 나무를 삽시간에 집어삼켰다.

"어림없다!"

중년 남자가 지팡이의 끝을 겨누며 소리쳤다. 그는 하란이었다.

"카발! 정신 차려라!"

—어리석구나. 내가 곧 카발이고 카발이 곧 나인 것을.

아델이 현장을 바라보는 시선이 곧 정령의 시선이었다. 정령은 카발의 등 뒤쪽에 몸을 숨기고 있었다.

"내가 기필코 네놈을 내 아들의 몸에서 몰아낼 것이다!"

하란의 주변으로 거대한 마력이 몰려들었다. 주변의 공기가 흔들렸다. 지진이라도 일어난 것처럼 땅조차 흔들리기 시작했다.

—제법이구나. 인간.

남자의 목소리는 여유로웠다. 마치 어린아이의 재롱을 보는 것처럼 하란의 지팡이에 모이는 마력을 지켜보기만 했다.

카발과 하란의 대치를 지켜보던 그녀가 시선을 아래로 내렸다. 그녀는 두 손을 마주잡은 상태에서 천천히 손을 떼어 냈다.

손바닥에 가득한 빛이 그녀의 두 손 사이의 거리가 멀어질수록 길게 늘어났다.

양동 작전이었다. 하란이 시선을 끄는 사이에 그녀가 결정적인 공격을 가한다. 마력의 흐름이 워낙 강렬해서 그녀가 만들어 내는 빛의 창이 뿜어내는 기운을 덮어 주었다.

그녀는 만들어 낸 빛의 창을 한 손에 쥐었다. 무방비하게 서 있는 카발의 등이 보인다. 겨냥하는 곳은 정확히 왼쪽 가슴, 심장이 있는 곳.

"당장 내 아들 몸에서 꺼져라! 이놈!"

하란이 악을 쓰며 카발에게 마력의 덩어리를 던졌다. 카발이 코웃음 치며 몸을 비트는 순간, 빛의 창이 카발을 향해 날아갔다.

―크억!

정확이 카발의 왼쪽 가슴을 관통하고 지나갔다. 환희의 웃음을 터뜨릴 것처럼 움찔움찔하던 하란의 입매가 시간이 흐를수록 딱딱하게 굳었다. 카발의 두 다리는 작은 흔들림조차 없었다. 그를 에워싼 오싹한 기운은 전혀 흩어질 기미가 없었다.

카발은 잠시 우두커니 서 있다가 천천히 고개를 뒤로 돌렸다. 느긋하고 여유로웠다. 얼굴까지 휘감고 있는 시커먼 기운 때문에 표정을 알 수 없었다. 하지만 섬뜩하게 위로 올라가는 입꼬리는 선명하게 보였다.

—내가 내 약점에 대비하지 않았을 것 같은가?

정령이 보여 준 기억은 거기에서 끝났다.

아델은 굳게 닫힌 짙은 보라색의 문을 노려보았다.

심장.

정말 방 안쪽에 카발의 심장이 있을까.

정령은 문이 열리는 조건에 대해서는 알지 못했다. 하지만 절대 경솔하게 문을 열지 말라고 경고했다.

> 『안에 그것이 들어 있다면 그건 어둠의 핵이다. 지금 내
> 힘으로는 감당할 수 없어. 인간이 손을 댔다가는 순식간에
> 잡아먹힐 것이다.』

아델은 무겁게 한숨을 내쉬며 몸을 돌렸다. 기분 탓일까. 등 뒤가 으슬으슬했다.

'차근차근 하자. 지금은 붉은 호수에 가는 일이 먼저야.'

성의 깊은 지하에 위치한, 오직 가주만 드나들 수 있는 비밀의 방, 그 안의 가주조차 열지 못하는 방에 봉인되어 있다. 레바스 가문이 문을 닫지 않는 한 봉인은 안전할 것이다.

* * *

아이작은 낯선 장정들이 정원을 가로질러 가는 모습을 보고 카로를 불렀다.

"일하는 사람을 새로 들였나?"

저택에 상주하는 고용인들의 수가 적지 않음에도 아이작은 전부 얼굴을 기억했다.

유난히 기억력이 좋아서가 아니다. 후작가에서는 고용한 사람을 오래 쓰는 편이었다. 저택에서 일하는 자들의 경력은 십 년이 우스웠다.

"아닙니다. 자잘하게 수리할 곳이 많아서 급한 일손이 필요했습니다. 일당으로 고용한 자들입니다."

"저택에 그 정도로 손댈 곳이 많은가?"

폐가도 아니고 계속 사람이 살았다. 저택에 상주하는 일꾼 중에는 지속적인 개보수와 관리를 맡은 자들도 있었다.

"손님맞이를 준비하고 있습니다. 귀한 손님이라고 하지 않으셨습니까?"

"내 말은 손님 방을 깨끗이 치워 두라는 거였지."

"그건 기본적인 것이고요. 본국에서 높은 신분을 지닌 외국인이라고 하셨지요. 그런 대단한 손님이 묵으시는데 여기저기 금 가고 깨진 담장이나 계단을 보일 수는 없습니다."

조곤조곤 대답하는 카로의 눈은 의욕으로 가득했다. 그는 오랜만에 손님을 맞을 준비를 하며 잔뜩 들떠 있었다.

원래 후작가의 저택은 조용한 편이었다. 타계한 선대 후작은 집으로 손님을 끌어들이는 일을 좋아하지 않았다. 아들인 아이작도 마찬가지였다. 집에 틀어박혀 지내는 몇 년 동안은 아예 찾아오는 사람마저 만나지 않고 돌려보냈다.

　최근 아이작이 다시 바깥 활동을 시작했으나 저택은 여전히 조용했다. 아이작의 외출 횟수가 늘었을 뿐이다.

　카로는 적막한 후작가의 저택이 항상 마땅치 않았다. 집안이 흥하려면 문턱이 닳도록 사람들이 드나들어야 한다고 생각했다. 그래서 귀빈이 머물 것이니 준비하라는 지시를 받고 기합이 단단히 들어갔다.

　"……그래. 잘하고 있군."

　알아서 열심히 하겠다는데 뭐라고 할 말은 없었다.

　"한데 각하. 손님이 누구신지 여쭈어도 되겠습니까? 저도 어느 정도 파악하고 있어야 시중을 드는 데 실수하지 않을 테니 말입니다."

　"까다로운 손님은 아닐 거다."

　"이래서 안 된다니까요. 각하 기준으로 까다롭지 않은 건 뭡니까? 제 기준으로는 각하도 무척 까다로운 분입니다."

　"내가 까다롭다고? 대체 어떤 부분이? 나만큼 관대한 주인이 어디 있어?"

　아이작은 코웃음 치는 카로를 노려보았다. 카로와 말을 섞다 보면 은근히 속이 뒤집혔다. 엎치락뒤치락하던 어릴 때로 돌아간 것처럼 유치한 기분이 들 때가 있었다.

"제가 실수하면 각하께 누를 끼치게 됩니다. 정보를 나누어 주시지요."

아이작은 골똘히 생각하다가 말했다.

"나도 잘 모르겠다. 한 다리 건너서 부탁받은 손님이라. 타국의 왕족…… 정도로 생각하면."

"왕족이요?"

카로의 눈이 휘둥그레졌다.

"그 정도로 대단한 분이었습니까? 여쭙지 않았으면 큰일 날 뻔했습니다. 그런 말씀을 이제 해 주시면 어떡합니까! 식재료를 더 신경 써야겠네요. 고기와 치즈를 새로 주문해야 하나……."

카로는 몸을 휙 돌려 서둘러 나가 버렸다. 아이작은 미간을 살짝 찡그리며 투덜거렸다. 저런 건방진 집사가 세상에 둘은 없을 것이다.

'왕족…….'

아이작은 턱을 문지르며 제가 한 말을 되새김했다.

'딱 맞는 표현은 아니지만, 굳이 비교하자면 비슷하겠지.'

갑자기 에릭이 찾아와 뜻밖의 부탁을 했다. 신분이 확실한 손님에게 방 한 칸 내주는 일이야 어렵지 않았다. 차라리 평범한 사람이었으면 부담 없이 승낙했을 것이다.

손님의 신분 내역을 듣고 한참 망설였다. 하란의 대가문, 레바스의 주인이라니. 너무 거물이었다.

타국의 왕이 후작가의 저택에서 머문다는 것이나 다름이 없었다. 정치적인 분란이 일어날 수도 있어서 처음에는 조심스럽게 거절했다.

「비어 있는 저택을 당분간 빌리는 게 낫지 않겠소? 남의 집에 머무는 것보다는 그게 훨씬 편할 거요. 집을 구하는 일은 내가 도와줄 수 있소. 아니면 차라리 왕궁으로 가시오. 폐하께 고해서 귀빈으로 모시게 하겠소.」

「그분께서 펠릭스 후작가의 저택에서 지내기를 원하십니다. 갑자기 무리한 청을 드려 송구합니다만, 어찌 안 되겠습니까?」

에릭은 귀빈의 방문 목적을 설명했다. 말콤 그랜트가 찾는다는 조카를 공교롭게도 레바스 대가문의 주인이 후견인으로서 지금껏 보살폈다고 했다.

동생이 보낸 편지를 읽고 설마 했는데 정말 조카였을 줄이야. 대륙의 상단 주인과 하란 대가문의 주인. 접점이 없는 둘이 참 묘한 관계로 얽혔다고 생각했다.

「그랜트 상단주가 자신의 조카라고 주장하는 아가씨는 아주 부유한 분입니다. 성주님은 그랜트 상단주의 의도를 의심하고 계십니다. 펠릭스 후작가의 저택을 그자와의 만

남의 장소로 제공해 주셨으면 합니다.」

대가문의 주인이 느닷없이 알시온을 방문하는 목적은 트집 잡을 데가 없었다. 사사로운 일이고 정치적으로 신경 쓸 것도 없다.

더구나 말콤 그랜트라면 아이작도 열심히 뒤를 캐는 대상이다. 그자를 떠올리니 머릿속이 차가워졌다.

'우드 공작을 뒷배로 둔 게 확실하단 말이지.'

얼마 전에 마주친 우드 공작이 슬쩍 한마디를 흘렸다.

「그랜트 상단 말이네. 거기 주인이 무슨 실수를 했나 본데 좋게 넘어가 주게.」

압박을 받을 거라고 생각했다면 단단히 착각했다. 오히려 아이작을 더욱 자극하는 계기가 되었다.

아이작은 원래 누를수록 삐져나오려는 천성이 있었다. 아들의 성품을 아는 선대 후작은 아들에게 방향만 제시할 뿐 절대 이래라저래라 한 적이 없었다.

'그자가 최근에는 왕비와도 접촉한 것 같고.'

증거는 아직 찾지 못했다. 남의 눈을 피해 그자의 저택을 방문한 마차가 왕비와 관련 있다는 정황까지만 알아냈다. 무슨 이유로 그자와 연락을 주고받았는지 은밀히 조사 중이다.

'그자에 대한 정보는 많으면 많을수록 좋지.'

말콤이 순수한 동기로 조카를 찾는다고 믿지 않았다. 분명히 딴 속셈이 있을 것이다. 조카와 상봉하는 자리에 함께할 수 있다면 오히려 바라는 바였다.

「체류하는 비용은 부족함 없이 지급할 예정입니다.」

에릭은 비용 문제까지 깔끔히 정리했다. 그래도 내키지 않았다. 가장 큰 의문이 남았다.

「혹시 그대가 나를 추천했소?」
「아닙니다. 그분께서 펠릭스 후작 가문이라면 믿을 수 있다고 하셨습니다.」

'무슨 뜻이지?'

겉치레라고 생각하면 그만인데 담긴 속뜻이 있는 것은 아닐까, 자꾸 곱씹게 되었다.

아이작은 자신의 가문을 자랑스럽게 생각했다. 하지만 긍지와 오만한 착각은 엄연히 다르다. 그는 주제를 알았다. 펠릭스 가문의 명성은 알시온 왕국 내에서만 통했다.

하란이라니. 그 먼 곳에서 알 리가 없었다. 체면이나 보안의 문제를 감안하여 사람을 골랐다면 근래의 실세는 우드 공작이었다.

'바실 경의 배후에 레바스 대가문이 있었을 줄이야.'

거처를 구하는 사사로운 임무를 에릭이 맡아 하는 것이 이상해서 끈질기게 추궁했다. 의심스러운 부분이 있으면 손님을 받지 못하겠다고 하니 결국 에릭이 털어놓았다.

「정보 상인이라고 하지 않았소?」

「맞습니다. 다만, 모시는 주인도 계실 뿐이지요. 제 주인이 누구시건 그게 저와 각하 사이의 거래에 영향을 주지 않습니다.」

처음에는 속은 건가 싶어서 꽤씸했다. 하지만 생각해 보니까 두 사람이 서로에게 솔직할 의무는 없었다. 주는 만큼 받는 관계일 뿐이었다.

'배후가 하란이라면 이해관계가 없으니 차라리 잘되었지.'

기밀을 노리는 이웃 나라의 첩자는 아닐까 같은 의심은 하지 않아도 된다.

'그래도 좀…… 서운하군. 좋은 친구가 될 수 있을지도 모른다고 생각했는데.'

에릭과 자주 만나면서 딱딱한 거래 관계 이상으로 친해졌다. 정보를 다루는 자 특유의 음습함이 없고 교활하지 않은 그가 마음에 들었다.

소속이 확실한 사람이니 목적만 달성하면 그는 떠날 것이다. 돌아갈 곳이 정해진 그가 부러우면서도 쓸쓸했다.

*　　*　　*

지도를 펼치면 하란은 북쪽에 알시온은 남쪽에 있다. 두 나라 사이를 오가려면 마차를 타고 몇 개월이 걸렸다. 엄두도 내지 못할 매우 긴 여정이었다.

다행히 하란의 마법이 등장하면서 세상은 무척 좁아졌다.

말이 없이 달리는 마차의 등장이 이동 수단의 첫 번째 혁명이었다면 이동 마법진은 두 번째 혁명이었다. 다만, 마법진은 마차보다 대륙에 미친 영향력이 훨씬 미미했다. 돈과 권력을 가진 소수의 사람들만 이용이 가능했기 때문이다.

하란과 국교를 맺은 나라는 하란에 적절한 비용을 지급하면 이동 마법진을 설치할 수 있었다.

대륙에 있는 모든 마법진은 연동이 된다. 국가와 국가 간에 이동이 가능하도록 마법진을 가진 나라끼리의 협약이 점점 늘어가는 추세였다.

"처음에는 다들 마법진의 설치에 소극적이었다고 해. 특히 왕궁이 위치한 수도에는 설치하기를 꺼려 했지."

"지금은 달라졌나요?"

"지금은 설치를 원하는 나라가 많아서 대기해야 한다고 들었어."

"역시 사용해 보니까 편한 걸 알았나 봐요."

"그런 이유도 있겠지만……. 오래전에 혁명으로 왕가가 무너진 소국이 있어. 그 나라는 왕궁 근처에 마법진이 있었고 패망한 왕족들이 마법진 덕분이 모두 무사히 몸을 뺄 수 있었지. 그 후 왕궁 가까이에 마법진을 설치하는 유행이 번졌다더군."

설명을 듣다가 아델이 미간을 찡그렸다.

"그러니까 비상구를 만들었다는 거군요? 왕이 제대로 나라를 다스리면 도망칠 일이 뭐가 있어요. 정치를 바로 할 생각을 먼저 해야지. 한심하네요."

아델은 혀를 차다가 한숨을 푹 내쉬었다.

"한심해도 상관없으니 알시온에도 마법진이 있었으면 얼마나 좋았을까요. 이 고생을 안 하고 벌써 도착했을 텐데."

긴 마차 여행이 너무 지루했다.

알시온에는 마법진이 없다. 마법진이 위치한 가장 가까운 나라에서 알시온까지는 마차로 이동해야 했다.

"멀미는 좀 어때?"

"견딜 만해요."

제대로 길이 난 곳이 거의 없다 보니까 마차는 제대로 속도를 내기 어려운 데다가 심하게 흔들렸다. 마차 여행은 전혀 낭만적이지 않았다. 그래도 첫날에 비하면 많이 익숙해졌다. 첫날, 아델은 얼굴이 하얗게 질려 온종일 거의 아무것도 먹지 못했다.

"좀 잘래요."

"지금 자면 밤에 잠을 못 자."

"차라리 밤낮을 바꿔 자는 게 낫겠어요. 내일도 내내 마차 안에서 시간을 보낼 생각을 하면……. 하아……."

"내일 저녁이면 도착할 거야."

"정말 다행이죠. 내일까지가 인내심의 한계예요."

론은 투정을 부리는 아델의 주름진 콧잔등을 손끝으로 눌렀다.

"가야 한다고 고집부린 사람이 누구더라."

아델은 입술을 삐죽이며 그의 옆에 바짝 붙어 고개를 기댔다. 론이 한쪽 팔을 그녀의 어깨 쪽에 둘러 흔들림이 덜하도록 안정적으로 잡아 주었다. 눈을 감은 아델의 입술 끝이 살짝 올라갔다.

그녀는 금방 잠이 들었다. 마차 여행으로 몸이 곤해서 그런지 잠이 많이 늘었다.

눈을 떴을 때 건조한 흙냄새가 났다. 메마른 땅이 끝없이 펼쳐져 있었다. 바위 그늘에 기대어 앉아 있던 그녀는 몸을 일으켰다.

얕은 구릉지에 올라 아래를 내려다보았다. 찾고 있던 소녀는 멀지 않은 곳에 있었다. 천천히 소녀에게 다가갔다. 금발의 소녀는 낯선 청년과 머리를 맞대고 쭈그리고 앉아 구경에 빠져 있었다.

"르웨나."

이름을 부르니 소녀가 고개를 들었다. 초록색 눈동자가 반짝이면서 환하게 웃었다. 벌떡 일어나 달려온 소녀가 다리에 매달렸다.

"무엇을 보고 있었니?"

소녀가 생글생글 웃으며 손을 잡아끌었다. 가리키는 바닥을 확인하니 개미 떼가 긴 행렬로 움직이고 있었다.

고작 개미 떼 아닌가. 아니, 고작이 아니다. 죽음의 땅이라고 불리는 이곳에도 생명이 살고 있었다. 개미들의 치열한 생명력이 대견했다.

그녀는 르웨나와 함께 있던 어린 청년에게 시선을 돌렸다. 청년은 군기가 잔뜩 들어간 신병처럼 뻣뻣하게 서 있었다.

"너는……."

"죄송합니다."

"뭐가 말이냐?"

"저는 어린아이가 혼자 있기에 엉뚱한 곳으로 가서 길을 잃을까 봐 잠시 어울렸습니다. ……님께서 데리고 다니는 아가씨라는 것을 알고 접근한 게 아닙니다."

"괜찮다. 처음 보는 얼굴이구나."

매일 낯선 얼굴이 늘었다. 수가 백을 넘을 무렵까지만 해도 재미가 있었는데 천이 넘은 후부터는 흥미가 식었다.

그녀는 바닥의 개미 떼를 응시했다. 하란의 주변으로 몰려드는 인간들의 모습 같았다. 몇 명의 제자를 데리고 다니던 하란은 이제 거대한 무리의 우두머리가 되어 뭇사람들의 추앙을 받았다.

"예. ……님께는 처음 인사를 드립니다. 카발입니다."

제 이름을 소개한 것만으로도 기쁜지 청년은 상기된 낯으로 웃었다. 근래에 보지 못한 순진한 반응이었다.

하란의 추종자들은 그녀를 꺼려 했다. 그녀의 모호한 위치 때문이었다.

하란은 중요한 모든 일을 그녀와 의논했고 자신이 얻은 가장 귀한 것을 그녀에게 먼저 보였다. 딱히 뚜렷한 지위를 갖고 있지도, 명확한 역할을 담당하는 것도 아닌데 하란은 그녀를 깍듯이 대했다.

우두머리가 귀인으로 섬기는데 아랫사람의 입장에서는 무시할 수가 없다.

인간들은 혼란스러워했다. 그들은 서열 놀이를 시작했다. 자기들끼리 치고받으며 앞서거니 뒤서거니 줄을 세웠다.

그런데 그녀를 어느 위치에 끼워 줄지 결론을 내지 못했다. 아래로 두자니 껄끄럽고 위로 세우기도 싫은 것 같다.

그녀를 포섭하려고 접근하는 자들을 무시했다. 한참 숙덕거리다가 그들은 암묵적인 침묵으로 합의했다. 멀찍이에서 그녀를 흘끔거리기만 했다.

정리는 하란이 해야 한다. 하지만 그의 눈은 항상 먼 곳만 보왔다. 자신이 바라보는 이상향만을 향하여 걷고 또 걸었다. 자신을 둘러싼 인간들 사이의 신경전을 알아차리지 못했다. 그건 하란의 장점이자 단점이었다.

아둔한 놈. 약아빠진 것보다 낫긴 하지만.

그녀는 잠자코 하란의 추종자들이 노는 꼴을 지켜보는 중이었다. 왕 노릇 따위는 관심 없었다. 요즘은 기웃거리며 귀찮게 하는 자들이 없어서 차라리 좋다고 생각했다.

수줍어하는 청년을 보며 기억을 되짚었다. 어디서 봤더라. 청년의 생김새도 풍기는 기운도 이상하게 낯설지 않았다.

"마법을 익혔군."

청년이 뒷머리를 긁적였다.

"흉내만 내고 있습니다."

청년을 좀 더 자세히 보고 싶었다. 그녀는 눈앞에 그림자가 지도록 푹 뒤집어 쓴 후드를 뒤로 벗었다.

청년은 눈을 크게 떴다가 마구 눈빛이 흔들리더니 이리저리 눈동자를 굴렸다. 그리고는 귀와 목까지 시뻘겋게 물들인 채 눈을 마주치지 못하고 중얼거렸다.

"이…… 이렇게 젊고 아름다운 분인 줄 몰랐습니다. 연세가 지긋한 분이라고……."

"네가 아는 그 누구보다 내 나이가 훨씬 많을 것이다."

"예? 그럴 리가요."

"겉모습에 현혹되지 말고 본질을 보아라."

"그게 가능하면 인간이 아니겠지요."

카발이라는 이름의 청년이 누구를 닮았는지 알겠다. 제 아버지만큼 빛이 나는 영혼이었다. 답을 얻은 그녀는 웃음을 터뜨렸다.

"하란의 아들아."

카발이 움찔 놀라며 황급히 주변을 두리번거렸다.

"대체 무슨 말씀을 하시는 겁니까?"

몹시 당황해서 어쩔 줄 모르는 청년을 말없이 바라보자 그는 점점 울상을 지었다.

"아무에게도 말씀하지 말아 주십시오. 제발 부탁드립니다. 그분은…… 모르십니다."

"숨기고 싶으냐?"

"예. 만약 그분께서 알게 되시면 전 이곳을 떠나겠습니다."

대단한 결심이라도 하는 양 청년이 입을 앙다물고 말했다. 그녀는 피식 웃었다.

"말하지 않으마."

그녀는 선선히 대답했다. 청년이 굳이 가소로운 협박 같은 부탁을 하지 않았어도 말하지 않았을 것이다.

하란은 성가신 수다쟁이였다. 틈만 나면 쪼르르 와서 주변의 일들을 미주알고주알 떠들었다. 하란은 고아로 자라 가족이 없다고 했다. 자식이 있다는 말은 들은 적이 없었다.

눈앞에 어그러지는 인연이 있다. 그래도 관여할 생각은 없었다. 인간의 일은 인간의 몫. 그녀에게는 하란 역시 한 발자국 떨어져서 관조하는 대상에 불과했다.

다만, 한 가지.

"네 마음에 어둠이 있다. 현명하게 다스리지 못하면 언젠가
는 너를 집어삼킬 것이다."

맑은 영혼이 탁기로 흐려져 있었다. 증오 혹은 원망에서 비롯
된 어둠이었다.

카발은 제 아버지 못지않은 강하고 맑은 영혼을 가졌다. 그게
아까워서 조언을 건넸다.

카발은 음울한 눈으로 그녀를 바라보다가 고개를 꾸벅 숙인
후 몸을 돌렸다. 멀어지는 청년의 뒷모습을 바라보았다.

문득 시간의 흐름을 실감했다. 하란이 그녀를 찾아왔을 때 저
청년의 나이와 비슷했다.

"찰나의 순간이로다. 유희를 끝낼 때가 다가오는가."

그녀는 중얼거리며 시선을 내렸다. 눈이 마주친 초록색 눈동
자의 소녀가 생긋 웃었다. 금발의 소녀가 옷자락을 쥔 채 저만
치 가는 청년과 그녀를 번갈아 쳐다보았다.

"별일이구나. 네가 인간에게 관심을 갖다니."

르웨나의 간절한 눈동자가 그녀에게 허락을 구했다.

괜찮겠지. 르웨나가 저 청년의 어둠이 흩어지도록 도와줄 수
있을 것이다.

"가 보렴."

소녀가 활짝 웃더니 꼭 쥔 옷자락을 놓고 달려갔다. 쏟아지는

햇빛이 금발 위로 부딪쳐 부서졌다. 눈이 부시다. 달려가는 뒷모습이 팔랑팔랑 날아가는 나비 같았다.

아델은 천천히 눈을 감았다가 뜨면서 몽롱한 잠기운을 몰아내고 현실로 돌아왔다.

'하란이 아들에 대해 처음부터 알았다면 뭔가 달라졌을까?'

하란이 많은 사람들의 구원자였을지는 몰라도 좋은 남자이자 아버지는 아니었다. 자신을 위해 많은 것을 희생한 정혼자를 버리고 고향을 떠났다.

홀어머니 밑에서 서러운 성장기를 보낸 카발의 마음에 분노가 자라났다. 자신의 존재조차 모르는 아버지를 원망했다. 아내와 자식은 버려두고 애먼 사람들의 영웅 노릇을 하는 아버지를 증오했다.

'사람의 감정은 사소한 것 같으면서도 모든 것을 좌우하는구나.'

꿈을 꾸고 나면 가슴이 텅 빈 것 같았다. 꿈속의 광경은 아무리 생생해도 일기장의 한 페이지였다. 아득히 오래전에 벌어진 일이라는 게 믿기지 않는다. 조금은 쓸쓸하고 슬펐다.

'길은 제대로 잡은 것 같아. 알시온에 있는 붉은 호수가 내가 찾는 곳이 맞아.'

마차 여행을 시작한 이후 잠이 들기만 하면 꿈을 꾸었다. 숲과 정령이 서로를 부르고 있다. 부쩍 늘어난 꿈의 횟수가 증거일 것이다.

그녀는 마차가 전혀 흔들리지 않는다는 사실을 뒤늦게 알아차렸다. 마차는 멈추어 서 있고 그녀는 그의 다리를 베고 누워 있었다.

그의 얼굴이 보고 싶었다. 옆으로 누워 있던 고개를 천장을 보도록 돌렸다. 살짝 내리뜬 눈으로 자신을 바라보는 그와 눈이 마주쳤다.

아델은 배시시 웃었다.

"눈을 뜨자마자 론을 보니까 정말 좋다."

그를 향해 두 팔을 뻗었다. 허리를 숙이는 그의 목에 두 팔을 꼭 감았다. 그가 그녀의 등을 받쳐 잡으며 상체를 일으키자 그를 꼭 안은 채 아델의 몸도 위로 따라 올라갔다.

"왜 마차가 서 있어요? 쉬는 중이에요?"

"아니. 오늘은 여기서 밤을 보내고 새벽에 출발할 거야."

날이 저물면 임시로 천막을 치고 밤을 보냈다. 마을이 있는 곳을 따라 길을 잡으면 멀리 돌아가게 된다. 최단 거리로 일정을 짠 대신에 그들은 노숙을 해야 했다.

물론 대개의 여행자들이 일반적으로 생각하는 노숙과 전혀 달랐다. 숙련된 일꾼들이 달려들어 만드는 천막은 크고 튼튼하고 호화로웠다.

총 다섯 개의 천막을 세우는데 멀리서 보면 작은 마을처럼 보일 것이다. 실제로 첫날에는 지나가던 상단 일행이 마을인 줄 알고 접근하는 해프닝이 벌어졌다.

"벌써요? 내가 그렇게 오래 잤는지 몰랐어요."

아델이 푹 기댄 그의 가슴에서 고개를 들어 그와 눈을 마주쳤다.

"어디 아픈 건 아니지?"

론은 아델의 이마에 눌린 머리카락을 쓸어 넘겼다. 흔들리는 마차 안에서 힘들어하는 모습이 안쓰러웠다. 며칠 사이에 안색이 핼쑥해진 것 같다.

그녀의 낮잠이 너무 길어지자 걱정이 되었다. 중간에 몇 번이나 그녀의 이마를 짚어 확인했는지 모른다.

"난 괜찮은데 론은 어때요? 나 때문에 안 해도 될 고생을 하고 있는데……."

"한 달 넘게 마차만 타고 달린 적도 있어. 이쯤은 별거 아니야."

그랬지. 그는 곱게 자란 도련님이 아니다.

아델은 줄리오로부터 용병 시절의 모험담을 들었다. 들을 때는 재미있었지만, 위험하고 거친 용병의 삶을 생각하면 흥미가 단번에 식었다. 줄리오가 아슬아슬한 모험을 하는 동안 곁에는 론이 있었을 것이기 때문이다.

"론. 요즘 이상한 생각을 해요."

꿈을 꾸면서 그녀는 생각이 많아졌다. 보이지 않는 끈으로 복잡하게 얽힌 세상의 거대한 흐름을 상상하게 되었다.

"세상이 나를, 우리를 중심으로 돌아가는 것 같아요."

외부와 단절된 삶을 살았던 자신과 정처 없이 떠도는 삶을 살았던 그. 두 사람이 만나기 위해 얼마나 많은 우연들이 겹쳐야 했을까.

"우리는, 음……. 이런 걸 운명이라고 한대요. 누가 그러더라고요."

쿡쿡 웃는 그에게 눈을 흘겼다.

"지금 비웃는 거죠? 어린애 같은 생각을 한다고."

"아니야. 너답다고 생각했어."

"나다운 게 뭔데요? 역시 비웃은 거야!"

그는 부정하지 않고 웃기만 했다.

"원래 사람은 다 자신이 특별한 주인공이라고 생각하고 살지."

"아, 정말! 그냥 맞아, 우리는 특별해. 이렇게 맞장구치면 안 돼요?"

"특별해."

그가 아델의 입술에 가볍게 입맞춤을 하며 속삭였다.

"너는 내게 특별해. 아델."

살아생전에 다시는 고국의 땅을 밟지 않겠다는 결심을 그녀는 너무 쉽게 무너뜨렸다.

십 년이 넘게 세상을 떠돌면서 가끔 고국을 떠올릴 때마다 가슴에 스산한 바람이 불었다. 그런데 국경선이 바짝 다가온 지금 그는 스스로도 놀랄 만큼 평온을 유지했다.

오랜만에 돌아가는 감회보다 말콤 그랜트의 속셈을 이리저

리 짚어 보는 것만으로 머릿속이 꽉 찼다. 그 나라보다 눈앞의
여자가 더 소중했다.

그녀의 말대로 운명일까. 타고난 자신의 숙명은 왕좌가 아니
었다. 그녀를 만나고 지키기 위해서 먼 길을 돌아온 것이 틀림
없었다. 그렇지 않고서는 설명이 되지 않는다. 그녀를 떠올릴
때마다 행복한 미래를 그려 보는 자신의 변화가 낯설었다.

대체 내게 무슨 짓을 한 거냐고, 그녀에게 묻고 싶었다.

그녀의 뒷목을 감싸며 끌어당겼다. 말랑거리고 보드라운 입
술을 삼키고 빨아들였다. 저항 없이 품 안에 안기는 작은 몸이
사랑스럽다.

아델은 그의 어깨에 얹은 손끝에서 찌릿함을 느끼고 흠칫했
다. 입 안이 섞이고 서로의 깊은 곳이 맞닿았다. 매끄럽게 움직
이는 그의 혀가 그녀의 안쪽을 훑었다.

키스할 때마다 그가 자신을 탐욕스럽게 원한다는 기분이 들
었다. 부끄러우면서도 기뻤다. 그가 바라는 대로 전부 주고 싶
었다.

숨이 차오르도록 긴 키스를 마무리하듯 그가 그녀의 입술을
살짝 물었다가 놓았다. 짧은 입맞춤이 반복해서 이어졌다. 무
척 끈질기게, 몹시 아쉽다는 듯.

똑똑.

바깥에서 마차 문을 두드리는 소리가 들렸다. 놀란 아델의 어
깨가 움츠러들었다. 그녀의 얼굴이 빨갛게 물들었다.

바깥에 다른 사람들이 있다는 사실을 완전히 잊고 있었다. 어떻게 그걸 잊을 수가 있지?

호위하는 기사들과 시중을 드는 사람들, 잡일을 하는 일꾼들까지 일행의 숫자가 수십 명이었다. 그들이 모두 두 사람이 탄 마차를 중심으로 에워싼 모습이 머릿속에 그려졌다.

그를 밀쳐 내며 몸을 옆으로 틀었다. 대답하려는데 그의 팔이 허리를 감아 잡으며 다른 한 손이 아델의 입을 덮어 막았다.

똑똑.

다시 한 번 소리가 들렸다. 아델이 커진 눈동자만 좌우로 굴렸다.

세 번째의 노크는 없었다. 자신도 모르게 숨을 참고 있다가 그가 손을 떼는 순간에 아델은 크게 숨을 내쉬었다.

"대답하면 밖에서 문을 열잖아."

나지막한 목소리로 귓가에서 말하니 속삭이는 것처럼 들렸다.

"대답해야죠!"

"왜?"

"대답하지 않으면 수상하게 생각할 거예요."

"뭘?"

"우…… 우리가."

"우리가?"

아델은 천연덕스럽게 되묻는 그를 노려보다가 어깨를 때렸다. 그는 빙글거리며 웃었다.

"아까 마차가 멈추어 섰을 때 기사가 문을 열었어. 곤히 자는 널 깨우고 싶지 않더라. 그래서 저녁 식사 준비가 다 끝나면 알리러 오라고 했지."

그의 손이 아델의 턱을 들어 올리며 짧게 입을 맞추었다.

"먼저 나갈 테니 조금 이따가 나와. 지금 네 표정이 가장 수상해."

아델은 얼이 빠진 표정으로 마차 밖으로 나가는 그를 쳐다보았다. 마차 문이 닫힌 후 약이 올라 소리를 죽여서 발을 굴렀다.

그는 가끔 예상하지 못한 장난으로 그녀를 당황하게 했다. 안절부절못하는 쪽은 항상 자신이고 그는 반응을 지켜보며 재미있어했다.

잠시 후 진정된 그녀는 달아오른 얼굴을 두 손으로 감싸 쥐었다.

"……그래도 좋은걸."

그가 훨씬 더 짓궂은 장난을 해도 괜찮다. 그래도 좋다. 그녀의 마음은 조금도 바래지 않을 것이다.

숲에서 만난 르웨나는 어리석은 선택이었다고 해도 후회하지 않는다고 말했다. 잔상에 불과했지만, 르웨나의 미소 속에는 한 점의 회한도 없었다.

그녀의 심정이 이해가 되었다. 지금 자신이 느끼는 달콤함에 르웨나가 푹 빠져 있었다면 어떤 대가를 치르든 상관없었을 것이다.

'어서 붉은 호수에 도착했으면 좋겠다.'

정령과 작별 인사를 나누면 평범한 사람이 될 수 있을 것이다.

다시 집으로 돌아가는 길은 지루하지 않을 것 같다. 그에게 해 줄 이야기가 아주 많을 테니까. 아득히 먼 오래전부터 두 사람에게까지 이어진 인연에 대하여.

*　　　*　　　*

아이작이 미리 손을 써 둔 덕분에 일행의 마차는 간단한 확인 절차만 마치고 국경을 통과할 수 있었다.

"아무리 봐도 상단의 마차는 아니지?"

"딱 봐도 아니지. 내 평생 저렇게 크고 좋은 마차는 처음 본다."

멀어지는 마차 행렬의 꽁무니를 보며 병사들이 숙덕거렸다. 군사적인 분쟁을 걱정할 필요가 없는 지역이라 병사들의 표정이나 움직임에 긴장은 없었다.

"말이 없이 달리는 마차는 언제 봐도 신기하단 말이야."

"저 안에 마법사가 타고 있는 건가?"

말이 끌지 않는 마차가 흔한 세상이 되었다지만, 그건 어디까지나 중산층 이상의 기준이었다.

변두리에서 농사를 짓는 백성들은 소가 끄는 달구지를 타고 다녔다. 말 한 마리만 가지고 있어도 가난한 마을에서는 부유한 측에 들었다. 영주님 정도는 되어야 마차를 가질 수 있었다.

"야, 저기."

병사가 어슬렁거리며 다가오는 남자를 발견하고 다른 병사의 옆구리를 찔렀다. 병사들은 흩어져 제자리로 돌아갔다.

사내는 아래로 열 명의 병사를 통솔하는 조장의 직책에 있었다. 그는 방금 옆을 지나쳐 달려간 마차들을 떠올리며 생각에 잠겼다.

'장사치들은 아닌 것 같은데…….'

가끔 지나가는 상단과 비교하면 차이가 두드러졌다. 마차의 구조 자체가 달랐다. 상단의 마차는 많은 짐을 실어야 하기 때문에 사람이 타는 공간이 비좁았다. 조금 전의 마차들은 아주 고급스러운 승객용 마차였다.

"이봐! 너!"

"예!"

부름을 받은 병사가 바짝 긴장해서 달려왔다.

"좀 전에 통과시킨 마차들. 목적지가 어디냐?"

"수도입니다."

"수도? 누군데?"

"모르겠습니다."

"몰라? 모르면서 국경을 통과시켜?"

사내는 병사가 들고 있는 창을 빼앗아 창대 끝으로 병사의 배와 가슴을 마구잡이로 꾹꾹 찔렀다. 병사는 진땀만 흘렸다.

"다…… 단장님의 지시를 받았습니다. 그리고 펠릭스 후작 가문의 인장이 찍힌 통행증도 가지고 있어서……."

"······그래?"

사내는 병사를 괴롭히던 손짓을 멈추었다. '앞으로 잘해. 엉?' 하고 으름장을 놓으며 창을 휙 던졌다. 얼결에 이마를 얻어맞은 병사는 아프다는 표시도 내지 못하고 얼른 창을 쥐었다.

"가 봐."

병사는 재빠르게 몸을 돌려 있던 자리로 뛰어갔다.

'펠릭스 후작 가문이라······.'

사내의 눈이 의미심장하게 빛났다.

얼마 후 사내는 심부름꾼을 불러 작성한 서신을 건넸다. 서신 속의 내용이 얼마나 쓸모 있는지, 누가 받아 보는지도 모른다. 뭐든 보내고 나면 대가가 돌아왔다. 술 한 잔 마시면 사라질 푼 돈이라도 하는 일에 비하면 쏠쏠한 용돈 벌이가 되었다.

심부름꾼이 국경을 떠났다. 사내의 서신은 윗선을 거치고 거쳐 쓸모가 있는 정보라고 판단이 되면 최종적으로 우드 공작의 손에 들어갈 것이다.

우드 공작은 꾸준히 나라 곳곳에 자신의 사람을 심는 일을 해 왔다. 일정 지역을 다스리는 영주나 혹은 요새의 사령관을 제 사람으로 채울 수 있다면 가장 좋겠지만, 여의치 않으면 별 볼 일 없는 자리에 있는 자들이라도 포섭했다.

대단한 정보를 기대해서가 아니었다. 지나다니며 보고 들은 소소한 정보라도 상관없었다.

우드 공작은 왕국에서 일어나는 모든 일을 알기를 원했다. 여식이 왕의 아들을 낳은 순간부터 욕심을 부리기 시작했다.

왕국의 모든 일을 알 권리, 그런 권리를 가진 자를 '왕'이라고 한다. 공작의 탐욕은 날이 갈수록 덩치를 키우고 있었다.

*　　*　　*

론과 아델을 태운 마차가 수도에 들어섰다. 예상한 저녁 시간보다는 다소 이른, 늦은 오후에 펠릭스 후작가의 저택에 도착했다.

"각하. 손님이 오셨습니다. 마차가 들어오고 있습니다."

"벌써? 알았다."

아이작은 보던 서류를 내려놓고 일어났다. 집무실에서 나와 카로와 함께 뜰로 나갔다. 넓은 뜰을 꽉 채우고 있는 다섯 대의 거대한 마차를 보며 아이작의 눈썹이 스윽 올라갔다.

슬그머니 카로를 돌아보았다. 카로가 비난의 눈초리로 마주 보았다. 아이작은 모르는 척 다시 고개를 돌렸다.

'수행원이 이렇게 많을 줄 알았나.'

「몇 분이나 오십니까?」

카로가 물어봤을 때 당황했다. 깜빡 잊고 그걸 확인하지 않았다.

「음……. 열 명 정도?」

주된 손님은 두 명이니 수행원까지 포함해서 그쯤 되겠지 어림짐작으로 대답했다. 그런데 그보다 몇 배는 많아 보였다. 급하게 방을 더 치우고 식사를 추가로 준비하려면 카로가 고생 좀 하겠다.

마차 문이 열리고 사람들이 우르르 내렸다.

'저들이 하란의 기사들인가.'

대충 보기에 왕국의 기사와 비슷했다.

'뭐가 다른지 모르겠군.'

유학 중인 동생이 말했다.

「처음에는 비슷하다고 생각했습니다. 하지만 알면 알수록 하란은 대륙과 완전히 다릅니다.」

왕이나 다름없는 대가문의 주인이 존재하고 기사들도 있는데 왕국과 무슨 차이가 있다는 걸까.

기사가 아직 아무도 내리지 않은 유일한 마차의 문을 열었다. 기사가 아닌 자들이 간이 계단을 세웠다. 필시 저 안에 귀빈이 타고 있을 것이다.

'젊다고 들었는데…….'

아이작은 호기심이 가득한 눈으로 곧 모습을 드러낼 대가문의 주인을 기다렸다.

바깥에서 마차 문이 열렸다. 론은 열린 문 너머를 노려보았다. 무릎 위에 올려놓은 손에 저절로 힘이 들어갔다. 가면이라도 쓰고 싶다. 잠깐 든 생각이 아니라 성을 떠나기 전에 진지하게 고민했었다.

곧바로 일어날 줄 알았던 그가 꼼짝하지 않자 아델이 조심스레 그를 불렀다.

"론. 왜 그래요?"

론은 살짝 고개를 가로저으며 일어났다. 그녀를 등지고 바깥으로 나가기 바로 직전, 아주 짧은 순간에 그는 숨을 가다듬었다.

무심한 표정을 유지하며 되뇌었다.

'로건 밀라우스는 죽었다.'

죽은 자는 되살아나지 못한다. 태연한 척 어금니를 사리물었다. 그는 마차에서 내려서자마자 주변을 둘러보지 않고 곧바로 마차 안을 바라보며 손을 내밀었다.

아델이 그의 손을 잡고 간이 계단을 밟으며 마차에서 내려왔다. 날이 저물기 직전의 강한 햇빛을 받은 그녀의 화려한 금발이 눈부시도록 선명했다.

주변이 조용했다. 숨소리조차 참는 것처럼 소리가 없었다.

귀빈을 맞이하러 나온 후작가의 사람들은 어떤 찬사도 과하지 않은 미녀에게 완전히 시선을 빼앗겼다.

단 한 명, 금발의 미녀가 눈에 들어오지 않는 사람이 있었다. 아이작은 자신의 눈을 믿을 수가 없었다.

그는 마차 안에서 나오는 사람을 보자마자 얼어붙었다. 머릿속이 새하얗게 비었다. 아무 생각도 들지 않았다.

세상이 거꾸로 도는 것 같았다. 자신이 지금 제대로 두 발을 딛고 서 있다는 감각이 없었다. 아이작은 푸른 머리의 사내가 금발의 미녀를 에스코트해서 다가오는 모습을 멍하게 바라보았다.

"각하."

카로가 곁에서 작게 부르는 소리를 듣고 정신을 차렸다. 아이작은 입꼬리를 간신히 끌어올렸다. 얼굴에 경련이 날 것 같았다. 손톱이 파고들도록 주먹을 꽉 쥐었다.

"아이작…… 펠릭스입니다. 귀인을…… 뵙고 인사를 드리게 되어 영광입니다."

어릴 때부터 아버지를 따라다니며 배운 것들이 헛되지 않았다. 어떤 상황에서도 자기 자신을 놓지 않을 수 있었다.

두 사람의 눈이 마주쳤다. 가라앉은 보라색 눈동자를 보며 아이작의 눈빛이 흔들렸다.

'눈이…….'

보라색……? 은회색이 아니다. 어째서?

"레온 레바스요. 환대에 감사하오."

아이작은 전신에 소름이 쭉 돋았다. 마지막으로 기억하는 그분의 목소리는 미성이었다. 몸이 약해서 그런지 변성기가 늦었다. 저음의 차분한 목소리는 생소했다. 그런데도 기억 속의 미성과 겹쳐서 들렸다.

아이작은 로건이 성장한 모습을 끝내 보지 못한 것이 가슴에 맺혔다. 그래서 살아서 어른이 되었다면 어떤 모습일지 그려 보고 또 그려 보았다. 그의 상상 속에서만 로건은 장성한 사내가 되었다.

눈앞의 사내는 훨씬 완벽했다. 그렇기 때문에 상상한 그대로였다. 목이 메었다.

"이 숙녀분은 내 동행이오."

아이작은 고개를 옆으로 돌렸다. 뻣뻣하게 굳은 목이 마음대로 움직여 주지 않았다. 평소라면 몹시 놀랐을 미녀의 아름다움에 감흥이 없었다.

"뵙게 되어 영광입니다. 레이디."

"아델 스톤입니다. 당분간 폐를 끼치게 되었습니다."

"부디 내 집처럼 편하게 지내십시오."

의례적인 인사를 건네고 아이작은 다시 론과 시선을 마주했다. 잠시 두 사람은 서로를 응시했다.

론의 눈빛은 처음부터 가라앉아 있었다. 동요가 드러나지 않았다. 아는 척을 하는 것은 아니지만, 그렇다고 아예 초면인 낯선 사람을 대하는 것도 아닌, 어딘지 모르게 모호했다.

당장 격렬한 감정을 토해 낼 것처럼 흔들리던 아이작의 눈에 또렷하게 초점이 돌아왔다. 먼저 시선을 돌린 쪽은 아이작이었다. 카로에게 지시했다.

"귀인들을 모시고 들어가라. 먼 길을 오시느라 피곤하실 테니 침실로 안내해 드려라."

카로는 흘끔 주인의 눈치를 살폈다. 아까부터 아이작의 표정이 부자연스러웠다.

'각하께서 긴장할 정도로 대단한 손님인 건가.'

하란의 대가문이 어느 정도의 위치인지 와 닿지 않았다.

'왕족이나 다름없는 귀빈이라고 듣긴 했지만, 각하께서는 국왕 폐하 앞에서도 주눅이 들 분이 아닌데⋯⋯.'

의문을 감추고 카로는 정중히 허리를 숙였다.

"안으로 모시겠습니다."

돌아서는 론의 눈빛이 먹먹해지는 것을 아이작은 보지 못했다.

'변하지 않았구나. 아이작.'

그리움이 론의 눈에 스쳐 지나갔다. 마차에서 내리기 전에 단단히 마음먹지 않았다면 감정이 드러날 뻔했다.

어디서 마주쳐도 한눈에 알아볼 수 있었을 것이다. 기억했던 모습이 그대로 남아 있었다. 아이작은 암울한 유년 시절의 한 줄기 빛과 같은 추억이었다.

우우우우!

짐승이 길게 울부짖는 소리가 들렸다. 두 사람을 호위하며 뒤를 따르던 기사들이 반사적으로 주변을 경계했다.

"염려하지 않으셔도 됩니다. 위험하지 않습니다."

아이작의 시선은 멈추어 서 있는 론의 등을 향했다.

"잠시 맡아 기르는 짐승이 있습니다. 먹이를 줄 시간이 다 되어서 그런지 재촉하는 모양입니다."

"길이 든 짐승이라면 낯선 사람을 경계하지 않겠습니까? 안전장치는 있습니까?"

검은 머리의 기사가 아이작에게 물었다. 주인의 안위를 지켜야 하는 호위로서 타당한 질문이었다.

"우리에 가두었습니다만, 솔직히 통제는 불가능합니다. 주인의 말 외에는 듣지 않는 녀석이라."

"무책임한 말씀이군요."

앨런이 인상을 썼다.

우우우우!

또다시 짐승이 길게 포효했다. 소리가 나는 방향을 가늠하는 앨런의 표정이 좋지 않았다. 일반적인 개의 울음소리라고 보기에는 흉포한 야생성이 느껴졌다.

"어떤 짐승인지 확인해도 되겠습니까?"

아이작은 기사의 말투와 표정에서 상당히 깐깐하고 빈틈이 없다는 인상을 받았다.

"먼저 해코지하지만 않으면 얌전합니다. 원하신다면 안내해 드리겠습니다."

아이작의 시선이 끈질기게 푸른 머리 사내의 등에 박혔다.

저 울음소리의 짐승이 궁금하지 않습니까? 아이작은 론이 어떤 반응이라도 보이기를 기대했다.

"됐다. 집주인께서 위험하지 않다고 하면 괜찮은 거겠지."

"예. 성주님."

저택 구석구석이라도 뒤질 기세를 보이던 기사가 즉시 대답하며 물러났다. 주인만 통제할 수 있는 길들인 짐승인가. 아이작은 흑발의 기사를 보며 우리 안에 갇힌 늑대 얀을 떠올렸다.

푸른 머리의 사내는 돌아보지 않았다. 아무 반응 없이 다시 걷기 시작했다.

'설마, 얀…….'

론은 이를 악물었다. 뒤돌아보지 않기 위해 걸음을 내디딜 때마다 다리에 힘을 주었다. 녀석이 살아 있었나, 이곳에 있는 건가. 아이작을 붙들고 묻고 싶은 충동을 눌렀다.

아이작은 저택 안으로 들어가는 론의 뒷모습에서 눈을 떼지 못했다. 들어가기 직전에 카로가 흘끔 돌아보았다. 의문과 걱정이 가득한 표정이었다.

"각하. 따로 이르실 말씀이라도."

손님맞이를 하러 나와 있던 가신이 다가와 물었다.

"아니오. 뒷정리를 맡기겠소."

"예. 각하."

아이작은 쓴웃음을 지었다. 발에 뿌리가 내린 것처럼 걷지 못하겠다. 억지로 움직였다가는 힘이 풀려 주저앉고 말 것이다. 지금은 버티고 서 있는 것만이 최선이었다.

'……못 알아볼 리가 있겠습니까.'

아이작은 서글프게 중얼거렸다.

아무리 변해도, 아무리 오랜 시간이 흘러도 자신의 유일한 빛을 알아보지 못할 리가 없었다. 이름이 달라지고 신분이 달라진 것은 중요하지 않았다.

영영 잃은 줄 알았던 주인이 생환했다. 아이작은 자신의 감을 믿었다. 그러나 해결되지 않는 의혹이 남았다.

'눈이……'

사람의 신원을 기록할 때는 눈동자 색을 반드시 확인했다. 사람마다 타고난 눈동자 색은 고유하기 때문이다. 조금 흐려지거나 짙어질 수는 있어도 은회색 눈동자와 보라색 눈동자의 간격은 너무 컸다.

불현듯 깨달음을 얻었다.

'하란은 마법 제국이다. 눈동자 색을 바꾸는 마법도 어딘가에 있을 거야.'

마법. 그 한 단어가 아이작의 마음속에서 작은 의혹마저 깨끗이 몰아냈다.

'그럴 리는 없지만, 만약 내가 착각한 거라면.'

아이작은 천천히 눈을 감았다가 떴다.

'내 모든 원망은 하늘을 향할 것이다.'

잔혹한 장난을 친 세상을 저주하겠다. 세상이 자신을 조롱한다면 자신도 조롱하겠다. 사람의 도리 따위는 집어치우고 목적을 위해 수단 방법을 가리지 않겠다. 더 이상 자신을 절망에 빠뜨리지 말아 달라고, 그는 간절히 빌었다.

우우우!

또다시 별채 쪽에서 늑대의 하울링이 들렸다.

'저 녀석, 오늘따라 이상하군.'

저택에 거대 늑대를 처음 들일 때는 사교계의 상당한 화젯거리가 되었다. 근방 저택의 주인들은 위험하다며 질색했다. 감히 후작에게 짐승을 치우라고 요구하지 못했을 뿐.

그런데 몇 년 지나지 않아 사람들은 거의 늑대의 존재를 잊었다. 어쩌다 우연히 말이 나오면 열이면 열 모두 화들짝 놀라 되물었다.

「그 짐승이 아직 살아 있었나요?」

그 정도로 얀은 자신을 드러내지 않았다. 얀을 데려온 이후 울음소리를 처음 들었다.

'낯선 사람들이 저택으로 우르르 들어와서 놀란 건가?'

잠시 인상을 쓰던 아이작은 묘한 표정으로 생각에 잠겼다.

　　　　*　　　*　　　*

　처음으로 함께하는 저녁 식사 시간은 조용했다. 길고 널찍한 식탁에 앉은 사람이 셋뿐이었다. 초대받은 두 사람, 론과 아델을 제외하면 집주인 펠릭스 후작 혼자였다.

　'뭔가 생각했던 것과 다르네.'

　아델은 아쉬워 중얼거렸다. 대륙의 귀족들은 대부분 대가족이라고 들었다. 기품 있는 노신사, 우아한 귀부인, 예의 바르지만 조숙한 아이들이 북적이는 분위기를 상상했다. 그들과 잘 지낼 수 있을지 걱정하는 한편으로 기대했는데.

　'레바스 성과 비슷해. 조용하다.'

　식사가 마무리될 즈음에 아이작이 물었다.

　"입맛에 맞으셨습니까?"

　아델이 냅킨을 내려놓으며 미소 지었다.

　"예. 근사한 저녁이었습니다."

　"다행입니다. 집사가 며칠 동안 무척 고심하는 눈치였습니다."

　"평소에도 특별하게 먹지는 않아요."

　"저도 그렇습니다. 사실 오늘 내오는 요리를 보고 깜짝 놀랐습니다. 생일에나 받을 수 있는 진수성찬이어서 말이지요."

　아델은 웃으면서 흘끔 론을 보았다. 집주인이 화기애애한 분위기를 만들면 손님으로서 마땅히 적절한 대답으로 호응해 주어야 한다.

그가 무슨 말이라도 했으면 좋겠는데 도통 그럴 생각이 없어 보였다. 그는 낯을 가리는 사람처럼 입을 꾹 다물고 있었다.

'왜 그러지?'

아델은 당황했다. 사람을 사귀는 일에 서툴면 그러려니 하겠다. 그런데 그는 얼마든지 처음 보는 사람과도 친근한 대화를 나눌 줄 알았다. 레바스 성의 파티에서 그는 아주 여유롭고 능숙하게 손님들을 상대했다. 그때의 모습과 오늘의 태도는 퍽 달랐다.

'펠릭스 후작이 마음에 안 드나?'

하지만 누가 거슬린다고 대놓고 표현할 사람이 아니다. 더구나 자신들은 신세를 지는 처지가 아닌가.

어쩔 수 없이 아델이 대화를 주도했다.

"저택 안을 구경해도 괜찮을까요?"

"얼마든지요. 어디든 가서도 됩니다. 아, 제 집무실은 곤란하겠군요."

유쾌한 말솜씨를 지닌 남자의 태도는 딱히 나무랄 데가 없었다. 대륙의 귀족들은 고압적이라고 들었다. 경솔한 편견을 가질 뻔했다. 후작은 아주 친절했다. 으스대거나 잘난 척하는 기색이 없었다.

"고풍스럽고 넓은 저택이군요. 전부 보려면 시간이 꽤 걸리겠어요."

"예. 혼자 지내기에는 넓은 편입니다."

"다른 가족분들은……. 아, 실례가 되는 질문이라면 죄송합니다."

"괜찮습니다. 어차피 지내다 보면 아시게 될 테니까요. 아버지
께서는 얼마 전에 세상을 떠나셨습니다. 몇 년 전부터 건강이 좋
지 않으셨습니다. 몇 개월 동안 병석에 누워 계셨지요. 아버지가
돌아가신 후 어머니께서는 영지로 내려가셨습니다. 아우가 하나
있는데 하란에서 유학 중입니다. 결혼했었지만, 아내는 출산 중
에 산고를 견디지 못했습니다. 사별한 후 아직 혼자입니다."

"아……."

아델은 당혹스러움을 감추었다. 가볍게 근황을 물었을 뿐이
다. 정말 궁금한 것도 아니었다. 그런데 아주 사적이고 비극적
인 가족사를 담담히 늘어놓는 후작이 이상해 보였다.

'귀족들은 다 이런가?'

귀족의 특성이려니 생각하고 이해하려 했다.

아이작이 진짜 대화를 나누고 싶은 대상은 아델이 아니었다.
예의를 다해 손님을 대접하는 척하며 '저는 이렇게 살아왔습니
다.' 하고 론에게 전하고 있었다.

"아이는 어찌 되었소?"

두 사람의 대화를 방관하던 론이 물었다.

"다행히 딸아이는 무사히 태어났습니다. 어머니께서 영지로
내려가실 때 데려갔습니다. 뭘 모르는 아버지보다는 할머니가
아이를 더 세심하게 보살펴 주시겠지요."

"……."

"……."

침묵이 흘렀다. 아델은 두 사람을 흘끔거리며 물 잔을 만지작거렸다. 설명하지 못하겠지만, 분위기가 이상했다. 두 사람이 나눈 대화는 별 내용이 없었다. 그런데 마치 격렬한 언쟁을 나눈 직후의 소강상태 같았다. 섣부르게 끼어들면 안 될 것 같았다.

우우우우!

짐승의 울음소리가 기이한 어색함을 누그러뜨렸다. 아델이 후작가의 저택에 도착했을 때 들은 울음소리는 그 후 일정 시간의 간격을 두고 계속 들렸다.

아델은 호기심을 참지 못했다.

"기르는 동물이라고 하셨지요?"

"제가 주인은 아닙니다. 잠시 맡고 있을 뿐입니다."

"매일 저렇게 울면 밤에 큰일이겠네요. 주인이 그리운가 봐요."

"글쎄요. 그리워서 그러는지 기뻐서 그러는지……."

아이작이 의미심장하게 중얼거렸다.

"동물을 좋아하십니까?"

"길러 보지 않아서 모르겠지만……. 기회가 되면 기르고 싶다고 생각한 적은 있어요. 강아지가 좋은데 저렇게 울면 좀 곤란하겠어요."

"개가 아닙니다."

"그럼요?"

"그보다 훨씬 큰 짐승입니다. 보러 가시겠습니까?"

누구에게 하는 제안인지 모호했다. 대화를 나눈 쪽은 아델이지만, 아이작이 바라보고 있는 대상은 론이었다.

"……오늘은 시간이 늦었소."

론이 일어나자 아델도 따라 일어났다.

"피곤하신 분들을 제가 너무 길게 붙들고 있었나 봅니다."

"우리를 지나치게 신경 쓰지 않아도 되오. 우리가 머무는 것이 불편하다면 부담 없이 말해 주시오."

"아닙니다. 불편했으면 처음부터 집 안으로 모시지 않았을 겁니다. 성주님."

아이작은 잠시 말을 끊었다가 이어 말했다.

"……이라고 칭하면 되겠습니까? 마땅한 호칭을 따로 알려 주셔도 됩니다."

"다들 그렇게 부르니 다른 호칭은 필요하지 않소."

론은 이 자리를 어서 피하고 싶었다. 어차피 저택에서 지내는 이상 계속 마주치겠지만, 지금은 마음을 정리할 혼자만의 시간이 필요했다.

아이작이 의구심이 가득한 표정으로 살펴보려 했다면 론은 더 냉담하게 거리를 두었을 것이다. 아이작의 눈빛에 혼란이 보이지 않는 점이 오히려 론을 혼란스럽게 했다.

돌아서는 론을 아이작이 붙들었다.

"성주님. 긴히 드릴 말씀이 있습니다."

"오늘은……."

"잠시면 됩니다."

론은 한숨을 내쉬더니 아델에게 말했다.

"가서 쉬어."

아델은 고개를 끄덕이며 목소리를 낮추어 말했다.

"이야기가 끝나면 잠깐 봐요."

아델이 기사와 함께 먼저 식당을 나갔다.

"장소를 옮겼으면 합니다. 제 서재로 가실까요?"

"그렇게 하시오."

아이작의 제안을 받아들여 론은 그와 함께 서재로 향했다. 서재 안으로 당연하다는 듯 앨런도 함께 따라 들어갔다. 소파에 마주 앉아 아이작이 말했다.

"그랜트 상단주에 관해 드릴 말씀이 있습니다."

론은 아이작이 무슨 말을 꺼낼지 신경이 곤두서 있었다. 전혀 예상하지 못한, 그리고 몹시 관심이 가는 화제가 나오자 경계심이 누그러졌다.

"저도 마침 그자를 조사하는 중이었는데……."

아이작은 소파 뒤에 굳건히 서 있는 앨런을 흘끔 보았다.

"기밀과 관련된 일이라서 아는 사람이 적었으면 합니다. 성주님께만 말씀드릴 수 있습니다."

자신을 내보내라는 말뜻을 알아듣고 앨런이 미간을 굳혔다. 론이 고개를 뒤로 돌려 앨런에게 고개를 끄덕였다. 앨런은 마땅치 않은 표정으로 두말없이 물러갔다.

앨런이 나간 후 얼마간 아이작은 말이 없었다. 또다시 늑대의 울음소리가 들렸다.

"아무래도 밤새 울겠습니다."

"……."

"저 녀석을 진정시켜야 할 것 같은데 도와주시겠습니까?"

론은 물끄러미 아이작을 쳐다보았다. 아랑곳하지 않고 아이작은 계속 말을 이었다.

"날뛰면 감당하기 힘들 겁니다. 우리에 가두어 두긴 했으나 녀석이 마음만 먹으면 부수고 나올 수 있습니다. 처음부터 튼튼하게 만들지 않았지요. 겁을 먹은 주변 사람들을 안심시키기 위해 만든 우리라서 말입니다."

론의 목울대가 넘어갔다. 태연한 척하지만, 손바닥에 식은땀이 날 정도로 긴장했다. 수사관과 마주 앉아 자신의 행적이 낱낱이 밝혀지는 죄인의 심정이 이러할까.

의혹을 제시하면 착각하지 말라고 받아치면 그만이다. 하지만 이런 식의 추궁은 예상도 못 했다.

"무슨 이유인지 저 녀석은 지금 몹시 흥분해 있습니다. 여태 사고를 일으킨 적이 없지만, 오늘도 얌전할지 장담을 못 하겠군요. 왕궁이 근처에 있는 수도의 한복판입니다. 거대 늑대가 날뛰면 내버려 두지 않을 겁니다. 녀석은 사냥감이 되어 누군가의 경력에 한 줄 보탬이 되겠지요."

아이작이 말하는 대로 벌어질 상황을 상상하며 론의 미간에 주름이 점점 깊어졌다.

"성주님께서 저 녀석의 이름을 알고 계실 것 같습니다. 제 억측입니까?"

무슨 소리냐고, 모르는 척 외면하면 끝나는 일.

아이작을 바라보는 론의 눈동자가 조금씩 흔들렸다. 시선을 떨어뜨리며 긴 한숨을 내쉬었다. 소파에 등을 기대고 헛웃음을 터뜨렸다.

"기어코 막다른 곳까지 몰아붙이는구나."

론은 씁쓸하게, 조금은 즐거운 듯 말했다.

"다시는 보지 못할 줄 알았다."

냉정함을 유지하던 아이작의 얼굴이 일그러졌다. 정말 현실인가? 모든 것이 자신의 망상이 지나쳐 만들어 낸 꿈같았다.

"저하……."

간신히 한마디를 내뱉었다.

"……그렇게 불리는 건 오랜만이야."

"저하."

아이작이 비틀거리며 일어났다. 론의 앞으로 다가가 무너지듯 무릎을 꿇었다. 바닥을 짚은 두 손이 카펫을 움켜쥘 것처럼 긁었다. 부친의 임종을 지키면서도 차갑게 굳어 있던 그의 심장이 뜨겁게 뛰기 시작했다.

손등으로 뚝뚝 눈물이 떨어졌다. 끅끅거리는 울음소리가 흘러나왔다. 아이작을 내려다보며 론은 자신의 어리석음을 비웃었다. 다른 사람도 아닌 아이작을 모른 척할 수 있을 거라고 생각했다니.

변함없이 자신을 기억해 준 것은 감격스럽지만, 한편으로는 안타깝고 미안했다.

모든 게 달라졌다. 되돌리기에는 이미 멀리 왔다. 흘러간 세월은 너무 길었다.

*   *   *

앨런은 서재 문 앞을 지키고 서 있었다.

'이야기가 길어지시는군.'

안쪽이 신경 쓰였다. 젊은 후작이 어떤 자인지 완전하게 파악하지 못했다. 성주님과 둘만 있게 해도 괜찮은지 모르겠다.

'만일의 경우에도 얼마간 시간을 끌 실력은 있으시니까.'

호위 대상이 스스로를 방어할 수 있다는 건 꽤 믿음직했다. 그렇지만 그런 이유로 방심하지 않도록 앨런은 항상 긴장을 늦추지 않았다.

문이 열리고 론이 나왔다. 바로 뒤따라 아이작도 나왔다.

"앨런. 잠시 다녀올 곳이 있다."

"예. 성주님."

"나와 함께 가면 자네를 혼란스럽게 할 일이 있을 거야. 하지만 질문은 받지 않겠다. 지금은 어떤 것도 자네에게 말해 줄 수 없어. 여기서 기다려도 된다. 오래 걸리지 않을 거고 위험한 곳을 다녀올 것도 아니니까. 보고 들은 것을 모르는 척하는 것과 아예 본 적도 들은 적도 없는 것은 엄연히 다르지."

"제 임무는 성주님의 호위입니다. 성주님의 안위 이외에 제가 관심을 가질 문제는 없습니다."

앨런은 잠시의 고민도 없이 대답했다.

"제가 알던 사람이 생각나는군요."

아이작이 중얼거렸다. 누구를 말하는지 알 것 같아서 론이 피식 웃었다.

그들은 저택을 나왔다. 따로 떨어진 별채까지는 거리가 제법 있었다. 아이작이 길을 잡아 앞서 걷고 론이 뒤를 따랐다. 앨런은 언제나처럼 주변을 경계하며 적당한 거리를 두고 따라갔다.

이미 어둠이 내려앉았다. 별채에는 따로 불을 밝히는 등이 없었다. 창살이 박힌 건물의 안쪽은 새카맣게 그림자가 졌다. 아무것도 보이지 않았다.

우리의 창살은 이중 구조로 되어 있었다. 먹이를 주기 위해 작은 문을 통해 드나들거나 아예 창살 전부를 미닫이처럼 열 수 있었다.

늑대가 우리 안으로 처음 들어갔을 때를 제외하면 미닫이 창살을 고정한 자물쇠를 푼 적이 없었다. 어린아이의 머리 크기만 한 자물쇠는 오랫동안 비바람을 맞으며 잔뜩 녹이 슬었다.

아이작이 가져온 열쇠로 자물쇠를 풀었다. 묵직한 자물쇠가

둔탁한 소리를 내며 땅으로 떨어졌다. 아이작은 적당히 힘주어 창살을 밀어 보고 당황했다.

"녹이 슬어 잘 움직이지 않는군요."

지켜보던 앨런이 다가가 힘을 보탰다. 끼이익 요란한 소리를 내며 창살이 옆으로 쭉쭉 밀려나 완전히 열렸다.

론은 어두운 안쪽을 응시했다. 조용했다. 어떤 움직임도 보이지 않았다.

그는 낮게 웃었다. 그렇게 애타게 부르더니 단단히 심통이 났나 보다.

"얀."

아주 작은 소리로 그리운 친구의 이름을 불렀다.

어둠 속에서 뭔가가 움직이는 기척을 느끼며 앨런이 허리춤에 손을 댔다.

"괜찮습니다."

검을 뽑아 들려던 손이 멈칫했다. 고개를 돌리자 눈이 마주친 아이작이 고개를 끄덕였다. 오히려 뒤로 물러나라는 듯 손짓했다.

앨런에게 가장 중요한 것은 주인의 안전이었다. 기사가 무기를 들어야 하는 순간은 오직 자신의 판단에 달렸다. 오늘 처음 만난 낯선 자의 말을 신뢰할 이유가 없었다. 그런데 검을 빼 들지 못하고 주저했다.

갑자기 우리의 안쪽에서 거대한 그림자가 훅 뛰어나왔다. 앨런이 눈을 부릅떴다.

"성주님!"

짐승이 성주를 향해 몸을 날렸다. 앨런이 악을 쓰며 달려갔다.

가까이 다가간 앨런은 검을 휘두르려다 아이작이 외치는 소리를 듣고 가까스로 멈추었다.

아연한 표정으로 달빛 아래 드러나는 광경을 바라보았다. 성주를 덮쳐 누른 짐승이 거대한 혓바닥으로 론의 얼굴을 핥으며 끙끙거렸다. 덩치에 어울리지 않게 어리광을 부리는 강아지 같았다.

"그만해. 얀."

키득거리는 웃음소리가 소년처럼 맑았다. 앨런은 성주가 크게 웃는 모습조차 본 적이 없었다. 모든 것을 다 내려놓은 것처럼 편안한 성주의 표정에서 눈을 뗄 수가 없었다.

그는 검 끝이 질질 끌리고 있는 것을 뒤늦게 알아차렸다. 애꿎은 땅을 할퀴는 검을 잠시 바라보다가 다시 검집에 넣었다.

얀이 갑자기 고개를 들었다. 공중으로 코끝을 올려 몇 번 킁킁거리다가 풀쩍 뛰어올랐다.

거대한 짐승의 빠른 몸놀림은 사람의 눈으로 좇아가기가 버거웠다. 순식간에 휙 달려가는 얀을 보며 앨런은 진지하게 고민했다.

'이길 수 있나?'

짐승이 공격할 마음으로 덤벼들면 아무리 생각해도 당해 낼 자신이 없었다.

"으아아악!"

앨런은 즉시 비명이 들리는 방향으로 달려갔다.

눈을 까뒤집고 널브러져 있는 남자 앞에 얀이 긴 혀를 빼물고 앉아 있었다. 앨런은 남자의 상태를 확인했다.

'호흡과 맥박이 정상이고 다친 곳도 없는 것 같군.'

남자의 목덜미에 끈적거리게 달라붙은 액체는 늑대의 침 같다. 대충 어떻게 된 일인지 그림이 그려졌다. 거대 늑대에게 목이 물린 남자는 송곳니가 목 안으로 파고드는 상상의 공포를 견디지 못해 제풀에 기절했다.

뒤이어 달려온 아이작이 기절한 남자의 얼굴을 확인했다.

"음……."

"아시는 자입니까?"

"저택에서 일하는 자입니다."

앨런이 주변을 돌아보았다. 저만치 보이는 저택의 본채는 잠들 준비에 들어갔는지 몇 군데의 창을 통해서만 빛이 흘러나오고 있었다. 고용인은 모두 일과를 마무리했을 시간이었다.

"후작님의 뒤를 밟은 것 같습니다."

아이작이 말없이 한숨을 내쉬었다. 앨런의 의견에 동의했다. 이 시간에 이곳에서 기웃거릴 이유가 없는 자였다.

'내 집 안에 간자가 있었다니.'

저택에서 일하는 자들의 경력이 오래되어 '내 사람'이라고 믿었다. 경제적인 어려움이 없도록 섭섭지 않게 대우해 줬다고 생각했는데 언제 어디에서 틈이 생긴 것일까.

남자가 깨어나도 도망가지 못하도록 근처의 나무에 꽁꽁 묶어 두었다.

론의 칭찬을 들은 얀은 더욱 흥분했다. 흥분한 늑대가 진정하기까지 꽤 시간이 필요했다. 얀은 론의 온몸에 코를 들이밀어 냄새를 맡고 거대한 덩치를 비비며 뒹굴었다.

지켜보던 앨런이 안절부절못하고 인상을 찡그렸다. 성주가 짐승의 무게에 깔려 다칠까 봐 걱정되었다.

'어지간한 크기여야 말이지.'

좋아서 어쩔 줄 모르는 짐승의 기쁨이 충분히 느껴졌다. 말 못 하는 짐승이라 더 뭉클했다. 그래서 말리지 못하고 근처에서 서성거렸다.

드디어 얌전해진 늑대가 궁둥이를 붙이고 앉았다. 론은 두 팔로 늑대의 목을 끌어안았다.

"얀. 너는 옛날보다 작아졌구나."

옛 기억에서는 얀의 목을 끌어안으면 두 다리가 땅에 닿지 않아 대롱대롱 매달리게 되었다. 지금은 앉아 있는 늑대와 눈높이가 맞았다.

"저하께서 크신 거겠지요."

"그런가?"

앨런이 아이작과 론을 번갈아 보다가 입술을 꾹 눌러 물었다.

『질문은 받지 않겠다.』

성주의 당부를 잊지 않았다. 앨런은 어디서부터 해결해야 좋을지조차 알 수 없는 의문을 가슴속 깊이 묻었다.

"이 녀석을 데려오려고 애를 많이 썼겠어."

얀은 이제 아예 바닥에 엎드렸다. 론이 쓰다듬을 때마다 웃는 것처럼 그르렁 소리를 냈다. 긴 속 털이 손가락 사이를 빠져나가는 느낌이 좋아서 론은 빙그레 웃었다.

"아버지께서 도와주셨습니다."

"감사 인사를 할 수 없겠군."

"그분 나름의 속죄였을 겁니다. 비겁한 속죄이지요. 고작 이걸로 용서받을 수는 없습니다."

"……."

아이작은 론의 표정을 보고 싶었다. 하지만 어두워서 제대로 보이지 않았다.

"아이작."

"예."

"난 네 아버지를 원망한 적이 없다."

"저하."

"너는, 그리고 나도. 그때는 너무 어렸어."

"아버지가 저를 더 믿고 맡겨 주실 수 있었습니다."

"후작이 믿지 못한 사람은 네가 아니라 나였겠지. 그를 이해한다. 후작이 진심으로 지키고 싶었던 대상은 가문이 아니라 아들이었을 거다."

어릴 때는 몰랐다. 론은 당시에 자신이 무척 현명했다고 생각했지만, 지나고 생각해 보니 모든 게 부족한 아이에 불과했다. 왕좌를 둔 권력 싸움의 무게를 제대로 실감하지 못했다.

그건 아름다운 경쟁이 아니었다. 전부를 거는 처절한 싸움이며 절대 패자에게 관대하지 않은 전쟁이었다.

아이작은 질 것이 뻔한 패에 모든 것을 걸었다. 론이 계속 알시온에 남아 있었다면 어차피 중독되어 죽었을 테니까.

펠릭스 후작은 어쩌면 그걸 알았을지도 모른다. 가담했다고 의심하는 게 아니라 아마 우연히 어떤 경로로 알게 되었고 그때는 이미 돌이키기에 늦은 시기였을 것이다.

아무 증거가 없는 추측일 뿐이다. 아이작에게 알릴 생각은 없었다.

론은 말문이 막힌 아이작을 쳐다보며 말했다.

"머리 좋은 네가 그걸 모를 리가 없지. 한심한 투정 부리지 마라."

아이작은 론을 원망스럽게 보다가 고개를 푹 떨어뜨렸다.

"혀가 날카로운 건 여전하십니다."

"그러고 보니 내게 종종 입조심하라고 했었지."

"제가 언제 그런 표현으로!"

아이작은 억울한 듯 한숨을 푹 내쉬었다.

"예. 어차피 떠나신 분, 저도 더는 아버지를 탓하지 않겠습니다. 저하께서 이렇게 돌아오셨으니까요."

론은 대답하지 않았다. 그의 침묵이 길어질수록 아이작의 표정은 딱딱하게 굳었다.

"나는 자격이 없어."

"무슨 말씀입니까? 저하께서 왜 자격이 없습니까? 누구도 시비를 가릴 수 없는 정통이십니다."

"그런 자격 말고. 변함없는 네 충성을 받을 자격이 없다."

헛된 기대를 하게 해서는 안 된다. 아이작의 마음을 이용하는 짓은 할 수 없었다. 몹시 꺼내기 어려운 이야기이지만, 시간을 끌면 더 어려울 것이다.

"내가 버렸다. 알시온은 이제 내 나라가 아니야."

론은 시선을 피했다. 어차피 어두워서 잘 보이지 않을 텐데도 경악과 원망으로 가득할 아이작의 얼굴을 마주 볼 용기가 나지 않았다.

달려들어 자신의 멱살을 쥐고 흔들어도 이해할 수 있었다. 주먹질하면 맞아 줄 생각도 했다.

"……그렇군요."

한참 만에 들려온 목소리는 나직이 가라앉아 있었다.

아이작은 처음에 눈앞이 핑핑 돌 정도로 충격을 받았다. 그런데 현재 론이 올라 있는 위치를 생각하자마자 들끓던 속이 안정을 찾았다.

알시온이 먼저 로건 밀라우스를 버렸다. 맨몸으로 세상에 내던져진 어린 왕자는 과연 어떤 삶을 살았을까.

아이작은 로건이 어떤 비참한 모습으로 돌아왔다고 해도 경탄했을 것이다. 그 상황에서 살아남은 것만으로도 기적이기 때문이다.

그런데 죽은 줄 알았던 왕자는 타국의 왕이 되어 돌아왔다. 내가 주인으로 삼은 분은 과연 비범하시다, 우쭐하는 한편으로 너무 대단해서 엄두가 나지 않았다.

이미 모든 것을 손에 쥐었는데 진흙탕을 구를 필요가 있는가.

'돌아와 달라고, 감히 청하지 못하겠군요.'

피비린내가 진동하는 싸움에 발을 디뎌 승리한다고 해도 고작 얻는 것은 폐쇄적이고 썩은 냄새를 풍기는 이 나라의 왕좌뿐.

입장을 바꿔 놓고 생각해도 탐낼 가치가 없었다. 아이작은 돌아온 주인께 내놓을 수 있는 것들이 초라해서 비참했다.

*　　　*　　　*

이야기가 길어졌다. 밤바람을 맞으며 론과 아이작은 각자 자신이 살아온 이야기를 했다.

그들의 대화는 진솔했지만, 정작 중요한 알맹이는 아무것도 없었다. 오직 과거를 되짚을 뿐 현재와 미래에 대해서는 서로 묻지 않았다.

"날이 새겠습니다. 그만 들어가 주무시지요. 많이 곤하실 텐데 제가 너무 붙들고 있었습니다."

"그래. 오늘만 날은 아니지."

"……예."

아이작은 론을 침실로 이어지는 복도 앞까지 배웅했다.

"편히 주무십시오."

돌아서는 아이작의 어깨가 축 늘어졌다. 바라보는 론의 눈에 쓸쓸함이 감돌았다.

아이작과 대화를 하며 좁힐 수 없는 간격을 느꼈다. 론의 정체성은 로건 밀라우스가 아니었으나 아이작이 바라보는 론은 여전히 로건이었다. 두 사람은 이미 바라보는 방향이 달랐다. 아이작도 분명히 느꼈을 것이다.

"한 가지만 여쭙겠습니다. 이것만은 답을 주십시오."

앨런이 내내 다물고 있던 입을 열었다. 문고리를 쥐어 돌리다가 론이 고개를 돌렸다.

"왜 제게 선택권을 주셨습니까? 명령으로 떼어 놓으실 수 있었습니다. 아무것도 보여 주지 않으실 수 있었습니다."

앨런은 모든 상황이 교묘한 연극처럼 느껴졌다. 고작 몇 시간 동안 들은 내용이 너무 엄청났다.

「생사를 헤매는 나를 구해 준 사람들이 있었다. 두 모자
가 산속에 살고 있었는데 아들은 나와 나이가 같았지. 레온
은 내게 함께 살자고 했다.」

성주의 이야기를 들으면 들을수록 등에 식은땀이 났다. '혹시
제가 곁에 있다는 사실을 잊으셨습니까?'라고 몇 번이나 물을
뻔했다.

성주가 레바스 가문의 혈통이 아니라고?

이해할 수 없었다. 승계 절차를 합법적으로 마쳤다. 가문의
불꽃이 타오르는 모습을 두 눈으로 똑똑히 봤다.

가장 이해할 수 없는 것은 굳이 진실을 알려 준 성주의 처사
였다. 듣지 않았다면 영원히 의심조차 하지 못했을 것이다.

"제게 귀를 막고 멀찍이 떨어져 서 있으라고 하실 수도 있었
습니다."

"그러길 바랐나?"

"……."

"진실을 알고 괴로워하는 것보다 차라리 모르는 편이 낫다고
생각해?"

앨런은 대답하지 못했다. 몇 번이고 말을 하려다가 다시 입을
다물기를 반복했다. 항상 곧았던 눈동자가 오갈 데 없이 흔들렸
다.

론은 앨런을 볼 때마다 떠오르는 사람이 있었다.

지크 하워드. 충성스러웠던 자신의 기사.

처음에는 비교하지 않았다. 외모도 성격도 전혀 달랐다. 그런데 시간을 두고 지켜보면 볼수록 기사로서의 곧은 충심과 성실함이 닮았다.

지크를 잃고 가장 후회스러웠던 것은 그를 밀어내기만 하고 제대로 '내 기사'라고 인정하지 않았던 점이었다.

론은 레바스의 주인이 되겠다고 결심했다. 가장 가까이에 두는 기사조차 내 사람으로 만들지 못해서는 아무것도 할 수 없을 것이다.

"영원한 비밀은 없다. 가까운 사람일수록 더욱더. 자네에게 과연 언제까지 숨길 수 있을까. 어떤 식으로든 자네는 의혹을 품기 시작하겠지. 그런 불필요한 과정을 거치고 싶지 않군."

론은 앨런의 어깨를 가볍게 두드렸다.

"앞으로 어쩌고 싶은지도 자네에게 선택권을 주지. 답을 얻으면 내게 알려 줘."

론이 침실로 들어가자 앨런은 어두운 복도에 홀로 남았다. 그는 한참 동안 우두커니 서 있었다.

*   *   *

저녁 식사가 끝난 후 아델은 할 일이 없었다. 늦은 시간에 집구경을 다니면 결례가 될 것이다. 멜과 마주 앉아 잡다한 수다로 시간을 보냈다.

"아가씨, 저는요. 귀족의 저택이라고 해서 굉장히 기대했거든요."

"왜? 난 좋아 보이던데."

"생각보다 작아요."

"멜. 설마 레바스 성과 비교하는 건 아니지?"

멜이 대답처럼 눈동자를 굴렸다.

"성과 저택을 비교하면 어떡해."

"그래도 전 실망했다고요."

멜과 수다를 떠는 도중에 아델의 시선이 때때로 문을 향했다. 당장 그가 문을 열고 들어올 것 같았다. 하지만 굳게 닫힌 문은 열릴 기미가 없었다.

'이야기가 아직 끝나지 않았나?'

아델과 론이 당분간 머물 각자의 침실은 하나의 복도로 연결되었다. 다만, 위치가 복도의 양 끝과 끝이라고 할 만큼 떨어져 있었다.

아델은 혹시 성주님이 침실로 돌아오셨는지 확인하라고 멜을 심부름 보냈다. 세 번째로 다녀온 멜은 이번에도 고개를 저었다.

"안 계셔?"

"예. 아직 안 오셨대요. 후작님과 술이라도 한잔 하시는 게 아닐까요?"

"그런가……."

아델이 시무룩하게 중얼거렸다. 낯선 곳에서 보내는 첫날이라 잠들기 전에 그를 보고 싶었다. 여기서 지내는 동안 계획한 일정은 뭔지, 당장 내일은 뭘 할지도 이야기하고 싶었다.

"그만 주무세요. 시간이 많이 늦었어요."

멜은 참으려 애쓰다가 결국 나오는 하품을 손으로 가렸다.

"피곤하지? 가서 자."

"아가씨는요? 성주님을 기다리시려고요? 너무 늦어지면 아가씨가 주무시는 줄 알고 어차피 안 오실 거예요."

"응. 그렇겠지. 나도 잘 거야."

멜이 잠자리를 정돈해 주고 침실을 나갔다. 멜에게 말한 것과 다르게 아델은 소파에 앉아서 기다렸다. 한밤중이 되어서야 침대 위로 올라갔다. 누운 채 한참을 뒤척였다.

그녀는 눈을 뜨고 벌떡 몸을 일으켰다. 멍하게 창틈으로 새어 들어오는 빛을 응시했다.

"아……. 잠들었나 봐."

침실에 어스름이 짙었다. 해가 뜨기 직전의 어둑어둑한 그림자가 조금씩 새벽에 밀려나는 중이었다.

'지금이면 돌아왔겠지.'

아델은 침대에서 내려왔다. 문 앞까지 갔다가 제 차림을 돌아보았다. 잠옷 차림이라 이대로 나가기는 곤란했다.

'아, 참. 망토가 있었어.'

저택의 하녀가 위에 걸쳐 입는 망토를 가져다준 것이 기억났다. 그녀는 테이블 위에 걸쳐 놓은 망토를 입고 침실을 나왔다. 나오자마자 앞을 지키고 있는 기사와 마주쳤다.

"필요한 것이 있으십니까?"

"아니에요. 성주님은 간밤에 돌아오셨나요?"

"예. 새벽에 들어오셨습니다."

아델은 고개를 끄덕이고 복도를 빠르게 걸었다. 당황한 기사가 뒤를 바로 따라왔지만, 어차피 아델은 멀리 갈 생각이 없었다. 복도를 쭉 걸어가면 나오는, 그의 침실 앞에 섰다. 앞을 지키는 기사에게 묵례로 인사를 건네고 침실 문을 열었다.

"아가씨. 성주님께서는 아직 주무십니다."

"어차피 곧 아침이에요. 일어날 시간이잖아요."

기사가 당황해서 어물거리는 사이에 아델은 안으로 쏙 들어갔다. 두 기사가 난처한 표정으로 서로를 마주 보았다.

레바스 성에서 아델은 독보적으로 예외적인 위치에 있었다. 어디든 들어가지 못하는 곳이 없었다. 성주님이 아가씨를 대하는 태도가 남다르다는 것도 알고 있다.

"곧 아침이니까."

"그렇지."

기사들은 아델이 했던 말을 변명으로 삼았다. 이미 들어간 아가씨를 끌어낼 수도 없었다.

아델은 안으로 들어가자마자 손으로 입을 막으며 웃음소리를 삼켰다. 뻔뻔하게 구는 작전이 성공했다.

'못 들어가게 할까 봐 조마조마했네.'

그녀는 새침하게 안쪽의 침대를 흘겨보았다.

'잘 자라고 인사하러 와 주지도 않고.'

그녀는 입술을 삐죽이면서 살금살금 걸었다. 새벽에 들어왔다고 하니 잠든 지 얼마 되지 않았을 것이다. 그의 잠을 깨우고 싶은 건 아니었다. 자는 얼굴을 보고만 있어도 기분이 좋을 것 같다.

그녀는 조용히 침대 곁으로 다가갔다. 그녀가 막 잠에서 깼을 때보다 주변이 더 밝아졌다. 그의 얼굴을 가까이 볼 수 있는 머리맡 방향으로 바짝 붙었다.

설레는 표정으로 그를 보던 아델의 얼굴에 웃음이 사라졌다.

"론……?"

조심히 그를 불렀다. 그는 평온하게 자는 얼굴이 아니었다. 모로 누워 있는 상태에서 숨소리는 거칠었고 미간에는 잔뜩 주름이 잡혔다. 반쯤 주먹을 쥔 손이 움찔거렸다.

"론."

아무래도 그는 악몽을 꾸는 것 같다. 아델은 그의 손을 잡았다. 도움을 청하는 것처럼 아델의 손을 잡은 그의 손에 꽉 힘이 들어갔다.

"론!"

그의 어깨를 잡아 흔들면서 목소리를 높였다. 소스라치게 놀란 그가 눈을 번쩍 떴다. 시선이 마주친 채 두 사람은 가만히 있었다. 아델은 그가 이렇게 무기력하게 넋 나간 표정을 하는 모습을 처음 보았다. 설마 아직 깨지 않은 건가 싶어서 그를 유심히 살폈다.

"괜찮아요? 잠에서 깼어요?"

론은 지금 자신이 보는 광경이 꿈인지 현실인지 분간할 수 없었다. 그가 꾸는 꿈은 언제나 끔찍했다. 등에 상처를 입은 그 날부터 계속된 악몽은 여전히 그를 괴롭혔다. 언제나 그는 괴물에게 쫓기다가 발톱에 등이 찢겼다.

그런데 아델이 보이다니. 그의 뇌가 악몽을 견디다 못해 도피처라도 마련한 것일까.

"세상에. 식은땀 봐."

안타까워하는 목소리가 들리고 부드러운 손길이 이마에 닿았다. 굉장히 생생했다. 현실처럼 생생한 악몽은 지긋지긋하지만, 이런 꿈이라면 괜찮지, 그는 눈을 감으며 중얼거렸다. 하지만 뭔가 이상했다. 제 이마를 쓸어 주는 그녀의 손목을 잡았다. 공중에서 헛손질을 하지 않고 감촉이 있었다. 그는 눈을 떴다.

"아델?"

론은 주변을 둘러보았다. 후작가에서 내어 준 침실, 그리고 침대에 누워 있는 자신과 손목이 잡혀 당황하는 그녀. 꿈이 아니었다.

아델은 뚫어지게 자신을 보는 그가 화가 났다고 생각했다.

"곧 아침이라……. 깨우러 왔어요."

"……."

그녀는 한숨을 폭 내쉬었다.

"미안해요."

"나도 그래."

그가 환하게 미소 지었다. 아델은 그가 한 말의 의미도, 그가 미소 짓는 이유도 알 수 없었다. 눈만 깜빡이며 그를 바라보았다.

"눈을 뜨자마자 너를 보니까 좋다."

그가 아델의 잡은 손을 잡아당겼다. 그녀의 균형이 단번에 무너졌다. 아델은 작은 비명을 지르며 그대로 그의 품으로 쓰러졌다. 버둥거리는 그녀를 그의 두 팔이 움직이지 못하게 꽉 끌어안았다.

"로…… 론!"

아델의 저항에도 그는 개의치 않았다. 체격으로나 힘으로나 모두 상대가 되지 않았다. 그녀가 아무리 몸을 뒤틀어도 그에게는 조금의 영향도 주지 못했다.

"놔줘요. 론."

그는 못 들은 척 아델을 안은 채 옆으로 빙글 몸을 돌렸다. 벗어나려고 애쓰는 아델의 노력은 고작 자세만 바꾸게 했다. 그를 바라보는 게 아니라 그를 등지고 누웠다. 그의 팔이 등 뒤에서부터 허리를 끌어안아 그녀의 등이 그의 가슴에 밀착했다.

"조금만 더 자자."

"네?"

"아침이 되려면 시간이 남았잖아."

그가 말할 때마다 호흡이 목덜미에 닿아서 간질간질했다. 그의 얼굴이 안 보이니까 기분이 이상했다. 소름이 돋는 느낌이 심장을 뛰게 했다. 그녀는 점점 얼굴에 열기가 몰리는 느낌이 들었다.

"론. 나……."

"쉬이……. 한 시간만."

자꾸 움직이던 몸이 얌전해졌다. 그의 입술 끝이 올라갔다.

악몽을 꾼 아침의 기분이 오늘처럼 좋은 적은 없었다. 한숨 더 자고 싶다는 생각이 든 것도 처음이다.

사람의 체온이 이렇게 높았던가. 따끈따끈한 그녀를 안고 있으니 그는 나른하게 기분이 늘어졌다.

아델은 그의 숨소리가 낮아지면서 규칙적으로 변하는 소리를 듣고 있었다.

'정말…… 자는 건가?'

그녀는 조금 몸을 움직여 보았다. 하지만 옴짝달싹할 수가 없었다. 눈을 감고 있다가 아델도 어느새 잠이 들었다.

6장
어긋나는 계획

중앙법원은 바실 수장이 예측한 대로 아델과 말콤의 만남을 주선하라고 론에게 권고했다. 법원의 서류에는 수표가 첨부되어 있었다. 아델이 알시온까지 이동하는 과정에 들어가는 비용을 부담하겠다며 말콤이 보낸 돈이었다. 론은 코웃음 치고 수표를 되돌려 보냈다.

그리고 아델의 재산관리인 제레미를 만나 부탁했다.

「법원의 권고를 이행했다는 사실의 증인이 되어 주시오.」

증인이 꼭 필요한 것은 아니었다. 말콤을 믿지 못하기 때문이다. 그자가 나중에 딴소리하면 곤란했다.

제레미는 원래 법원 소속이었고 아델의 이익을 위해 일하는 자였다. 증인이 될 수 있는 객관적인 입장을 갖추었다.

제레미는 흔쾌히 승낙했다.

「먼 길이고 안락한 여행은 아닐 거요.」
「이번 기회가 아니면 제가 언제 대륙을 여행해 보겠습니까. 드디어 저도 제대로 할 일이 생겨서 다행입니다.」

제레미는 알시온으로 가는 여정에 동행했다. 후작가의 저택에서 첫날은 푹 쉬고 다음 날 말콤을 만나러 갔다.

"이런 꼴로 귀한 손님을 뵈어 면목이 없습니다."

말콤은 바퀴 의자를 타고 제레미를 맞이하러 나왔다. 잠옷과 비슷해 보이는 품이 넉넉한 옷을 입고 두꺼운 담요를 무릎에 덮고 있었다. 말을 하면서 가끔 밭은기침을 뱉었다.

"아닙니다. 와병 중이시라는 말은 들었습니다."

"하란의 법원에서 나오셨다지요. 어쩐 일로 이 먼 곳까지 오셨습니까?"

갑자기 하란의 관리가 찾아왔다는 소식을 듣고 말콤은 기겁했다. 창고에 박혀 있던 바퀴 의자를 꺼내고 부랴부랴 병색이 가득한 환자인 척 꾸몄다.

알시온에는 이동 마법진이 없기 때문에 하란까지의 교통 사정이 좋지 않았다. 그래서 하란의 법원에 청구하는 모든 과정은 대리인을 통했다. 단 한 번도 하란의 관리와 직접 접촉한 적이 없었다.

"혹시 조카가 저를 만나러 올 준비가 끝났다는 소식을 주러 오셨습니까?"

"예. 날짜를 의논하러 왔습니다. 언제가 괜찮으십니까?"

"아아. 드디어 내 조카를 만날 수 있는 거군요."

금방이라도 눈물을 흘릴 것처럼 말콤의 눈이 촉촉해졌다.

"조카는 언제 출발할 예정입니까? 혹시 오는 중인가요?"

"스톤 양은 어제 알시온에 도착했습니다."

"예? 알시온에 이미 와 있다는 겁니까? 하지만 그런 소식은 들은 적이……."

론은 법원에 '조만간' 권고한 대로 이행하겠다고 답변을 보냈다. 구체적인 여행 계획은 말콤의 대리인 측에 아무것도 전달하지 않았다.

"중간에 연락이 미비했나 봅니다. 그래도 그랜트 경이 스톤 양을 만나는 데에 문제는 없습니다만."

"아, 예. 그렇지요."

말콤은 일그러지려는 표정을 애써 관리했다.

원래는 알시온으로 들어오는 인적이 드문 길목에서 납치할 계획을 세웠다. 계집아이는 끌고 오고 일행은 모두 죽여 아무도 모르는 곳에 파묻어 버리려고 했다. 그리고 계집아이를 카발에게 넘겨주면 모든 게 완벽했다.

첫 계획부터 어긋났다.

'나와 만난 후에 실종되면 내가 가장 의심을 받을 텐데.'

"날짜는 그랜트 경이 좋은 날로 하십시오. 장소는 펠릭스 후작가의 저택입니다."

"예?"

태연한 척 유지하던 말콤의 가면이 깨졌다.

"펠릭스 후작가라뇨? 나는 내 집에서 조카를 만나겠다고 했습니다. 하란의 법원도 허락한 일입니다!"

버럭 소리치는 말콤의 목에 핏대가 올랐다. 가장 핵심적인 계획이 어그러지자 분노가 치밀었다.

"법원은 스톤 양이 알시온을 방문해서 그랜트 경을 만나라고 했을 뿐 장소가 그랜트 경의 자택이어야 한다고 강제하지는 않았습니다."

제레미는 지나치게 흥분하는 말콤을 의아하게 보았다. 하지만 죽을 날을 받아 둔 병자의 변덕스러움이려니, 이해했다.

"제가 조금 전까지 후작가에 있다가 출발했습니다. 여기까지 거리가 얼마 되지 않더군요."

만남의 장소는 반드시 펠릭스 후작가의 저택일 것.

론의 요구 조건은 오직 그것뿐이었고, 제레미는 그 요구가 과하다고 생각하지 않았다. 하란에서 알시온까지 얼마나 먼 거리인지 직접 경험했다. 알시온까지 온 것만으로도 법원의 권고는 충실히 이행했다.

제레미는 바퀴 의자에 앉아 있는 말콤의 모습을 전체적으로 짧게 훑었다. 흥분해서 붉어진 얼굴 때문인지 혈색이 좋아 보였다.

"그 정도 거리를 움직이지 못할 만큼 불편해 보이지는 않으시군요. 바퀴 의자를 타고 가서도 스톤 양은 이해할 겁니다."

말콤은 이를 악물어 끓어오르는 속을 눌렀다.

"저는 단지…… 낯선 곳에 혼자 머물 조카가 걱정되어 그럽니다. 후작 각하의 인품을 의심해서가 아니라 그분이 혼자 계시는 저택에 미혼이며 나이가 어린 조카가 지내는 건 아무래도……."

"그 부분은 걱정하지 않으셔도 됩니다. 스톤 양의 후원자이신 레바스의 성주님께서도 동행해서 함께 오셨습니다."

"……그럼 조카와 만나는 자리에 그분께서도?"

"예. 동석하실 예정입니다."

제기랄. 되는 일이 하나도 없다.

말콤은 갈증이 나는 것처럼 속이 탔다.

"한시라도 빨리 스톤 양을 보고 싶으시다면 오늘 저녁도 괜찮고 내일도 좋습니다."

말콤은 대답할 수 없었다. 일이 어긋났으니 카발에게 보고하고 지시를 받아야 한다.

"제가 따로 연락드리겠습니다. 겉보기에 괜찮아 보여도 가끔 발작을 일으킵니다. 주치의에게 물어서 진단을 받아 날을 잡겠습니다. 처음 만나는 조카에게 조금이라도 좋은 모습을 보여 주고 싶군요."

"예. 알겠습니다. 후작가로 연락을 주시면 됩니다."

말콤의 저택을 나서며 제레미는 고개를 갸웃했다.

"죽을병에 걸렸다는 사람치고는 정정해 보이던데."

하지만 병자가 반드시 겉보기에도 죽을 사람처럼 보이는 건 아니니까. 제레미는 말콤의 진단서가 위조된 것이라고는 의심하지 못했다.

제레미가 돌아간 후 말콤은 바퀴 의자에서 벌떡 일어나 분을 못 이겨 바퀴 의자를 걷어차 쓰러뜨렸다.

'침대에 누워서 다 죽어 가는 모습을 보여 줬어야 했는데.'

말콤은 두 손으로 제 머리를 마구 헝클며 움켜쥐었다.

'마스터께 어찌 보고한단 말이냐.'

얼마 전 오랫동안 자리를 비웠던 카발이 돌아왔다. 헐레벌떡 달려갔더니 카발은 다짜고짜 말했다.

―계집아이를 찾았다!

「아, 예. 찾았습니다.」

말콤은 찾는 데에서 더 나아가 알시온으로 불러낼 계획을 진행 중이라고 상세히 보고했다. 카발은 몹시 흡족해했다.

―너를 거둔 보람이 있구나!

엎드려 바닥에 고개를 박은 채 말콤의 어깨가 움찔했다. 카발로부터 처음 칭찬을 들었다. 항상 마스터 앞에서는 벌벌 떨기만 하다가 그 순간만큼은 공포가 흐릿해졌다.

칭찬뿐 아니라 카발은 몹시 달콤한 미끼를 내놓았다.

─네 계획이 성공해서 계집아이를 내 손에 넣게 되면 너를 자유롭게 해 주겠다.

「마…… 마스터. 저는 마스터의 충실한 종으로서…….」

─가증스러운 놈. 내가 네놈의 속을 모를까. 네놈의 심장에 무엇이 박혀 있는지 잊은 것이냐?

말콤은 자신도 모르게 제 가슴을 문질렀다.

─너는 이제 내가 없어도 네 욕망에 충실한 모든 일을 할 수 있는 위치에 이르렀다.

「과찬이십니다.」

─계집아이를 데려와라. 그러면 너는 자유다.

얼떨떨한 기분으로 물러나서 곰곰이 생각하면 할수록 자유를 향한 갈망이 짙어졌다. 대륙의 모든 상권을 지배하는 대상인이 되어 봤자 머리 위에 절대적으로 복종해야 하는 주인이 있다면 무슨 소용인가. 나의 주인은 오롯이 나. 그동안 감히 꿈꾸지 못했고 억눌려 있었던 욕망이 카발의 한마디로 활활 타올랐다.

'자유……. 자유!'

그간의 경험에 비추어 보면 카발은 거짓말을 하지 않았다. 말해 주지 않는 비밀은 있을지 몰라도.

자유롭게 놓아준다면 정말 놓아줄 것이다. 이 기회를 놓치면 안 된다.

"단주님. 손님이 오셨는데 어찌할까요?"

말콤은 보좌관을 향해 인상을 찡그렸다.

"당분간 손님은 받지 않겠다고 하지 않았느냐."

말콤은 원래 조심성이 많았다. 하란의 법원에 위조된 진단서를 보낸 후 외출을 삼가며 사람을 만나는 일도 자제하고 있었다.

"사울 왕국에서 온 사람입니다."

말콤은 짜증스럽게 혀를 찼다.

"들여라."

들어온 남자가 서신을 내밀었다.

말콤은 서신을 대충 읽었다. 예상했던 내용과 다르지 않았다. 보라색 티움으로 제작한 마약 '희락'의 공급을 요청, 아니 애원하는, 베르토 왕자의 친필 서신이었다.

'모자란 놈. 개중 쓸 만하다 싶었더니.'

말콤이 희락을 공급하는 자는 수가 많지 않았다. 대륙을 몇 개의 덩어리로 잘라서 대표할 한 명만 골랐다. 오직 그 사람에게만 희락을 주었다. 워낙 위험한 물건이기 때문에 언제든지 발을 뺄 여지를 남겨 두었다.

베르토 왕자는 말콤의 거래 상대방 중에서 가장 젊었다. 똑똑하고 야심만만했다. 오래 두고 거래할 수 있는 파트너 감으로 기대가 컸다.

실제로 초반에는 아주 만족스러웠다. 베르토는 희락을 이용한 창의적이고 다양한 사용 방법을 만들었다. 젊어서 그런지 아주 과감하게 희락의 고객층을 넓혔다.

오히려 그게 독이 될 줄이야.

희락의 사용자가 예측 정도를 지나치게 뛰어넘었다. 희락은 무한하지 않았다. 말콤이 카발로부터 받을 수 있는 양은 한계가 있었다.

그리고 베르토 왕자는 겁 없이 희락에 손대기 시작했다. 희락의 쾌락에 빠져 버렸다.

말콤에게 희락의 공급을 요청하는 베르토의 서신은 점점 주기가 짧아졌다.

'다른 거래자를 알아봐야 하나.'

분위기가 너무 과열되어 있어서 희락의 공급량을 서서히 줄이려고 생각 중이었다. 근래에 정체를 모르는 자가 자신의 뒤를 들쑤시고 다니는 정황을 발견한 터라 몸을 사리고 있었다.

"돌아가서 말씀하시는 뜻은 알아들었다고 전해 드리게."

"답변을 꼭 받아 오라고 하셨습니다."

베르토에게 단단히 주의를 받았는지 남자는 다리라도 붙들고 매달릴 기색이었다.

'성가시군.'

희락을 구하려고 발을 동동 구르는 베르토의 사정 따위는 알 바 아니었다. 자신이 자유가 되느냐 마느냐 하는 문제가 걸렸다. 어그러진 계획에 대해 카발에게 보고하고 상의해야 한다. 남자와 실랑이하며 시간을 지체하기 싫었다.

"잠깐만 기다리게."

말콤은 다른 방으로 건너가서 금고를 열었다. 안에는 작은 주머니가 여러 개 들어 있었다. 개중 작은 주머니를 하나 꺼냈다. 말콤은 그 주머니를 남자에게 던져 주었다.

"그분께 전해 드리면 될 것이네."

평소라면 훨씬 엄격하고 철저한 절차를 거쳐 물건을 주었을 것이다. 늘 심부름하러 오는 남자는 베르토의 측근이었다. 어련히 남자가 물건을 제대로 전달해 주려니 생각했다.

알아서 잘. 말콤이 가장 싫어하는 말이었다. 하지만 지금 말콤의 마음은 딴 곳에 있었다. 두꺼운 벽이 무너지는 원인은 원래 작은 실금에서부터 시작된다.

말콤의 저택을 나온 남자는 주변을 괜히 한 번 두리번거리고 걸었다. 저택을 항상 주시하던 자들이 은밀하게 남자의 뒤를 밟기 시작했다.

*　　*　　*

다가온 시종장이 아이작에게 꾸벅 고개를 숙였다.

"폐하를 뵐 수 있겠소?"

"예. 들라 하십니다."

아이작은 만족스러운 표정으로 살짝 고개를 끄덕였다. 이번에는 헛걸음하지 않아서 다행이다. 며칠 전에 왕을 알현하러 왔다가 마침 오수에 드셨다기에 뵙지 못하고 돌아서야 했다.

아이작은 시종장과 긴 복도를 따라 걸었다. 목적지로 생각했던 알현실을 시종장이 그냥 지나쳤다. 아이작은 늦추었던 발걸음에 속도를 가했다. 내색 없이 걸었지만, 머릿속으로는 많은 생각이 맴돌았다.

'내실인가.'

내실이 사적인 공간이 되느냐, 공적인 공간이 되느냐의 여부는 주인의 뜻에 달렸다. 베르너는 내실을 공개하지 않았다. 공무는 알현실이나 집무실에서 처리했다. 소수의 측근만 내실의 출입을 허락했다. 그래서 왕의 내실에 들어간 적이 있는가는 왕의 신임을 가늠하는 척도가 되었다.

아이작은 부친의 생전에 부친과 함께 내실에 편하게 드나들었다. 특권이 일상이 되면 특별함을 잘 모른다.

아버지와 의견이 부딪치기 시작하면서 아버지를 따라다니는 일을 그만두었다. 아버지가 편찮으실 무렵부터 입궁 자체를 하지 않았다. 왕의 내실에 들어가는 것은 몇 년 만이었다.

'기사가 늘었군.'

슬쩍 좌우를 살피며 복도에 서 있는 기사를 확인했다. 열 걸음의 간격마다 기사가 서 있다. 삼엄한 경비의 수준이었다.

왕이 경비를 늘린 것은 불안을 느낀다는 뜻이다. 왕권이 단단한 현 체제에서 왕이 불안해할 만한 외부적인 요인은 없었다.

'소문이 사실인가.'

왕의 건강에 이상이 있다는 말이 은밀히 나돌았다. 터무니없는 뜬소문이 아닐지도 모르겠다.

베르너는 소파에 기대앉은 자세로 아이작을 맞이했다. 공식 석상에서의 위엄을 내려놓은 편안한 모습이었다.

'내가 소문을 의식해서 예민한 건가. 안색이 탁해 보이시는군.'

무릎을 굽혀 인사하려는 아이작에게 왕이 손을 내저었다.

"되었다. 앉아라."

"황공하옵니다. 폐하."

아이작은 깔끔하게 고개만 꾸벅 숙이고 왕의 앞에 마주 앉았다. 베르너가 픽 웃었다. 그 아버지에 그 아들이었다. 전대 후작도 그랬다. 어긋나지 않는 예의를 다할 뿐 과도하게 자신을 낮추지 않았다. 꼬장꼬장하고 당당했다. 가끔은 건방지다고 생각했다.

"어쩐 일이냐."

"술을 한 잔 내려주신다고 하지 않으셨습니까."

"음? 아아……."

베르너는 고개를 돌려 시종장에게 손짓했다.

"짐이 아껴 마시는 그것 말이다. 한 잔 가져오너라."

"예. 폐하."

잠시 후 시종장이 보석이 잔뜩 박힌 화려한 술잔을 아이작의 앞에 내려놓고 물러갔다. 아이작은 투명한 액체가 반쯤 담긴 술잔을 응시했다.

"어쩐 일이냐?"

왕이 같은 질문을 던졌다. 진짜 목적을 말하라는 뜻이었다. 고작 이 술 한 잔을 받으려고 두 번이나 찾아온 것은 아니지 않으냐, 묻고 있었다.

"폐하께 청할 일이 있사옵니다. 붉은 호수의 숲에 출입할 수 있도록 허락을 구하고자 합니다."

붉은 호수의 숲은 원래 출입이 금지된 곳이 아니었다. 함부로 들어가 벌목하는 일은 단속해도 들어가는 것 자체를 막지 않았다.

세레니티 왕비가 사라진 후 왕은 대대적으로 군사를 풀어 숲을 샅샅이 뒤졌다. 끝내 왕비를 찾지 못하자 이후 숲의 출입을 금하는 조처를 내렸다.

그때까지만 해도 왕의 명령은 엄격하지 않았다. 숲에 들어가도 실제 처벌받지는 않았다. 그런데 로건 왕자를 포함한 사절단이 몰살한 사건 이후 이웃한 리피노 왕국과의 관계는 완전히 단절되었고 숲의 출입금지령은 아주 강력해졌다. 이제는 누구도 들어가서는 안 되는 금지가 되었다.

베르너는 아이작을 뚫어지게 바라보다가 단호하게 답했다.

"불가하다."

예상했다는 듯 아이작의 표정은 담담했다.

"너는 또 그 사건을 헤집을 작정이냐? 요즘 더스틴과 만남이 빈번하다고 들었다. 네 울분을 풀기 위해 더스틴을 이용하려 함이냐?"

"아닙니다."

"대체 그게 언제의 일이냐. 네 아버지를 닮지 않고 왜 이렇게 미련해! 언제까지 과거에 잡혀 있을 셈이냐!"

신기했다. 왕의 질타가 전혀 귀에 거슬리지 않았다. 전이라면 분노로 속이 뒤틀렸을 것이다. 어떻게 당신은 그걸 과거의 일로 묻어 버릴 수 있느냐고 소리쳤을지도 모른다. 하지만 주인의 생환은 아이작의 명치를 꽉 막은 울화를 풀어 주었다.

'폐하. 당신의 아들이 어떤 모습으로 살아 돌아왔는지 짐작조차 못 하실 겁니다.'

상대방을 뒤흔들 수 있는 비밀을 홀로 알고 있는 자의 우월감이 이것인가. 진실을 알았을 때 일그러질 왕의 표정을 상상하는 것만으로도 오싹오싹했다. 아이작은 자신도 모르게 희열에 찬 웃음을 흘릴까 봐 주먹을 꽉 쥐었다.

"폐하. 과거는 과거일 뿐입니다. 저는 그때의 철모르는 아이가 아닙니다."

"과거는 과거일 뿐……."

베르너는 묘한 표정으로 중얼거렸다. 놀라움과 충격이 뒤섞인 눈으로 아이작을 바라보았다.

"숲에 들어가고자 하는 사람은 제가 아닙니다. 제가 대접하는 손님이 붉은 호수의 숲에 관심이 많습니다."

"손님?"

"예. 간곡한 부탁을 받은 귀빈이라 소홀히 대할 수가 없습니다."

"펠릭스 후가 귀빈이라고 칭할 손님이 누군지 궁금하구나."

아이작은 대충 얼버무리려다가 생각을 바꿨다. 전대 후작은 아이작에게 말했다.

「살다 보면 큰 거짓말을 해야 하는 날이 온다. 평소에 쌓은 신뢰가 결정적인 때 위력을 발휘한다. 사소한 거짓말은 하지 마라.」

부친의 가르침은 대부분 옳았다. 아이작은 저택에 머무는 손님의 신분과 방문 목적 등 공개해도 무방한 정보를 왕에게 모두 전했다.

"붉은 호수의 숲은 외지인이 흥미의 대상으로 드나들어도 되는 곳이 아니다."

왕은 쉽게 허락해 줄 생각이 없어 보였다. 그런데 아이작은 이길 수밖에 없는 패를 준비해서 가져왔다.

"폐하께서 아주 오래전, 제 부친께 부탁 한 가지를 들어주마 약조하셨다고 들었습니다. 부친께서 그걸 쓰지 않았으니 제게 물려준다고 하셨습니다."

왕은 한참 기억을 더듬다가 불현듯 깨달음을 얻은 표정으로 어이없어했다.

"허, 참. 그게 언제 적의 이야기인데. 멋대로 상속까지?"

베르너는 끄응, 한숨을 쉬었다.

"왕의 약속이니 지켜야겠지. 좋다. 대신 조건이 있다. 네 집에 머무는 귀빈을 짐도 만나 보고 싶다."

아이작의 눈가가 잘게 떨렸다.

"폐하. 방문 목적은 말씀드린 대로……."

"의도를 의심해서가 아니다. 일국의 왕이나 다름없는 귀인이 짐의 나라에 찾아왔으니 마땅히 주인으로서 인사는 나누어야 하지 않겠느냐. 때마침 며칠 후 왕비의 탄생일을 축하하는 연회가 있지. 그 자리에 초대할 테니 부담 없이 참석해서 파티를 즐기면 된다고 전해라. 그리고 사실 짐은 마법 제국으로 불리는 하란이 궁금하구나. 기회가 되면 진솔한 대화를 나눌 자리를 마련하고 싶다."

내실을 나오는 아이작의 표정이 복잡했다. 참석 여부의 확답은 간신히 피했지만, 왕의 초대를 받아들이지 않으면 붉은 호수의 숲에 출입 허가를 받을 수 없을 것이다.

'괜찮으실까.'

아이작이 걱정하는 대상은 론이었다. 괴로운 기억만 잔뜩 남아 있는 왕궁에 다시 발을 들이기가 불편하실 텐데. 마음의 준비가 필요하다면 고작 며칠로는 시간이 부족하지 않을까.

다시 시종장과 함께 복도를 걸으며 아이작은 왕과 나눈 대화를 되새김했다. 왕의 표정과 말투, 순간적으로 포착한 눈빛을 떠올렸다.

'알고 계셨군.'

틀림없다. 후작가의 저택에 귀한 손님이 들었다는 것을 왕은 분명히 알고 있었다.

'폐하께서 후작가의 주변에 눈을 심었나?'

'아닐 것이다'라는 결론이 나왔다. 왕국의 곳곳에 왕의 눈과 귀가 있다지만, 위에서 아래를 바라보는 넓은 시선이었다. 베르니는 쪼잔하게 귀족들의 일거수일투족을 모두 감시할 성격이 아니고 현실적으로 가능하지도 않았다.

'폐하께 고한 자가 있군.'

아이작은 문득 생각난 것을 묻는 것처럼 시종장에게 말했다.

"입궁한 김에 우드 공을 뵈려 하는데 혹시 오늘 뵈었소?"

"뵙지 못했습니다."

"오늘 입궁하실 것 같소?"

"어제 다녀가셨으니 오늘은 입궁하지 않으실 것 같습니다."

'우드 공인가.'

아이작의 생각은 왕궁을 나와 마차에 오르면서도 계속되었다.

'내 집에 간자를 심어 두고, 내 집에 드나드는 손님도 파악한다는 건가?'

얼마 전에 잡은 간자가 우드 공작에게 매수되었다는 자백을 받았다. 카로는 당장 죽여 파묻어 버리겠다고 길길이 날뛰었지만, 아이작은 아직 처분을 결정하지 않았다. 그놈을 이중 첩자로 써먹으려고 고민하는 중이었다.

'방심하다가 한 대 맞았어.'

아이작은 분노하는 대신 피식 웃었다. 우드 공작이 자신에게 한 짓을, 아이작은 이미 예전부터 하고 있기 때문이었다.

선대 후작이 죽고 칩거하는 동안 세간의 사람들이 생각하는 것과 다르게 아이작은 아무것도 하지 않고 집에만 틀어박혀 있지 않았다.

조용히 지내는 척하며 클라라 왕비와 측근들의 주변에 사람을 심는 일에 심혈을 기울였다. 절대 서두르지 않았다. 아이작이 들여보낸 간자는 성실한 태도로 천천히 대상의 신뢰를 얻었다.

이제 조금씩 결실을 보고 있었다. 클라라의 시녀로 들여보낸 아이가 드디어 왕비를 가까이에서 시중들게 되었다고 소식을 전해 왔다.

'머지않아 왕비의 아침 식단까지 내 손에 들어오겠지.'

아이작은 차갑게 웃었다. 주인의 생환은 그의 복수심에 아무런 영향도 끼치지 않았다. 더욱 날카롭게 날을 벼릴 것이다. 복수의 칼끝에 선 자들을 단번에 베어 버릴 수 있을 만큼.

로건 왕자의 죽음을 전해 들은 그 날, 자신을 절망으로 절규하게 한 그 끔찍하게 고통스러웠던 그 날.

로건 밀라우스가 살아 돌아왔다고 해도 그날이 사라지는 것은 아니었다. 왕비는 반드시 대가를 치러야 했다.

*　　　*　　　*

적막한 후작가의 저택에 요즘은 사람 사는 냄새가 났다. 머무는 사람들이 수십 명이 늘어나 그런지 딱히 소란을 피우는 자가 없는데도 북적거리는 느낌이 났다.

카로는 정신없이 바빴다. 안주인이 없는 후작가의 살림은 오래전부터 카로가 맡아 해 왔다. 큰 살림이어도 해야 하는 일은 규칙적이라서 크게 손 갈 곳이 없었다.

그런데 규칙이 깨졌다. 후작가에서 수십 명의 손님을 접대하는 일은 처음이었다. 더구나 후작께서 깍듯이 모시는 귀빈이었다. 모두 우왕좌왕했다. 아주 사소한 것도 카로에게 물으러 몰려왔다. 카로는 요즘 몸이 열 개라도 부족했다.

하지만 바빠서 좋았다. 이제야 제대로 집사 노릇을 하는 것 같아 성취감이 들었다.

"오늘 가져온 식재료는 이게 전부인가?"

"예. 여기 목록입니다."

카로는 상인이 건네주는 긴 종이를 훑어보았다. 종이에 적힌 목록과 쌓여 있는 식재료 상자들을 번갈아 보며 대충 눈대중으로 맞추었다.

'입이 늘어나니 소모되는 양이 어마어마하군.'

엄살을 조금 보태서, 이만한 지출이 계속되면 머지않아 후작가는 파산할 것이다. 비용을 모두 손님 측에서 정산해 준다니 다행이다.

확인을 마치고 전표에 서명해서 남자에게 주었다. 다른 귀족가였다면 상인은 곤란해했을 것이다. 집사가 임의로 처리하기에는 액수가 컸다. 작은 비용이라도 돈 문제는 집주인이 직접 처리하는 곳이 많았다.

하지만 후작가와 거래하는 자들은 집사 카로의 권한을 신뢰했다. 한 번도 돈 문제로 얼굴을 붉힌 적이 없었다. 후작가의 비용 처리는 언제나 깔끔했다.

저장고에서 나오는 카로에게 하인이 다가와서 고했다.

"집사님. 손님께 손님이 오셨습니다."

"손님께 손님이라니?"

"머물고 계시는 성주님께 서신을 가져왔는데 맡기고 가라고 했더니 그럴 수 없다고 합니다. 직접 드려야 하는 중요한 서신이라고요."

"알았다. 귀빈들께서는 아직 정원에 계시고?"

"예."

카로는 서신을 가져온 심부름꾼을 정원으로 안내했다. 귀빈들은 저택에 들어온 후 지금껏 저택 바깥으로는 한 발자국도 나가지 않았다. 저택의 규모가 작지는 않지만, 한 곳에서 꼼짝하지 않으니 답답할 것이다. 그래서 그런지 아침부터 해가 질 무렵까지 정원은 손님들의 차지가 되었다.

"헉."

뒤따라오던 심부름꾼이 숨죽인 비명을 삼켰다. 왜 안 그렇겠나. 카로는 남자를 이해했다. 분명히 '그것'을 보고 놀란 것이리라. 정원의 한복판에 덩치가 산만 한 짐승이 엎드려 있었다.

큼직한 차양을 세워 넓게 그늘을 만들었다. 테이블에는 푸른 머리의 사내가 앉아 있고 그 뒤에 몇 명의 기사가 서 있다. 테이블 가까이에 엎드려 누운 짐승 곁에 금발의 여인이 기대앉아 늑대를 쓰다듬었다.

그들을 지키는 기사들은 더 멀찍이 거리를 두고 주변을 둘러보며 천천히 걸어 다녔다. 시중을 드는 자들은 언제든 달려갈 수 있는 거리에서 대기해 있었다.

항상 텅 비어 있던 정원이 꽉 찬 모습을 볼 때마다 카로는 기분이 이상했다. 항상 그가 그려 보던 그림이 눈앞에 있었다. 다만, 카로의 그림 속에 등장하는 인물들은 후작의 가족이었다.

다른 사람이 차지하고 있는 광경이 속상하기도 하고 적막하던 곳에 감도는 온기가 좋기도 했다.

'저 숙녀분은 참 겁이 없군.'

두 손으로 늑대의 귀를 쭉쭉 잡아당기는 아델을 보며 카로는 헛웃음을 흘렸다. 솔직히 자신은 저 짐승이 섬뜩했다. 사람을 해치지 않는다고 후작이 아무리 말해도 거대한 포식자에 대한 본능적인 두려움은 어쩔 수 없었다.

카로는 테이블로 다가갔다. 적당히 몇 걸음의 거리를 두고 멈추어 섰다.

"성주님. 성주님께 서신이 왔습니다."

후작의 지시에 따라 귀빈의 호칭은 성주님으로 통일했다. 카로는 고개를 슬쩍 뒤로 돌렸다가 인상을 찡그렸다. 심부름꾼이 저만치 뒤에 서 있었다.

"안 오고 뭐 하는 거요?"

심부름꾼은 머뭇거리다가 몹시 내키지 않는 표정으로 주춤주춤 걸었다. 론에게 다가가는 심부름꾼의 움직임을 늑대의 눈이 따라갔다. 갑자기 늑대가 보란 듯이 커다란 입을 쩌억 벌려 하품을 하면서 '크르릉.' 하고 낮은 위협음을 냈다. 심부름꾼은 '흐억!' 하고 비명을 지르며 주저앉았다.

"얀."

론이 혀를 차며 늑대를 나무랐다. 얀이 슬그머니 고개를 옆으로 돌렸다. 늑대가 으르렁대는 소리를 신경 쓰지 않는 사람은 두 명뿐이었다. 론 그리고 아델.

아델이 늑대의 귀를 잡아 눌러 이마에 바짝 붙였다. 바짝 서 있던 귀가 아래로 붙으니 순한 강아지 같았다.

"앗, 이 표정 귀엽다. 얀. 나 좀 봐."

아델이 두 손으로 얀의 주둥이를 꽉 잡아서 돌렸다. 아델의 거침없는 손놀림을 본 기사가 움찔했다. 저러다 물면 어쩌려고. 하지만 걱정하는 일은 한 번도 일어난 적이 없었다. 늑대는 순한 강아지처럼 굴었다. 자신을 건드리는 손길을 성가셔하는 기색이 없었다.

카로의 도움을 받아 심부름꾼은 후들거리는 다리로 일어났다. 론에게 다가가 봉투를 건네는 동안 계속 불안한 표정으로 늑대를 곁눈질했다.

론이 받은 봉투 안에는 두 통의 서신이 있었다.

"수고했다. 답장을 줄 테니 쉬면서 기다려라."

"예. 성주님."

남자는 도망치듯 잽싸게 물러갔다. 카로 역시 저택으로 들어가다가 뒤를 돌아보았다.

'참······. 알 수가 없어.'

묘한 손님들이다. 집사로서 불편함이 없도록 대접하는 임무만 다하면 될 뿐이라고 생각하면서도 의문이 자꾸 생겼다.

'각하와 전부터 아는 사이였나?'

아이작으로부터 저런 지인이 있다는 말은 듣지 못했다. 분명히 손님을 맞기 전까지도 아이작은 손님이 누군지 잘 모르는 눈치였다. 그런데 두 분이 대화를 나눌 때의 모습을 보면 오랜 친구인 것처럼 어색함이 없었다.

'각하께서 쉽게 벗을 사귀는 성격은 아닌데.'

손님과 대화할 때의 아이작을 보면 인위적인 미소로 응대하는 것이 아니라 진심으로 즐거워 보였다. 오랫동안 보지 못한 모습이라 적잖이 놀랐다.

'저 늑대도 이상해.'

낯선 사람들을 주인처럼 따른다. 애완견처럼 꼬리 치는 모습이 가증스러웠다. 배신감을 느꼈다.

'각하께서 얼마나 잘해 주셨는데. 은혜도 모르는 놈.'

후작에게 말을 안 해서 그렇지 놈은 절대 순하지 않았다. 다른 사람은 우리 근처에만 다가가도 으르렁거렸다. 아마 아이작은 보지 못한 모습일 것이다. 그래서 '덩치만 크지 사납지 않다.'라는 뭘 모르는 소리를 했다.

'각하께 저 늑대가 얼마나 의미가 있는 짐승인데.'

낯선 손님들이 늑대를 데리고 놀게 내버려 두는 후작의 조처도 이해할 수 없었다. 카로는 고개를 설레설레 내저으며 안으로 들어갔다. 따지고 들면 궁금한 게 한두 개가 아니었다. 지금은 손님맞이에 신경 쓰는 것만으로도 머릿속이 복잡했다.

론은 두 통의 서신 중에서 바실 수장이 보낸 것을 먼저 열었다.

―브로디 공의 신병을 확보했습니다.

루터는 현재 가문에 걸린 소송 문제를 전담해서 처리하고 있었다. 축출된 케일리 가문에서 건 싸움을 바실 수장에게 일임했다. 바실 수장은 꼼꼼하게 주변 정리부터 했다. 멀론이 직접적인 관련자는 아니어도 나중에 변수가 될 수 있기에 단속의 대상이 되었다.

　—성주님께서 말씀하신 사울 왕국의 백작령으로 사람
　을 보냈으나 덴버에서 브로디 공을 찾았습니다. 덴버의
　이동 마법진을 통해 하란으로 입국하려다가 거부당하자
　난동을 부려 구금된 상태였습니다.

덴버에 있는 이동 마법진은 국경을 통하지 않고 하란에 입국
할 수 있는 유일한 예외 수단이었다. 존재 자체가 극비이고 자격
을 가진 자만 이용할 수 있었다. 대가문의 주인 및 허락을 받은
자, 현자 이상의 마법사가 이용했다.
'한심하군. 여태 주제 파악을 하지 못했나.'
과거에 멀론은 대륙을 오갈 때 전대 성주 시마의 허락을 받아서
마법진을 이용했다. 론은 당연히 멀론이 가진 특권을 박탈했다.

　—귀가한 브로디 공의 주변을 감시 중입니다. 케일리
　가문 측에서 아직 브로디 공에게 접촉하려는 시도는 없
　습니다.

멀론에 관한 것은 루터가 알아서 할 것이다. 그자는 론의 관심
밖에 있었다.
론은 또 다른 서신을 개봉했다. 미튼 백작령에서 지내는 조사

원 톰이 보낸 보고서였다.

　─백작의 성에서 일하는 자 중에 멀론 브로디를 아는
자가 많습니다. 그들 사이에서 평판이 좋지 않습니다.

공교롭게도 톰의 보고서의 첫 내용은 멀론에 관한 것이었다.
어차피 그자는 현재 하란에 와 있고 루터가 감시 중이라 론은 가
십거리를 읽는 기분으로 가볍게 내용을 훑었다. 무심히 읽어가
던 론의 표정이 굳었다.

　─미튼 백작은 비밀 경매의 주최자였습니다. 얼마 전
인신매매 사건이 크게 문제가 된 후 경매는 다시 열리지
않았다고 합니다. 정황상 인신매매와 관련이 있는 경매
인 것 같습니다. 그 경매가 열릴 시기에 멀론 브로디가
백작령에 방문했습니다.

'도박이 아니었군.'
차라리 도박이 낫다. 최악이었다.
론은 용병으로 있을 당시에 비밀 경매에 숨어 들어간 적이 있
었다. 의뢰를 받아서 잃어버린 아이를 찾는 중이었다.
결국, 경매장에서 아이를 찾지는 못했지만 론은 당시에 그곳
에서 무슨 일이 일어나는지 목격했다. 충격이 컸다. 세상은 자신

이 상상한 것보다 훨씬 추악하다는 것을 깨달았다.

작은 웃음소리가 들렸다. 론은 무심코 소리가 나는 방향으로 시선을 돌렸다. 아델이 늑대와 장난치며 웃음을 터트렸다. 아델을 바라보는 론의 눈이 점점 차가워졌다. 그는 치솟는 분노를 누르며 이를 악물었다.

'쓰레기 같은 놈.'

경매에서 사고 팔리던 대상은 어린아이들이었다. 멀론은 그들을 탐내는 추악한 변태성욕자 중 하나였던 거다.

당시에 레바스 성에는 아델이 있었다. 멀론이 자라지 않는 아델을 어떤 눈으로 쳐다봤을까.

아득 이가 갈렸다. 그놈이 더러운 음욕을 담아 아델을 훑어봤다고 생각하면 속이 뒤집힌다.

'눈에 보이는 쓰레기는 치워야지.'

관심을 둘 가치도 없는 놈이라고 생각했다. 생각이 달라졌다.

눈은 편지를 읽는 것처럼 시선을 고정한 채 머릿속으로 딴생각에 잠겼다.

'아동성범죄로 엮으면 법적으로나 사회적으로나 완전히 매장할 수 있지만, 증거를 찾기가 쉽지 않아. 하란에서 처리하는 건 너무 복잡해. 대륙이라면 사람 하나를 흔적도 없이 없애는 건 간단하니까 차라리⋯⋯.'

"성주님."

론이 고개를 들었다. 어느새 아델이 바짝 다가와 있었다.

"바빠요?"

"아니야. 왜?"

론은 상냥하게 미소 지으며 편지를 접었다.

"얀의 등에 타 보고 싶은데. 얀이 싫어할까요?"

"저 녀석을 타겠다고?"

"할머니가 읽어 주신 책에 숲에서 자라는 아이의 이야기가 있었거든요. 늑대를 타고 숲을 달리곤 했어요. 난 이제 어린애가 아니기는 하지만, 얀은 크니까 가능할 것 같아서……."

아델이 우물쭈물하며 그의 눈치를 살폈다. 론은 피식 웃었다.

"안 될 건 없지."

론은 일어났다. 얀이 다가오는 론을 보며 꼬리를 마구 흔들다가 발라당 몸을 뒤집어 배를 보였다. 그는 얀의 턱밑을 쓸면서 웃었다.

"덩치가 아깝다, 녀석아. 일어나 앉아 봐. 얀."

얀이 엎드려 앉았다. 구경하던 기사들이 놀라워하며 서로 눈을 마주쳤다. 정말 늑대가 사람의 말을 이해하는 것인지 눈치로 때려 맞추는 것인지 볼 때마다 신기했다.

"올라앉아. 잡아 줄게."

아델은 그의 손을 잡고 늑대의 등에 올라갔다. 얀은 얌전히 등을 내준 채 꼼짝하지 않았다.

"미안해. 얀. 혹시 무거우면 말해. 아, 말은 못 하려나."

아델은 조심스럽게 앉아 두 손으로 늑대의 목덜미 털을 쥐고 상체를 완전히 일으켰다. 흥분한 그녀의 볼이 발갛게 물들었다. 늑대의 등에 올라타다니. 이걸 진짜 해 볼 수 있는 날이 올 줄은 몰랐다.

아델은 다시 그에게 손을 뻗었다.

"이제 됐어요."

"이왕이면 제대로 타."

론이 시키는 대로 얀이 천천히 몸을 일으켰다. 반동으로 아델의 몸이 흔들리며 시야가 위로 쑥 올라갔다. 그녀는 반사적으로 힘을 주어 목덜미 털을 꽉 쥐었다. 늑대는 등에 얹은 아델의 무게를 느끼지 못하는 것처럼 가벼운 움직임으로 어슬렁어슬렁 움직였다.

주변의 사람들이 움찔하며 뒷걸음질 쳤다. 큰 짐승이라는 건 알고 있었지만, 엎드려 있다가 몸을 일으키니 갑자기 훅 커진 느낌을 주었다.

곁에 론이 서 있으니 늑대의 크기가 확실히 비교되었다. 누군가 '우와' 하고 중얼거렸다. 늑대와 눈을 맞추려면 론이 시선을 들어야 했다.

천천히 걷는 늑대의 속도에 맞추어 론이 곁에서 함께 걸었다. 긴장이 풀린 아델의 자세가 편해졌다.

"그 녀석이 무섭지 않아?"

아델은 얀을 처음 봤을 때부터 무서워하지 않았다. 그녀가 서슴없이 손을 뻗어 늑대의 콧잔등을 쓰다듬는 모습을 보며 오히려 론이 놀랐다. 얀이 잘 따르는 것도 신기했다.

"착한 아이인데 무서워할 이유가 없어요."

아델은 정령의 꿈에서 이처럼 거대한 늑대를 보았다. 거대 늑대는 정령의 축복을 받은 돌연변이였다. 그들은 위압적인 덩치와 강력한 힘을 얻은 대신 정령의 숲을 수호했다.

거대한 덩치를 유지하기 위해서는 충분한 먹이가 필요했다. 하지만 붉은 호수의 숲에는 먹잇감이 될 만한 짐승이 살지 않았다. 거대 늑대는 빛의 정령이 보충해 주는 기운으로 살아갔다.

빛의 정령이 사라지자 거대 늑대는 굶어 죽지 않기 위해 먹이를 찾아 숲을 벗어났을 것이다. 지금까지 살아남은 후손이 있다는 것만으로도 놀라웠다.

꿈속에서 봤던 거대 늑대는 정신 감응으로 자신의 의사를 전달하는 능력이 있었다. 사람이 쓰는 언어와는 다른, 사념을 전달하는 방식이었다. 얀은 조상의 능력을 제대로 이어받지 못한 것 같았다. 영리하긴 해도 그 정도는 아니었다.

하지만 본능적으로 아델에게서 그리운 느낌을 받은 것 같다. 아델을 보자마자 친근함을 드러냈다. 아델 역시 정령의 흔적을 지닌 생명체가 몹시 반가웠다. 둘은 순식간에 친해졌다.

"언젠가 말해 줄 거죠?"

"응?"

"오래전부터 얀과 알고 지냈잖아요. 후작님이 기르는 늑대가 아니라 론이 원래 주인 맞죠?"

마주치는 보라색 눈동자가 살짝 흔들렸다. 아델은 그를 보며 싱긋 웃었다.

"그런데 우리, 언제까지 저택 안에서만 지내요?"

아델은 자연스럽게 화제를 돌렸다.

"답답해?"

"아뇨. 좋아서요."

"이곳이 마음에 들어?"

"론이 나와 온종일 같이 있잖아요. 성에 있을 때는 바빠서 얼굴도 못 보는 날이 있었는데. 여기 와서 며칠 동안 함께 있는 시간을 합치면 지난 몇 년 치는 되는 것 같아요."

"……그렇게 말하면 내가 미안해지는데."

"탓하려는 게 아니라요. 그래서 좋다고요."

그녀는 언제나 솔직하게 자신의 마음을 드러냈다. 그녀의 순수한 기쁨은 그를 기쁘게 했다. 그녀의 순수한 애정을 받으면 그는 행복했다.

생글생글 웃는 그녀를 끌어안고 키스하고 싶다. 보는 눈이 많은 공개된 장소라는 게 유감스러웠다. 시간이 빨리 지나갔으면 좋겠다. 누가 보거나 말거나 안고 키스할 수 있는 자격을 어서 갖고 싶다.

그는 키스 대신에 손을 뻗어 늑대 털을 쥐고 있는 그녀의 손등을 덮었다. 작은 손을 쥐어 깍지를 끼었다.

"원래 두 마리였어."

아델의 눈이 살짝 커졌다.

"한 마리는 어릴 때 죽었지."

"어쩌다가요?"

"먹지 말아야 할 것을 잘못 먹었어. 카는, 그 녀석의 이름은 '카'였고 성장기가 끝나지 않아서 지금의 얀보다 훨씬 작았어."

"많이 슬펐겠어요."

"슬프고…… 무서웠지."

늑대의 사체 앞에 앉아 밤을 지새우며 넋을 놓았다. 비통함 이상으로 공포를 느꼈다. 차갑게 식은 늑대의 사체에 자신의 미래를 투영했다. 생각해 보면 그것이 왕비가 자신을 독살하려 했던 첫 시도였다.

왕비의 시도가 성공했다면 왕비 또한 무사하지 못했을 것이다. 굉장히 조악한 방식이기 때문이다. 음식물에 극약을 넣는, 그런 어설픈 짓은 두 번 다시 하지 않았다. 대신 더 치밀하고 철저하게 그를 중독시켰다.

"다 말해 줄게. 긴 이야기라서 나중에 천천히."

"네."

두 사람이 마주 보며 웃었다.

늑대에 올라앉은 그녀, 옆에서 보조를 맞추어 걷는 그. 두 사람이 손을 잡고 가는 모습을 멀리서 보며 멜이 눈을 가늘게 떴다. 후작가의 저택에서 지내는 며칠 동안 론과 아델이 함께 있는 시간만큼 멜도 근처에 있었다.

'성주님이 저렇게 잘 웃는 분인지 몰랐네.'

성에서는 두 분이 함께 있는 모습을 볼 기회가 거의 없었다. 며칠 함께 지냈더니 이건 눈치채지 못하면 바보였다. 싫은데 좋은 척은 할 수 있어도 그 반대는 못 한다는 말이 딱 맞았다. 두 분이 서로를 바라보는 눈빛에 따뜻한 애정이 가득했다.

'아가씨가 성주님을 좋아하신다는 건 알고 있었지만. 난 아가씨의 짝사랑으로 끝날 줄 알았는데.'

두 분 사이가 일방적이면 어쩌나 걱정했다.

'어떨 때는 성주님이 더 아가씨를 좋아하시는 것 같단 말이야.'

아가씨가 더 좋아해서 안달하는 거면 속이 상했을 것이다. 그건 아닌 것 같아서 다행이다.

'그래도 아가씨. 너무 금방 홀랑 넘어가시지는 말라고요.'

후작가에서 머문 첫날, 아가씨를 깨우러 침실에 들어갔다가 텅 빈 침대를 보고 얼마나 놀랐는지 모른다. 성주님의 침실에서 침대를 혼자 차지한 채 새근새근 자는 아가씨를 보며 어찌나 기가 막히던지.

'……뭐. 두 분이 서로 좋다면 그걸로 된 거겠지.'

손을 잡은 두 분의 모습이 참 보기 좋았다. 멜의 눈빛이 풀리며 긴 한숨이 나왔다.

'나도 연애하고 싶다.'

*   *   *

바람이 좋은 날이었다. 그늘에 누워 느긋한 여유를 만끽하던 그녀는 친숙한 기척을 느끼고 일어나 앉았다. 두 사람이 그녀를 향해 다가왔다.

하란과 젊은 청년이 그녀의 앞에 정중히 무릎을 꿇었다. 낯익은 청년이 왜 하란과 함께 왔는지 의아했다.

요즘 르웨나가 자주 보이지 않아서 자취를 따라가 보면 이 청년의 곁에 있었다.

"……님. 인사를 드리러 왔습니다. 새로 들인 제자입니다."

"제자?"

카발을 쳐다보았다. 흘끔 치뜬 눈과 마주치자마자 카발은 움찔 놀라며 시선을 아래로 떨어뜨렸다.

"뭘 하느냐. 인사드려라."

"……카발입니다."

마지못해 인사하는 카발의 안색에 초조한 빛이 역력했다. 모르는 사람이 봤다면 긴장해서 그러려니 했겠지만, 그녀는 카발이 안절부절못하는 이유를 알고 있었다.

"이미 제자를 여럿 거두지 않았나?"

"예. 이 녀석이 여섯 번째입니다. 더는 제자를 들이지 않으려 했는데 워낙 재능이 남달라서 말입니다. 끼고 가르치려 합니다."

"흐음. 제자라……."

그녀는 의미심장하게 중얼거렸다. 긴장한 카발이 단단히 쥔 주먹 위로 핏줄이 도드라졌다. 싱글싱글 웃는 하란의 표정을 보니 옆에 앉아 있는 청년이 제 아들인 것을 모르는 모양이다.

아둔한 놈. 이쯤 되면 하란의 무던함이 더는 장점이 아니다.

카발은 여전히 혈연관계를 숨기고 싶어 하는 눈치다. 일부러 눈에 띄는 돌발 행동은 하지 않았을 것이다. 그런데 하란은 카발을 찾아냈다. 가르침만 주어도 될 것을 굳이 제자로 삼았다. 가족이 없는 하란에게 '제자'라는 지위는 아주 특별했다. 이걸 핏줄이 당긴다고 하는 걸까, 그만큼 카발의 재능이 뛰어나다는 걸까.

"네가 칭찬할 정도면 대단히 우수한가 보구나."

하란은 제자들에게 매우 엄격한 스승이었다. 잘한 것을 칭찬하기보다 못한 것을 나무랐다.

가끔은 하란의 제자들이 안쓰러울 때가 있었다. 하란은 천재였고 그래서 둔재인 제자들을 이해하지 못했다. 타고난 재능 덕분에 좌절을 경험한 적이 없으니 제자들의 느릿한 성취를 답답해했다.

"예. 정통 마법에 대한 이해도가 높을 뿐 아니라 변형 마법이나 마법을 이용한 도구 제작 쪽에 특히 두각을 보입니다. 이것을 보시겠습니까?"

하란이 품에서 투박한 반지를 꺼내 내밀었다. 옥을 갈아서 만든 평범한 반지였다. 그녀는 반지를 받아들자마자 흠칫했다가 자세히 반지를 들여다보았다. 작은 반지 안에 강한 마력이 응집되어 있었다.

"재미있는 물건이군."

"그 반지를 끼면 몸이 가벼워집니다. 더 무거운 물건을 들 수 있고 오래 걸어도 덜 지칩니다. 이 녀석이 홀로 깨우쳐 만들었다고 하더군요."

하란은 자신이 이룬 성과를 뽐내는 것처럼 뿌듯해했다. 스승으로서 제자의 성취를 대견해하는 것은 이상할 게 없지만, 하란이 다른 제자들을 대할 때의 태도와 사뭇 달랐다.

"전부터 알던 사이냐? 네 여섯 번째 제자 말이다."

카발의 목울대가 꿀꺽 넘어가는 것이 보였다.

"전부터라고 하시면?"

"어릴 때부터 말이다."

"아닙니다. 눈여겨본 지 얼마 되지 않았습니다."

인연이란 참 재미있다. 돌고 돌아도 언젠가는 정해진 길을 가게 되는가.

아델은 등이 푹신하게 눌리는 느낌을 받으며 눈을 떴다. 그녀를 침대에 내려놓은 그가 조심스레 손을 빼내고 있었다. 반쯤 잠기운이 담긴 눈으로 그를 보며 웃었다.

"내가 또 잠들었군요."

론이 그녀의 이마를 쓸어 올렸다.

"어디 불편한 곳은 없어?"

"없어요."

두 사람은 며칠 내내 같은 질문과 답변을 반복했다.

아델은 하루에도 몇 번씩 짧은 낮잠이 들었다. 조금 전까지 차를 마시며 대화를 나누다가도 잠시 어딘가에 기대 누웠다 하면 금세 잠들었다.

그녀는 평소에 낮잠을 즐기는 편이 아니었다. 마차 여행의 누적된 피로가 아직 풀리지 않은 건가 싶어서 지켜보는 중이지만, 론은 갑자기 달라진 그녀의 신체 리듬이 걱정되었다.

"난 정말 괜찮아요."

"아픈데 참지 말고 이상하다 싶으면 꼭 말해."

"그럴게요."

걱정하는 그에게 딱히 설명할 방법이 없었다. 그녀도 자신의 증상의 정확한 이유는 모른다. 하지만 잠이 들 때마다 꿈을 꾸었다. 정령의 기억을 엿본다. 붉은 호수의 숲이 가까이 있어서 뭔가 영향을 받는 것이 아닐까, 짐작만 했다.

"잠깐 나갔다 올게."

"나간다고요?"

"확인할 것이 있어. 오래 걸리지 않을 거야."

"응. 알았어요."

"혹시 무슨 일이 생겨도 절대 앞에 나서지 말고. 기사들이 시키는 대로 해."

"그거 병이에요."

아델은 길게 늘어지려는 그의 말을 잘랐다.

"걱정이 지나쳐요. 론이 돌아올 때까지 방에만 있을게요. 그러니까 안심하고 다녀와요."

론은 그녀를 잠시 내려다보다가 그녀의 손을 잡아 손가락 끝에 입을 맞추었다. 병이라고 해도 어쩔 수 없다. 그는 어렴풋이 그녀가 자신의 마지막 기회라고 느꼈다. 절망의 끝에 서 있을 때 겨우 잡은 안식처였다. 그녀를 잃으면 아마 미쳐 버릴 것이다.

그래서 그는 최악의 경우를 생각하고 또 생각했다. 비참한 미래를 상상하는 것은 몹시 고통스럽지만, 그래야만 어떤 빈틈도 놓치지 않을 수 있을 테니까.

태어나 지금까지 항상 소중한 것들을 눈앞에서 빼앗겼다. 자신의 무력함에 절망하는 경험은 다시 하고 싶지 않았다.

침실 밖으로 나오자 복도에 얀이 길게 엎드려 있었다. 문이 좁아서 침실 안까지 들어가지 못했다.

"잘 지키고 있어."

얀이 대답처럼 꼬리를 크게 두어 번 흔들었다.

돌아서는데 마음이 든든했다. 얀이라면 기사 몇이 지키는 것보다 나을 것이다.

론과 아이작을 태운 마차가 저택을 빠져나왔다. 알시온에 도착한 이후 첫 외출이라고 의미를 부여하기에는 목적지가 유쾌하지 않았다. 마차는 수도의 중심지를 벗어나 달렸다. 무연고 사망자의 시체를 담당해 처리하는 허름한 건물 앞에 마차가 멈추었다.

두 사람이 안으로 들어갔다. 아이작이 담당자를 붙들고 말을 건네자 굽실거리면서 그들을 안으로 안내했다. 남자는 낱장을 엮어 만든 두툼한 책을 가져다주고 자리를 피했다.

아이작이 책을 펼쳐 찾아낸 페이지를 론에게 보였다.

"맞습니까?"

론이 책 안에 그려진 초상화를 확인했다. 특징만 잡은 초상화였지만, 이미 얼굴을 알고 있는 론이 알아보기에는 충분했다. 초상화의 옆에는 성별, 키, 체격 등 간단한 신체적인 특징이 쓰여 있었다.

"틀림없군."

론은 무거운 음성으로 중얼거렸다.

아델의 친인척을 찾다가 실종된 조사관이 알시온에 있을지도 모른다고 문득 생각했다. 조사관이 실종된 장소가 알시온은 아니지만, 실종의 배후에 말콤이 있다면 알시온으로 끌고 갔을 가능성이 있었다.

그래서 아이작에게 사람을 찾아 달라고 부탁했다. 신원을 모르는 중상자, 혹은 사망자를 위주로 살펴보라고 말했다. 가능성은 반반. 크게 기대하지 않았다.

아이작은 며칠 만에 찾아내는 유능함을 보였다. 그러나 결과까지 만족스럽지는 않았다. 살아 있을 확률이 낮다고 예상했지만, 막상 참혹한 결과가 현실이 되자 입 안이 썼다.

"시신은?"

"부패가 시작되면 화장합니다. 등록된 지 여러 날이 지났으니 이미 처리했을 겁니다."

"유골을 수습할 수 있겠나?"

"예. 손을 써 보겠습니다."

돌아오는 마차 안의 분위기는 가라앉았다.

"폐하를 뵈었습니다."

차창 밖을 바라보던 론이 시선을 돌렸다.

"붉은 호수의 숲의 출입 허가를 받았습니다. 그런데 조건이 하나 붙었습니다."

왕이 며칠 후에 있을 연회에 초대했다는 말을 듣고 론은 잠시 아무 말이 없었다.

"왕비의 탄생 축하연이라……."

"내키지 않으면 참석하지 않으셔도 됩니다."

"참석하지 않으면 허락을 받지 못할 것 같다며?"

"찾아보면 방법은 있습니다."

숲은 넓었다. 빈틈없이 지켜 출입을 막는 것은 불가능했다. 몰래 들어가는 방법이나 수단 정도는 얼마든지 마련할 수 있었다.

"나중에 네가 곤란할 거다."

"상관없습니다."

"쉬운 길을 두고 멀리 갈 이유가 없지. 참석하겠다."

아이작은 론의 반응이 생각했던 것보다 훨씬 덤덤해서 놀랐다. 정말 이분은 왕실에 아무 미련이 없구나, 재확인하는 기분이 들어 초조했다. 머리로는 이해하면서도 좀처럼 포기가 되지 않았다.

"내가 도망칠 이유가 있나?"

아이작은 론을 물끄러미 바라보다가 고개를 저었다.

"없습니다."

"재밌군. 하필 왕비의 생일이라니."

그 여자의 얼굴을 다시 보면 어떤 기분이 들지 궁금했다.

"용서……하실 겁니까?"

"내가 소란을 일으킬까 봐 걱정돼?"

"아닙니다! 저는 단지 저하께서 과거는 과거일 뿐이라고 털어
버리신 것 같아서……."

재회한 첫날, 그들은 긴 대화를 나누었다. 아이작은 대화 중에
느꼈던 위화감의 정체가 무엇인지 나중에 곰곰이 생각해 보고
깨달았다.

지나간 날을 이야기하는 론의 표정이나 말투에 어떤 감정의
찌꺼기도 없었다. 생사를 오간 경험을 떠올리는 사람답지 않게
마치 남의 이야기를 하는 것 같았다.

새로 얻은 인생에 충실하기 위해 과거는 묻어 버리려는 걸까.

'하지만 저는 그럴 수 없습니다.'

"아이작. 말했지만, 우리는 이제 나이가 제법 들었어."

"예."

"화가 나도 나지 않은 척, 아무 일도 없었던 척. 그 정도는 할
줄 알게 되었지."

"……."

"분노는 문제를 해결하는 데 아무런 도움이 안 돼. 그걸 깨닫
고 나니 여기가 차가워지더군."

론은 손가락 끝으로 자신의 머리를 가리켰다.

"최고의 복수는 용서라는 헛소리가 있지. 난 복수 후의 허무함을 즐겨 볼 생각이다."

론은 모든 것을 잊고 살아 보려고 했다. 하지만 또다시 상대방이 그를 먼저 건드렸다. 그는 자신의 목숨을 위협한 일은 묻을 수 있어도 형제의 죽음에 조금이라도 관련된 자는 누구도 용서할 생각이 없었다.

"하지만 이번에 알시온에 온 목적은 그게 아니야."

"동행하신 숙녀분 말씀이시군요."

아이작은 론의 표정이 미세하게 풀어지는 것을 알아차렸다. 정원에서 늑대의 등에 기대 잠든 아가씨를 소중히 보듬어 안아 들던 론의 모습이 떠올랐다.

론이 알시온에 온 공식적인 이유는 후견인으로서 보살피는 아가씨의 개인적인 문제 때문이었다. 아이작이 왕궁에 몇 번 왔다 갔다 하는 수고를 무릅쓰고 붉은 숲의 출입권을 받으려는 것도 그 아가씨가 숲에 들어가기를 원해서였다. 모든 일이 그분을 중심으로 돌아갔다.

아름다운 분이었다. 그만한 미모를 지닌 여인은 태어나서 두 번째로 보았다. 첫 번째는 로건 왕자의 친모, 세레니티 왕비였다. 어릴 때의 추억이라 미화되어서 그런지 몰라도 아이작은 세레니티 왕비보다 아름다운 여자는 보지 못했다.

"제 집사가 여쭈어 달라고 청한 일이 있습니다. 침실의 위치가 불편하면 바꾸어 드리겠답니다. 잘 몰라서 침실을 배정하며 실수한 것 같다고 합니다."

"침실? 난 괜찮은데 무슨 말이 들어갔나?"

"나란히 붙어 있는 침실을 쓰시는 게 편하지 않겠습니까?"

"뭐가 달라?"

"침실 사이의 벽에 문이 있습니다. 출입문으로 드나들면 아무래도 보는 눈이 있으니 그 방을 쓰시면……."

"잠깐."

론이 당황하며 말을 잘랐다.

"무슨, 대체 무슨 소리를 하는 거지?"

"두 분이 서로의 침실에 드나드신다고……."

"아니야!"

론의 반응에 오히려 아이작이 당황했다. 알시온에서 정혼한 남녀가 나란히 붙은 침실을 사용하는 일은 종종 있었다. 체면 때문에 각방을 쓰지만, 사실은 한 침실을 쓰는 것과 다름이 없다. 다 알면서 모르는 척해 주는 것이다.

"결례를 저질렀습니다. 정혼하신 줄 알았습니다."

론은 난감한 표정으로 말했다.

"……그럴 예정이기는 한데 아직은……."

긴 한숨을 내쉬며 두 손으로 머리를 붙들었다. '왜 그런 말이 돌지.' 하고 중얼거렸다가 '아, 첫날 때문인가.' 하고 탄식했다.

"저는 아직 그 일을 그랜트 상단주가 주도했다는 사실이 잘 믿기지 않습니다."

곤란해하는 론을 배려해서 아이작은 말을 돌렸다. 윗전의 침실 속 사정은 모른 척하는 것이 올바른 아랫사람의 자세이니까. 아이작의 속마음을 론이 읽을 수 있었다면 '있지도 않은 사정 만들지 마!'라고 소리쳤을 것이다.

"알시온에서는 눈에 띄지 않게 지낸 것 같더군."

"예. 그자는 저택 한 채만 갖고 있을 뿐입니다. 대륙의 거상이라지만, 여기서 그자의 입지는 보잘것없습니다."

사절단을 몰살시킨 사건의 주모자는 왕비와 우드 공작이고 그랜트 상단주는 주구 노릇을 했다고만 생각했다. 하지만 론의 말에 따르면 괴물을 부린 주체가 그랜트 상단주였다.

아이작은 아무리 기억을 더듬어도 사절단이 몰살한 사건 이후 비슷한 유형의 괴사가 벌어졌다는 소리를 들은 적이 없었다.

'그만한 괴물을 감쪽같이 숨기는 것이 가능할까. 그랜트 상단주가 괴물을 완벽하게 통제 가능하다는 뜻이야. 아주…… 위험해.'

괴물이 갑자기 수도에서 날뛰기 시작하면 어떻게 될까. 누구도 제대로 대처하지 못할 것이다.

"그자는 왜 갑자기 끼어들었을까. 대체 무엇을 얻으려고. 그자가 받은 것은 고작 집 한 채뿐이야. 그래서 생각을 좀 다르게 해봤다. 그자에게는 그 저택이 중요했던 거지. 반드시 손에 넣어야 했던 이유가 있었던 거다."

"대가로 저택을 받은 게 아니라 저택을 갖기 위해 일을 저질렀다는 말씀이군요."

아이작은 나직이 중얼거렸다. 생각해 보니 주택의 전 주인이 느닷없는 추문에 휩싸여 죽었다. 제대로 다시 조사해 봐야겠다.

마차가 저택에 도착했다. 론은 저택으로 들어가는 길에 제레미와 마주쳤다.

"오늘도 다녀오는 길이오?"

"예. 성주님."

제레미는 말콤의 저택에 매일 방문했다. 조카를 만날 날짜를 정해서 알려 달라고 해도 말콤이 자꾸 답변을 미루었다.

"오늘은 뭐라고 하오?"

"오늘은 아예 만나 보지도 못했습니다. 병증이 심해져서 사람을 만날 상태가 아니라 하더군요."

그자가 꾀병을 부리는 중이라고 확신하는 론이 짧게 코웃음 쳤다.

"장소는 이곳, 후작가의 저택이오. 다른 곳으로 바꿀 생각은 전혀 없소."

"예. 성주님의 뜻은 분명히 전달했습니다."

그자는 왜 자꾸 자신의 집에서 만나자고 고집하는 걸까. 그 저택에 뭔가가 있다는 의심이 점점 짙어졌다.

"언제까지 기다릴 수는 없소."

아델의 생일까지 한 달 남짓 남았다. 지금 성에서는 성년 파티를 준비하느라 한창 분주할 것이다. 계산해 보니까 알시온으로 출발할 때 오고 가는 시간을 넉넉히 잡아도 그녀의 생일까지는 돌아갈 수 있을 것 같았다. 말콤을 만나는 일을 가장 먼저 해결할 줄 알았더니 뜻밖에 발목이 잡혔다.

'파티 참석 후 숲에 방문하는 일정까지 넉넉히 열흘.'

"내일부터는 찾아갈 필요 없소. 그쪽에 통보하시오. 우리는 길게 잡아 앞으로 열흘만 더 알시온에 머물 것이니 그 안에 날을 정하라고."

"예. 성주님."

제레미가 말콤을 만나지 못하고 돌아갈 즈음에 말콤은 카발과 함께 있었다.

"저택으로 끌어들이는 건 불가능할 것 같습니다. 저쪽의 태도가 강경합니다."

─뭔가 눈치챈 것은 아니냐?

"그렇지는 않을 겁니다. 그러면 아예 만나겠다는 말조차 하지 않겠지요."

카발의 침묵이 길어졌다. 기다리다 못해 말콤은 바닥에 박고 있던 고개를 슬쩍 들었다. 그래 봤자 보이는 것은 어둠뿐이지만.

"계속 붙들어 둘 명분이 없습니다. 하란으로 돌아간다고 하면 제힘으로는 막을 수 없습니다. 다시 새로운 계획을……."

―아니다.

카발의 인내심은 이제 바닥을 보였다. 골방에 숨어 지내는 것
도 지겨웠다. 온전히 힘을 되찾아 천하에 자신의 전능함을 과시
하고 싶다.

―내가 움직이겠다.

말콤이 눈을 부릅떴다.

―이곳을 버릴 준비 해라.

말콤의 몸이 부르르 떨렸다. 카발은 자신이 온전해질 때 알시
온에 마련한 거처를 버린다고 했다. 드디어 끝이 다가오는가. 더
불어 자신이 자유롭게 될 날이 머지않았다.

"계획이 있으신지요?"

―너 대신 내가 그 자리에 나가겠다.

"예? 하지만 기사들이……."

―기사? 고작 인간 몇이 뭘 할 수 있겠나.

카발의 목소리에 자신감이 넘쳤다. 계획은 간단했다. 조카를 만나는 숙부인 척하며 기회를 엿보다가 계집아이를 손아귀에 틀어쥐기만 하면 된다. 마른 솜이 물을 빨아들이듯 계집아이가 지닌 기운을 카발이 흡수할 것이다. 그러면 지금과 비교할 수 없는 엄청난 힘을 갖게 되리라.

말콤의 안색이 어두워졌다. 수도의 한복판에서 소란이 일어나면 여러모로 곤란했다. 막상 자신을 놓아주기 아까운 걸까. 자유롭게 해 준다는 말만 앞세워 뒷일은 생각지 않고 일만 벌일 작정인가.

─그 자리에 있는 누구도 살아남지 못할 것이다.

불안해하는 속이 읽힌 말콤이 움찔했다.
"그럼 당장 내일이라도……."

─아직은 아니다.

아무리 쉬운 계책이라도 허술해서는 안 된다. 힘을 흡수하는 짧은 순간 무방비 상태가 된다. 그때 카발은 자신을 지킬 수단이 필요했다.

카발에게는 훌륭한 방어막이 있었다. 카발은 가진 힘을 상당히 쏟아부어 강력한 어둠의 기사를 만들어 냈다. 완벽하지만, 동시에 가장 불완전한 기사가 완성되었다. 어둠의 기사는 주인을 찾아오는 중이다.

—때가 되면 부르겠다.

"예. 마스터."

말콤은 평소와 다르게 즉시 물러가지 않고 잠시 주저하다가 물었다.

"한데 대체 그 계집아이가 무엇이기에 그토록 찾으셨습니까?"

전부터 계속 궁금했다. 어차피 이제는 끝이 보이는 마당에 호기심을 해결하고 싶었다.

—정령이다.

기분이 좋은 카발은 순순히 대답을 주었다.

"정령? 정령이 무엇입니까?"

푹 덮어쓴 후드 안에서 카발은 조소했다. 이 시대의 인간들은 정령을 모른다. 세상의 근원조차 알지 못하면서 천하의 주인이 된 듯 설치는 인간들이 우스웠다.

—말해도 너는 알지 못한다.

말콤은 더 자세한 설명을 듣지 못하리라는 것을 깨닫고 풀지 못한 호기심만 품은 채 물러갔다.

아늑한 어둠 속에 홀로 앉아 카발은 오늘에 이르기까지의 길고 지루한 과정을 떠올렸다.

카발이 오랜 봉인에서 깨어났을 때는 지닌 힘과 기억을 대부분 잃은 상태였다. 기억을 찾기 위해서는 힘을 찾아야 했다. 바닥에 남아 있는 기운을 끌어모아 어두운 원념이 모여드는 방향을 가리키는 나침반을 만들었다.

나침반이 이끄는 대로 간 곳에 마인들의 마을이 있었다. 그곳에서 말콤을 발견했다. 독과 악으로 똘똘 뭉친 말콤은 쉽게 카발의 유혹에 응했다.

「내게 뭘 줄 수 있소?」

―너에게 힘을 주겠다!

「힘? 그게 무슨 소용이요. 난 곧 죽을 거요. 중독된 내 몸
이나 낫게 해 보시오. 그럼 뭐든 하겠소.」

카발은 말콤의 심장에 낙인을 찍었다. 그리고 중독된 말콤의 몸에서 독을 몰아냈다. 매일 독이 발작하는 고통으로 괴로워하던 말콤은 감격의 눈물을 쏟으며 카발의 충실한 종이 되었다.

말콤을 이용해 어느 정도의 힘을 회복한 카발은 응징에 나섰

다. 어둠은 봉인 속에서 빛과 처절하게 싸운 것을 기억했다. 빛은 어둠을 소멸시키려 했다. 불간섭의 상호 약정을 깨뜨렸다.

계속 이를 갈며 벼르다가 빛을 찾아내서 집어삼키기 위해 빛의 터전을 찾아갔다. 위치는 카발의 기억 속에 있었다. 카발은 르웨나로부터 들었다. 말콤에게 붉은 호수가 있는 숲을 찾아보라고 했더니 금방 알아냈다.

그러나 숲은 비어 있었다. 빛이 다녀간 흔적도 없었다.

봉인이 깨질 때 강력한 폭발이 있었다. 그것은 카발에게 적지 않은 상흔을 남겼다. 카발이 힘과 기억을 잃은 원인이기도 했다. 카발의 몸을 가진 어둠은 견뎌냈지만, 빛은 그러지 못했을 가능성이 컸다.

—봉인이 깨질 때 소멸한 건가?

빛이 아니면 카발을 위협할 힘은 이 세상에 존재하지 않았다. 정적이 사라져 홀가분한 한편으로 아쉬웠다. 빛을 삼켜 양분으로 삼으려는 계획이 어긋났다. 그런데 말콤이 재미있는 소식을 가져왔다. 여신의 환생으로 불린다는 왕비에 관한 이야기였다. 듣자마자 알아차렸다. 그것의 정령이다.

말콤에게 더 자세하게 알아 오라고 했더니 다시 가져온 소식은 실망스러웠다. 왕비는 얼마 전에 실종되어 자취를 찾을 수 없다고 했다.

그때부터 카발은 정령을 찾기 시작했다. 왕비는 인간과 어울려 살다가 염증을 느끼고 다시 정령의 삶으로 되돌아갔다고 추측했다.

—정령은 결코 인간이 될 수 없다. 흉내는 낼 수 있겠지만. 그런데 인간에 동화된 정령은 결국 다시 인간의 삶을 그리워하며 돌아오게 되니 참 얄궂은 일이지.

카발은 정령의 속성을 꿰뚫고 있었다. 정령이 어딘가에서 인간과 살고 있을 것이 분명했다.

말콤은 카발의 명을 받들어 대륙을 샅샅이 뒤지고 다녔다. 정확히 무엇을 찾아야 하는지도 모른 채, 이상한 소문이 났거나 기이한 현상이 나타난 곳을 조사했다.

그사이에 정령이 남긴 인간과의 혼혈을 취하려 시도했으나 실패했다.

—그 일만 성공했어도.

불안정한 기운을 다스리는 데 큰 도움이 되었을 텐데. 카발은 진한 아쉬움을 느꼈다. 하지만 이제 곧 순수한 정령을 얻게 될 것이다. 드디어 길의 끝이 저 앞에 보인다.

7장
왕비 클라라

더스틴은 어머니께 생신 축하 인사를 드리기 위해 왕비궁을 방문했다. 오후가 지나면 연회가 시작되므로 느긋하게 인사를 드릴 시간이 없을 것 같았다.

'좀 더 일찍 올 것을 그랬나.'

파티 준비에 한창 바쁘실지도 모른다고 생각했다. 그런데 클라라는 부재중이었다.

"이 시간에 어디를 가셨느냐?"

"공작 각하를 마중하러 가셨습니다."

"알았다. 두 분이 함께 오시겠군. 기다리겠다. 차는 내올 필요 없으니 너는 네 할 일을 해라."

"예. 저하."

시녀가 물러가고 더스틴은 응접실에 홀로 남았다.

"여전히 부녀지간에 사이가 좋으시군."

대개 딸은 어머니와 친하기 마련이라는데 클라라는 공작 부인보다 공작과 훨씬 가까웠다. 공작 부부는 필요에 따라 결합한 전형적인 귀족 부부로서 서로를 의무감으로만 대했다. 그래서 그런지 공작 부인은 자식들에게도 정을 주지 않았다.

공작 부인과 달리 공작은 영특한 딸을 몹시 귀여워했다. 클라라는 어머니의 정은 모르지만, 아버지의 사랑은 받으며 자랐다. 아버지와 유대감이 남다를 수밖에 없었다.

더스틴은 씁쓸한 표정으로 한숨을 내쉬었다.

'부모의 정······.'

끈끈한 정을 나누는 두 사람을 볼 때마다 부러웠다. 더스틴은 딱히 아버지의 정을 느껴 보지 못했다. 그렇다고 어머니의 사랑도 받지 못했다.

부왕은 원래 자식들에게 다정한 아버지가 아니었다. 누구에게나 공평하게 차가웠다. 아버지의 애정은 처음부터 포기했다. 하지만 무관심보다 차별이 더 가슴 아팠다. 클라라는 자식이 오직 하나뿐인 것처럼 큰아들 해리에게만 애정을 쏟았다. 은근히 차이를 두는 정도가 아니라 굉장히 노골적이었다. 성장기에 더스틴은 많은 상처를 받았다. 고민도 많이 했다. 혹시 자신은 어머니의 친자식이 아닌 걸까. 유모에게 말했더니 펄쩍 뛰었다.

「왕자님께서는 틀림없는 왕비님의 소생이십니다. 왕자님이 태어나실 때 제가 산실에 있었는걸요. 왕자님을 처음 안으시며 왕비님께서 얼마나 기뻐하셨는데요.」

유모는 다정하게 더스틴을 위로했다.

「자식을 미워하는 부모는 없답니다. 왕비님께 진심으로 효를 다하시면 왕비님께서도 언젠가는 반드시 왕자님의 마음을 알아주실 거예요.」

유모의 말대로 더스틴은 노력했다. 여전히 클라라는 그에게 냉담했지만, 노력만큼 보답 받는 날이 온다고 믿었다.

조용한 응접실에 홀로 앉아 있다가 더스틴은 벽 일부분을 덮은 전신 거울 앞에 섰다. 왕비궁은 독특하게도 모든 방마다 크고 작은 거울이 벽에 달렸다.

그중 이곳의 거울만 비밀을 품고 있었다.

'이쯤이었지.'

거울의 주변을 손으로 더듬으며 손바닥으로 거울을 힘주어 밀었다. 철컥, 작은 소리와 함께 거울 전체가 안쪽으로 회전했다. 안쪽에 공간이 드러났다. 한 사람이 넉넉히 서 있을 정도였다.

'어머니는 이걸 알고 계실까?'

어릴 때 형님과 숨바꼭질을 하다가 우연히 발견했다. 이곳에

숨었더니 해리는 끝내 더스틴을 찾지 못하고 항복했다. 완벽히 숨을 수 있는 비밀 장소를 혼자만 알고 싶어서 누구에게도 말하지 않았다.

'그때만 해도 잘 지냈지.'

언제부턴가 형님과의 관계가 변하기 시작했다. 주변에서는 두 사람을 사사건건 비교했다. 모든 면에서 조금씩 더스틴이 더 낫다는 평가를 받았다. 그러자 해리는 더스틴을 경계했다. 시간이 지날수록 거의 적대감에 가까워졌다. 지금은 서로 눈도 마주치지 않는 사이가 되었지만, 사이좋은 형제였던 시절이 있었다. 뒤엉켜 싸웠다가 화해하는 평범한 아이들이었다.

더스틴은 추억을 회상하며 안으로 발을 집어넣었다. 슬쩍 들여다보기만 할 셈이었는데 빙글 돌아가는 거울에 등이 밀렸다. 거울이 반 바퀴 돌아가며 더스틴은 안으로 완전히 들어갔다.

"진찰은 받아 보셨습니까?"

더스틴의 손이 멈칫했다. 문이 열리며 우드 공작과 클라라가 들어왔다.

더스틴은 그들의 모습을 볼 수 있었다. 하지만 그들은 거울 너머에 있는 더스틴을 볼 수 없었다.

"어차피 항상 듣는 똑같은 말을 하며 약이나 지어 줄 테지요. 습관성 편두통입니다. 곧 나아질 거예요."

클라라가 손끝으로 관자놀이를 꾹꾹 눌렀다. 그녀가 손을 내젓자 따라 들어온 시녀들이 모두 나갔다.

"아프다면서 이따가 제대로 파티를 즐길 수 있겠니?"

"얼굴만 보이고 정 힘들면 들어올 생각이에요. 뭐가 대단한 날이라고요."

"대단하지. 왕비의 탄생일이 아니냐."

더스틴은 커진 눈으로 대화를 나누는 부녀를 바라보았다. 신기했다. 외조부가 어머니께 편하게 말을 놓는 모습을 처음 보았다. 외조부는 클라라와 두 왕자를 대할 때 항상 왕족에 대한 예우를 갖추었다.

'두 분이 정말 친밀하시구나.'

다정한 아버지의 표정을 짓고 있는 우드 공작이 마치 다른 사람 같았다.

'어쩐다……'

나갈 기회를 놓쳤다. 인제 와서 나갔다가는 모양새가 아주 우스울 것이다. 어머니께 더 미운털이 박힐까 봐 걱정도 되었다.

"안색이 좋지 않아. 잠깐이라도 한숨 자는 게 어떠냐?"

"괜히 선잠이 들었다가는 두통이 더 심해져서요."

클라라가 일어났다. 더스틴은 다가오는 어머니를 보고 긴장했다. 클라라는 거울 앞에 바짝 다가섰다. 우드 공작의 말이 신경 쓰이는지 이리저리 얼굴을 돌려 비추었다.

더스틴은 숨소리를 죽였다. 두 사람을 가로막은 것은 고작 거울 하나였다. 더스틴이 거울 밖의 소리를 모두 들을 수 있는 만큼 안에서 나는 소리도 밖에서 잘 들릴 것이다.

"해리는 어제 또 시녀를 침실로 들였더구나."

"한창나이잖아요."

"그게 나이 탓이니? 배가 부른 시녀를 벌써 둘이나 내보냈다. 내가 발트 백작을 볼 면목이 없어!"

발트 백작은 해리 왕자의 장인이었다. 우드 공작이 둘 사이에 중신을 섰다.

"네가 무조건 감싸고도니 해리가 그 모양이다. 귀에 거슬리는 소리를 참는 아량이 없어. 자기 관리는 더스틴이 훨씬 낫지."

클라라가 미간을 찡그렸다가 폈다.

"그러니까 아버지께서 해리를 도와주셔야지요. 전 아버지만 믿어요. 폐하의 뒤를 이을 수 있도록 잘 이끌어 주세요."

평소에는 '그러마.' 하고 넘어갔을 우드 공작의 심기가 불편했다. 요즘 자꾸 해리의 단점이 눈에 띄었다. 고집불통은 심해지고 좋은 소리만 들으려 했다.

그에 반해 더스틴은 펠릭스 후와 자주 어울리면서 태도가 진중해지고 표정에 여유가 생겼다. 주변에 모이는 사람의 수준도 달라졌다.

아무래도 왕의 눈에 더스틴이 들 가능성이 보인다. 우드 공작은 어차피 둘 다 자신의 손자이므로 누가 왕이 되어도 상관없었다. 이왕이면 왕이 될 손자를 밀어주고 싶다.

"더스틴도 네 아들이다. 너는 왜 굳이 해리를 고집하는 거냐?"

클라라는 거울을 통해 비치는 아버지를 보며 말했다.

"해리가 폐하의 장남이에요."

"후계자는 폐하께서 결정하신다. 이 나라에 장자 승계의 원칙은 없어."

"장남이 이어받는 게 가장 분란이 없어요."

"그래도 더스틴이……."

"더스틴은 안 돼요!"

클라라가 버럭 소리쳤다.

"더스틴은 안 된다고요. 아버지. 절대 안 돼요."

"애야."

우드 공작이 당혹스러워했다. 지나치게 반발하는 딸을 걱정스레 바라보다가 표정을 굳혔다.

"설마 더스틴이 폐하의……."

우드 공작의 안색이 창백해졌다.

"폐하의 아들 맞아요."

우드 공작이 십년감수한 표정으로 길게 한숨을 내쉬었다.

"전부터 이상했어. 왜 그렇게 더스틴을 마땅치 않아 하는 것이냐?"

클라라는 입술을 깨물며 초조해하다가 답했다.

"그 애는 태어나지 말았어야 했어요."

덧붙여 나지막하게 중얼거렸다.

"볼 때마다 끔찍하다고요."

그 말을 우드 공작은 듣지 못했지만, 거울 뒤편에 있는 더스틴의 귀에는 똑똑히 들렸다.

"대체 이유가 뭐냐?"

클라라는 미간을 누르며 우드 공작의 시선을 피했다.

"아무래도 아버지 말씀대로 잠깐 자는 편이 낫겠네요."

"……그래."

추궁해 봤자 딸의 입에서 솔직한 대답은 나오지 않을 것 같다. 아프다는 사람을 몰아붙이고 싶지 않아서 우드 공작은 일단 물러섰다. 언젠가 속을 터놓고 대화를 나눌 자리를 마련해야겠다.

클라라의 뒤를 따라 곧 우드 공작도 나갔다. 잠시 후 시녀가 들어와서 아무도 없는 응접실을 한 번 둘러보고 고개를 갸웃하더니 다시 나갔다.

거울을 밀며 더스틴이 비밀 공간에서 나왔다. 그의 눈에 새파란 분노가 가득했다.

'유모. 유모 말은 틀렸어.'

자식을 미워하는 부모는 없다고?

'끔찍하다.'라고 중얼거리던 어머니의 표정을 영원히 잊을 수 없을 것이다. 그건 어머니가 아들을 생각하며 떠올리는 감정이 아니었다. 역겨운 괴물이 눈앞에 있는 것처럼 클라라의 눈빛과 표정에 혐오가 가득했다.

더스틴은 이제 이해가 되었다. 어머니는 형님을 더 사랑한 것이 아니었다. 자신을 끔찍하게 싫어했을 뿐이다.

허탈한 웃음이 나왔다. 그런 줄도 모르고 애정을 갈구하며 어머니의 마음에 들기 위해 노력했다니. 얼마나 쓸데없는 짓을 한 것인가.

"아니지. 감사해야 하는 건가."

그는 킬킬 웃었다. 적어도 클라라는 혐오감을 더스틴에게 대놓고 드러내지는 않았으니까. 어쨌든 나름대로 노력은 해 주었다. 아들이 상처받을까 봐 염려되어서가 아니라 주변의 시선 때문이었겠지만.

'먼저 버린 쪽은 어머니입니다.'

꽉 쥔 주먹이 부르르 떨렸다. 그는 이를 악물었다.

'저도 버리겠습니다.'

문을 거칠게 밀치며 응접실을 나갔다. 시녀가 혼란스러운 표정으로 더스틴과 응접실을 번갈아 보았다. 딱딱하게 굳은 왕자의 표정이 무서웠다. 괜한 불똥이 튈까 봐 시녀는 얼른 고개를 숙였다. 잠시 후 고개를 들었더니 이미 왕자의 모습은 보이지 않았다.

클라라는 침대에 누워 눈을 감았다. 정수리에서 쿵쿵 뛰는 두통이 더 심해지는 것 같다. 그녀는 크게 숨을 몰아쉬며 돌아누웠다.

'한심한 놈.'

그녀는 큰아들을 떠올리며 분노했다. 어지간해서는 우드 공작이 그런 말을 하지는 않았을 것이다. 더스틴에게 마음이 기운 아버지를 생각하니 가슴이 답답했다. 펠릭스 후가 더스틴의 손을 잡은 것만으로도 신경이 가닥가닥 일어나는데 아버지까지!

'더스틴은 안 돼.'

클라라가 해리를 잉태했을 당시 왕비의 자리에는 세레니티가 있었다. 클라라는 아무것도 아니었다. 왕비는커녕 왕의 정부조차도 되지 못했다. 그저 어쩌다 왕과 밤을 함께 보낸 후 아이를 갖게 된 여자에 불과했다. 그나마 명색이 공작의 딸이라 궁비가 될 수 있었다.

그즈음 국왕 부부의 사이에 문제가 있다는 소문이 파다했다. 이 세상에 여자라고는 왕비뿐인 것처럼 굴던 왕이 왕비를 찾는 횟수가 줄었다. 그건 왕의 총애를 노리는 여자들에게는 기회가 되었다. 그런 여자 중 하나가 클라라였다.

클라라가 해리를 출산할 당시에도 여전히 왕비는 세레니티였다. 왕은 아들이 태어났다는 소식을 듣고도 찾아오지 않았다. 왕이 그녀의 마음을 조금이라도 보듬어 주었다면 그녀의 마음속에 그처럼 지독한 독이 자라지는 않았을 것이다. 왕에 대한 원망이 세레니티를 향한 증오로 변했다.

세레니티가 실종된 후 왕은 몇 개월 동안 국정을 내팽개치고 붉은 호수의 숲을 헤집고 다녔다. 그녀에게는 눈길도 주지 않으면서 다른 여자에게 미쳐 있는 왕이 야속해 밤마다 눈물로 베갯잇을 적셨다.

어느 날 그녀 앞으로 묘한 물건이 왔다. 주머니 안에 작은 유리병이 들어 있었다. 안에는 보라색의 액체가 담겼다. 함께 들어 있는 쪽지에 이상한 말이 쓰여 있었다.

　—사랑의 묘약. 한 번에 한 방울. 한 번 사용 후 반드시
　열흘의 간격을 둘 것.

　보낸 사람은 누군지 알 수 없었다. 어이가 없고 누가 자신을
조롱하나 싶어서 화가 났다. 사랑의 묘약이라니. 그런 것이 세상
에 있을 리가 없었다.
　처음에는 당장 내다 버리려고 했다. 하지만 끝내 버리지 못하
고 안 쓰는 보석함에 넣어 두었다.
　한동안 밖으로 나돌던 왕이 환궁한 날이었다. 왕은 숲에서 세
레니티의 흔적을 찾지 못해 무척 절망한 상태였다. 잔뜩 취해서
클라라의 침소에 들어왔다. 알고 찾아왔다기보다는 클라라에게
포섭된 시종들이 왕의 발걸음을 유도했다.
　클라라는 취해서 인사불성이 된 왕을 침대에 눕혀 두고 잠을
이루지 못하며 자신의 처지를 한탄했다. 그날 밤이 아직도 눈에
선하다.
　'왜 갑자기 그때 그것이 생각났을까.'
　보석함에 던져두고 까맣게 잊고 있었으면서.
　아마 그날이 돌이킬 수 있는 마지막 기회였을 것이다.
　'그러지 말았어야 했어.'
　약의 힘을 빌린 왕의 애정을 얻어 무얼 하겠다고.

가만히 있었어도 클라라는 왕비가 되었을 것이다. 그녀의 아버지는 권세 높은 공작이었고 그녀는 이미 왕의 아들을 낳았으니까. 그것으로 만족했으면 좋았을 텐데.

변하면 그만인 허망한 마음이 당시에는 갖고 싶어 견딜 수가 없었다. 거짓으로 시작해도 진심으로 만들 자신이 있었다. 그때는 젊었다. 실패를 두려워하지 않았다.

새벽에 갈증을 호소하는 왕에게 묘약을 섞은 물을 주었다. 그리고 클라라는 처음으로 왕과 뜨거운 밤을 보냈다. 정체를 알 수 없는 묘약의 효과는 탁월했다.

하룻밤으로 클라라는 또 아이를 가졌다.

배 속의 아이가 무럭무럭 자라는 동안 왕은 세레니티를 찾기를 포기했고 비어 있는 왕비의 자리는 클라라의 것이 되었다. 둘째 아들이 태어난 날 그녀는 모든 것을 가졌다고 생각했다.

그러나 왕은 여전히 그녀에게 마음을 주지 않았다. 왕의 지고지순함은 오직 세레니티만을 위한 순정이었다. 왕은 클라라의 체면을 아랑곳하지 않고 여기저기 여자를 만들었다.

클라라는 묘약의 힘을 빌리지 않고서는 왕의 하룻밤조차 가질 수 없었다. 고작 한 달에 두 번 정도라 해도 왕이 꼬박꼬박 왕비의 침실을 찾는 것은 그녀의 입지를 단단하게 해 주었다.

묘약에 대한 그녀의 의존도는 점점 심해졌다. 이윽고 액체가 바닥을 보이기 시작했을 때 그녀는 공포에 휩싸였다. 자신이 쌓은 모든 게 무너질 것 같았다.

그런데 다시 물건이 왔다. 전과 같은 크기의 작은 유리병 안에 보라색 액체가 가득했다. 동봉된 쪽지의 내용도 전과 같았다.

「이걸 누가 보낸 것이냐?」
「모르겠습니다.」
「모르다니. 출처도 모르는 물건을 내게 가져왔다는 말이냐?」

왕비궁이 발칵 뒤집히도록 시녀들을 닦달했으나 물건이 어디서 어떻게 들어왔는지 누구도 알지 못했다.

그녀는 묘약을 계속 사용했다. 두 번째로 받은 묘약이 다 떨어질 즈음에 다시 묘약이 도착했다. 세 번째로 받았을 때는 오히려 안심했다. 의문을 품지 않고 사용했다. 그리고 네 번째부터 변화가 생겼다. 물건이 들어오는 방식이 달라졌다. 알현을 청한 낯선 남자가 내민 선물 상자 속에 묘약이 들어 있었다.

「그대는 누군가?」
「말콤 그랜트입니다. 상단을 운영하고 있습니다.」
「이 물건을 왜 그대가 가져왔지?」
「저는 그게 무엇인지 모릅니다. 제 주인의 심부름을 왔을 뿐입니다.」
「내게 바라는 것이 무엇이냐?」

「제 주인님께서 왕비님을 뵙기를 청하십니다. 한데 제 주인님의 사정이 여의치 않아 직접 움직일 수가 없습니다.」

「무도한 요구를 하는구나. 네 주인을 만나러 나보고 움직이라는 것이냐? 내가 거부한다면?」

「어쩔 수 없지요. 하지만 주인님께서 보내드린 선물은 오늘이 마지막이 될 것입니다.」

감히 자신을 협박하는 건방진 상인 나부랭이를 끌어내 매질하라고 명령하지 못했다. 아쉬운 쪽이 굽혀야 했다.

클라라는 이제 묘약이 없으면 안 되었다. 쑥쑥 자라는 아들이 눈에 밟혔다. 그녀가 왕과 잘 지낼수록 아들의 위치도 단단해질 것이다.

그녀가 낳은 아들 외에 왕에게는 아들이 또 있었다. 세레니티가 낳은 로건 왕자는 왕의 적장자였다. 다행히 왕은 로건에게 관심이 없는 눈치였지만, 애달프게 잊지 못하는 여자의 아들에게 어느 날 갑자기 부성애가 폭발할지 모른다. 손 놓고 있을 수는 없었다.

마침내 '그것'과 마주한 날.

옛 기억을 떠올리며 클라라는 오한이 드는 것처럼 몸을 떨었다.

그녀는 본능적으로 깨달았다. '그것'은 악마였다. 절대 가까이해서는 안 될, 무시무시한 괴물이었다.

다시 궁에 돌아와 더스틴을 보자마자 소름이 끼쳤다. 어제까지 사랑스러웠던 아들이 끔찍했다.

악마가 준 묘약을 취하고 잉태한 아이다. 악의 씨앗이다. 그녀의 배를 빌려 태어난 악마의 아이였다.

억측인지도 모른다고 생각하면서도 거부감을 떨칠 수 없었다. 그녀의 의지로 다스릴 수 없는 혐오감이 들었다.

그녀의 공포는 강박증이 되었다. 독한 피임약을 복용하기 시작했다. 장기 복용하면 불임의 위험이 있다는 경고도 아랑곳하지 않았다.

피임약의 부작용일까. 그녀는 자주 두통에 시달렸다. 머리가 지끈거릴 때마다 원망할 대상을 찾았다. 주로 그 대상은 더스틴이 되었다. 자신에게 일어나는 모든 불행은 더스틴이 원인인 것 같았다.

'더스틴은 안 돼.'

그녀는 더스틴을 부정함으로써 자신의 죄책감을 덮으려 했다. 속은 곯고 겉만 멀쩡한 과일처럼 그녀의 마음은 오래전부터 병들었다.

*   *   *

마차가 멈추어 서자 아델은 크게 심호흡을 했다.

"사람들이 많이 왔겠죠?"

"그렇겠지. 어두워지면 더 늘어날 테고."

왕궁에서 열리는 파티에 초대를 받았다는 말을 듣고 그녀는 며칠 내내 설레었다. 진짜 왕족과 귀족들을 볼 수 있는 파티라니. 하란에서 열리는 파티와 왠지 느낌이 달랐다.

"실수하면 어떡해요. 누가 말을 걸면 그대로 굳어 버릴 것 같아."

상기된 표정의 그녀가 귀여워서 론은 가볍게 웃었다. 마차가 왕궁에 들어설 때부터 그의 기분은 복잡했다. 화려한 파티를 기대하며 들뜬 그녀의 기분에 감화된 걸까. 괜한 의미를 부여할 필요가 뭐가 있나 싶었다. 손님으로 참석한 것뿐이라고 생각하자 마음이 편해졌다.

"괜찮아. 사람들은 미인에게 관대하니까. 실수해도 모른 척 넘어갈 거야."

아델이 눈을 동그랗게 뜨고 그를 보며 눈을 깜빡거렸다.

"론은 내가 미인이라고 생각해요?"

"그럼. 미인이지."

"그런 말 한 적 없잖아요."

"굳이 말해야 돼?"

"그럼요. 칭찬은 자꾸 들어도 좋다고요."

"외모를 칭찬해 주는 게 좋아?"

"론이 말해 주는 게 좋다는 거예요. 그러니까 자주 말해 줘요. 나도 해 줄게요. 론은 미남이에요. 잘생겼어요."

론은 웃음을 터뜨리며 그녀의 손을 잡아끌었다. 그와 마주 앉아 있던 아델이 순순히 이끌려 일어나 그의 무릎 위에 앉았다.

그녀의 시선이 그보다 조금 높아졌다.

"그러게. 듣기 나쁘지 않네."

"다른 사람이 미남이라고 말해 준 적 없어요?"

"글쎄. 들었던 것 같기도 하고."

"아, 또. 론은 가끔 잘난 척해요."

"내가?"

"의식해서 뽐내는 게 아니라 이미 가진 자의 여유 같은 거예요."

"내가 뭘 가졌는데?"

"정말 몰라서 묻는 건 아니죠? 남이 들으면 화낼 거예요. 성주님이고 부자고 잘생겼고."

아델은 손끝으로 그의 볼을 쓸며 말했다.

"미녀도 가졌잖아요."

두 사람의 눈이 마주쳤다. 아델의 얼굴이 순식간에 빨갛게 물들었다. 목까지 붉어져서 그녀는 괜한 헛기침을 했다.

"……방금 그건 못 들은 거로 해요. 그렇게 어이없다는 듯이 보지 말고요."

어이가 없었던 게 아니다. 그는 잠깐 놀랐을 뿐이었다. 아델이 생각해 낼 법한 말이 아니었다.

"방금 누구 흉내를 낸 거지?"

아델은 낭패감이 어린 표정으로 한숨을 폭 내쉬었다.

"책에서 봤어요. ……웃지 마요."

그는 원래 웃을 생각이 없었지만, 그녀의 말을 듣자마자 웃음이 터졌다. 한바탕 웃고 났더니 아델의 표정이 뚱했다.

"책에서 읽을 때는 굉장히 매력적인 대사였단 말이에요. 근데 직접 말하니까 느낌이 다르네요. 이렇게 비웃음 살 줄 알았으면 안 했어요."

"비웃은 거 아니야."

어쩌면 유치하고 별것 아닌 대화로 웃을 수 있다는 게 즐거웠다. 이런 소소한 즐거움이 아마 행복이겠지.

아델은 그의 변명을 믿지 않았다. 표정이 여전히 뾰로통했다.

"그리고 네 말은 틀렸어. 아직 미녀를 갖지 못했거든. 곁에 두고 구경만 하고 있지."

그는 반은 진심 반은 농담으로 속을 내비쳤다. 요즘 그는 탐스럽게 익은 과일을 바라보는 갈증에 시달리는 자의 심정을 이해했다. 손을 뻗으면 닿을 것 같은데 참으려니 속이 탄다.

그녀는 '으음' 중얼거리며 고민했다.

"좋아요. 허락할게요. 날 가져도 돼요."

론은 흠칫했다. 엄청난 말을 던져 놓고 아델은 생글생글 웃었다.

"대신에 당신도 내가 가질 거예요. 내게 줘요."

그녀는 원래 예뻤다. 누구나 인정하는 미인이었다. 그런데 객관적인 시선으로 감탄하는 것과 그의 눈에 아름답게 보이는 것은 별개였다.

그는 요즘 가끔 그녀를 보며 넋을 놓았다. 시간이 지날수록 그녀는 점점 더 아름다워졌다. 남들이 보기에도 그런지 자신의 눈에만 그런지 모르겠다. 그녀가 웃을 때마다 가슴속이 뜨거워지다 못해 저릿했다.

"줄게."

그는 그녀의 허리를 바짝 끌어안았다.

"전부 줄게. 다 가져."

너에게 준다면 무엇이 아까울까. 내 것. 내 것이 될 여자. 그녀가 사랑스러워서 참을 수 없었다.

그의 손이 그녀의 등을 받쳐 눌렀다. 그의 얼굴이 그녀의 얼굴로 가까이 다가갔다.

"안 돼요!"

그의 고개가 옆으로 살짝 기울어진 채 두 사람의 입술이 아슬아슬하게 닿기 직전에 그가 멈추었다. 아델은 두 손으로 그의 가슴을 밀어냈다.

"화장했단 말이에요. 망가져요."

"다시 해."

그는 망설임 없이 그녀의 붉은 입술을 삼켰다. 말캉하고 도톰한 입술을 빨아들이면서 작은 입 안을 거침없이 훑었다. 열기를 품은 안쪽이 보들보들했다. 그는 더 깊숙이 입 안을 탐하며 그녀의 혀를 휘감았다.

"읏."

그녀의 작은 콧소리가 팽팽하게 당겨져 있는 이성의 끈을 툭

끊어 버렸다. 그의 정신이 날아갔다. 지금 맛보는 단맛이 너무 진해서 놓을 수가 없었다. 현기증이 나는 것처럼 머릿속이 핑핑 돌았다.

"잠끼……."

아델은 한마디도 제대로 할 수 없었다. 흘러나오는 소리가 곧바로 그의 입 안에 삼켜졌다.

'뜨거워…….'

혀가 맞닿는 곳이 데일 것 같다. 속수무책으로 끌려갔다. 평소에 종종 나누었던 인사 같은 키스와 다르게 짙은 욕망이 담긴 키스는 훨씬 노골적이었다. 맹수에게 목덜미가 물린 초식동물이 된 것 같았다. 어딘지 모를 몸의 깊은 안쪽이 간질간질한 게 몹시 생소해서 무서웠다.

종아리가 그의 손에 잡혔다. 아델은 화들짝 놀라며 주먹으로 그의 가슴을 두드렸다.

그녀의 거센 반항이 제동을 걸었다. 그의 입술이 떨어졌다. 그녀는 숨을 할딱이며 그를 올려다보았다. 어느새 그녀는 마차 안의 긴 좌석에 누워 있었다.

그의 보라색 눈동자가 평소보다 훨씬 짙어 보였다. 그는 천천히 눈을 감았다가 떴다. 제 아래 누워 있는 그녀를 보다가 상체를 일으키며 고개를 뒤로 돌렸다. 자신이 지금 뭘 하고 있었는지 확인했다. 오른손이 그녀의 종아리 안쪽을 잡고 있고 드레스의 치맛자락이 무릎 위까지 올라가 있었다.

그의 눈동자가 흔들렸다. 식은땀이 났다. 이대로 더 갔다면 자신이 과연 자제력을 발휘해서 중간에 멈출 수 있었을지, 확신이 가지 않았다.

그는 다리를 놓고 치맛자락을 내려주었다. 그녀의 손을 잡아 일어나 앉도록 도왔다. 아델은 잔뜩 뿔이 나서 그를 쏘아보았다. 자신의 몰골을 거울로 보지 않아도 뻔했다.

"난 몰라. 화장도 망가지고 머리도 엉망일 거예요."

"미안해."

그는 어쩔 줄 몰라 하며 시선을 피했다. 자신의 이성이 얼마나 얄팍한지 알게 되었다. 정말 한순간에 훅 정신이 나갔다.

"드레스는 구겨지지 않았나 몰라. 당장 연회장으로 들어가야 하는데 대체 어쩌란 말이에요?"

"하녀 불러 줄까?"

아델의 눈초리가 샐쭉하게 올라갔다. 론은 겸연쩍어하며 일어났다.

"잠깐만요."

아델은 마차에서 나가려고 등을 돌린 그를 불렀다. 눈이 마주친 그에게 이리 오라고 손짓했다.

"나만큼 엉망은 아니지만, 이대로 나가면 어떡해요."

아델은 그의 매무새를 정리했다. 어긋난 옷깃을 맞추고 그의 어깨와 가슴께를 가볍게 탁탁 두드려 털었다. 손가방에서 꺼낸 손수건으로 그의 입술에 묻은 화장품을 닦을 때는 그녀의 얼굴이 붉어졌다.

'중증이군.'

키스하고 싶다. 그녀의 입술에서 눈을 떼지 못하며 그는 생각했다.

"다시는 이러지 마요."

"그건 약속 못 하겠는데."

아델은 기가 막혀 헛웃음을 터뜨렸다. 씨익 웃는 그를 보니 더는 화가 나지 않았다.

그가 나가고 잠시 후에 멜이 마차 안으로 들어왔다. 멜은 아델 보자마자 멈칫하더니 천천히 위에서 아래로 아델을 본 후 딱 한 마디만 말했다.

"세상에."

이번에는 아델이 멜의 시선을 피해 슬그머니 고개를 돌렸다.

원래 도착한 시간보다 한 시간은 지나서 연회장으로 들어갈 수 있었다. 멜이 솜씨가 있어서 다행이었다. 부랴부랴 화장을 다시 하고 머리를 매만졌다. 그러나 미용사가 꾸며 준 원래의 완벽한 모습으로는 되돌아갈 수 없었다.

"머리와 화장이 완전히 평범해졌어요."

그녀는 속상한 마음에 투덜거렸다.

"아주 예뻐."

"원인 제공자로서 찔리니까 그러는 거죠?"

"아니야. 네가 얼굴에 숯을 문질러도 여기 있는 누구보다 예뻐."

"흥."

기분 맞춰 주려고 하는 말인 줄 모를까 봐. 그녀는 입술을 삐죽이다가 슬쩍 웃었다. 그래도 기분은 좋았다.

그와 토닥거리는 사이에 긴장이 다 풀렸다. 그녀는 자연스러운 미소로 주변을 슬쩍 둘러보며 걸었다.

두 사람은 입장하는 순간부터 단번에 사람들의 시선을 모았다. 군중들 속에 섞여 있어도 눈에 띌 미남미녀 커플이었다. 단지 외모가 출중해서가 아니었다. 론과 아델은 스스로 의식하지 못하지만, 다른 사람이 보기에 그들은 이질적인 분위기를 갖고 있었다.

인간이 아닌 존재이기에 비롯된 기운이 두 사람의 몸에서 흘러나왔다. 인간들은 자신들과 다른 종에서 풍기는 독특한 느낌을 부지불식간에 포착했다. 저절로 시선이 가고 자꾸 쳐다보게 되었다.

"늦으셔서 걱정했습니다."

아이작이 두 사람에게 다가왔다. 곁에 있는 갈색 머리의 귀부인이 살짝 무릎을 굽혀 인사했다. 아이작은 사촌 누님을 파트너로 동반했다.

아이작의 사촌인 백작 부인 미란다는 젊어서 남편을 잃었다. 아들이 태어난 지 고작 1년 만이었다. 그녀는 재혼하지 않고 어린 아들을 지키며 백작가를 보살폈다. 재산을 빼돌리지 않을까 경계하던 백작가의 가신들과 친척들도 이제는 그녀를 인정했고 그녀는 사교계에서 안정적인 지위를 확보했다.

아이작이 미란다에게 파트너를 청한 주된 이유는 아델을 부탁하기 위해서였다. 론이 내내 아델의 곁을 지키고 있을 수는 없었다. 여성들만 출입이 가능한 휴게실에 쫓아 들어갈 수는 없으니까.

아는 사람이 전혀 없는 낯선 사교 파티장에서 외톨이가 되거나 무례한 일을 겪지 않도록 미란다는 오늘 아델의 친구가 되기로 했다. 아델은 미란다와 눈인사를 나누었다. 미란다는 미리 후작가에 방문해서 정식으로 인사하고 안면을 익혔다. 아델의 드레스를 구하는 일도 도와주었다.

"폐하께서 입장하셨소?"

"아직입니다."

"말했지만, 길게 머물 생각은 없소. 폐하를 뵈면 돌아갈 거요."

왕실에서 주최하는 파티에 참석해서 즐거웠던 기억이 없었다. 불편한 마음으로 적당히 퇴장할 시기만 기다렸다. 그래서 오늘도 즐길 마음이 들지 않았다.

"예. 한데 아무래도 폐하께서 늦게 나오실 것 같습니다. 어쩌면 참석하지 않으실지도 모릅니다."

론이 미간을 찌푸렸다. 불러 놓고 정작 본인은 오지 않겠다니. 아들로서는 감수할 일이다. 하지만 그는 오늘 귀빈의 자격으로 참석했다. 상당한 결례였다.

아이작은 그들의 대화를 들을 만한 거리에 다른 사람이 없다는 것을 확인했다. 그리고 목소리도 낮추었다.

"시종장에게 알아보니 오늘 특히 건강이 좋지 않으시다고 합니다."

왕의 건강에 문제가 있다더라는 말은 이미 아이작에게 들었다. 그런데 파티에도 참석하지 못할 정도로 심한 건가.

부친에게 남은 감정이 없다고 생각했지만, 아예 남처럼 잘라 낼 수는 없나 보다. 마음이 좋지 않았다.

미란다가 흘끔 아이작을 곁눈질했다. 그녀의 표정에 의구심과 혼란이 나타났다. 왕의 건강은 함부로 떠들어서는 안 될 이야기다. 국가 기밀이나 마찬가지인데 알시온과 아무 관련이 없는 외국인에게 함부로 말하다니.

'⋯⋯이유가 있겠지.'

사촌 아이작은 현명한 사람이니까. 아들에게 항상 보고 배우라고 입버릇처럼 말했다. 그녀는 진심으로 제 아들이 아이작의 반만 따라가도 바랄 게 없었다.

주변의 파티 참석자들이 대화를 나누는 네 명을 계속 흘끔거렸다. 자기들끼리 말을 나누다가도 자꾸 시선을 보냈다.

"누구실까요? 처음 뵙는 분인데."

"펠릭스 후와 친분이 두터우신 것 같아요."

펠릭스 후작이 상대하는 사람이니 절대 평범한 신분일 리가 없다고 모두 생각했다.

"외국에서 오신 분일지도 모르겠습니다."

"오! 일리가 있는 말씀이군요."

젊은 사람들이 순수한 호기심을 드러냈다면 나이가 지긋한 사람 중 일부는 긴가민가한 표정으로 고개를 갸웃했다. 곤혹스럽게 '허어…….' 하고 탄식하는 자도 있었다.

아이작은 오늘 참석하는 두 분의 신분에 관해 어떤 정보도 흘리지 않았다. 론이 그러기를 바랐기 때문이다. 공식적인 방문도 아니고 오래 있을 생각도 없으니 굳이 화제의 대상이 되고 싶지 않다고 했다.

그렇다고 아예 비밀로 꼭꼭 숨기라는 뜻은 아니었다. 그런데 아이작은 의도적으로 말을 아꼈다. 얼마간의 심술이 있었다.

오늘 론이 파티에 참석하면 일부 사람들에게 충격을 줄 것이다. '일부'는 로건 밀라우스를 기억하는 사람들을 뜻한다.

닮았다. 아이작은 론을 보자마자 느꼈다. 베르너 밀라우스의 모습이 안에 있었다. 아들이 아버지를 닮는 것은 당연했다.

크게 특징을 잡으면 베르너의 외모는 선이 굵은 편에 들었다. 부친의 강한 외모적 특징에 왕국 최고의 미인이었던 어머니의 핏줄을 이어받은 론의 외모는 훨씬 부드러운 인상을 주었다. 뜯어보면 다른 것 같아도 한눈에 보면 느낌이 어딘가 비슷했다. 독특한 머리카락 색깔 때문에 더 닮아 보였다.

'폐하께서 과연 어떤 표정을 지으실까.'

왕이 오늘 꼭 연회장으로 나왔으면 좋겠다. 아들을 마주했을 때 반응이 몹시 기대되었다.

"얼마나 더 계셔야 할지 알 수 없으니 적당히 시간을 보내셔야 할 텐데요."

"알아서 하겠소. 경이 여기 계속 붙잡혀 있을 필요는 없소. 펠릭스 후와 이야기하고 싶어 하는 사람들이 많아 보이오."

"오늘은 저보다는 성주님을 궁금해하는 사람들이 더 많을 겁니다. 대화를 나눌 만한 사람을 소개해 드릴까요?"

론이 시선을 들어 주변을 크게 한 번 돌아보았다. 아주 짧게 시선이 부딪친 사람들의 반응은 다양했다. 더 노골적으로 눈을 빛내는 사람이 있는가 하면 슬그머니 고개를 돌리는 자도 있었다.

'생각보다 변하지 않았군.'

모르는 얼굴과 아는 얼굴이 반반이었다. 10년도 더 전에 봤던 자들이 아직도 활발하게 사교 활동을 하고 있다.

좋게 보면 왕의 국정 운영이 안정적이라는 뜻이고 나쁘게 보면 고인 물처럼 정체되어 있다는 뜻일 것이다.

어차피 이곳에서 살 것도 아닌데 쓸데없는 인맥을 만들어서 무얼 하겠나. 알시온의 귀족들을 사귀는 일에는 관심 없었다.

"어쩔래?"

론은 아델을 보며 물었다.

"응? 나요?"

"기대 많이 했잖아. 네가 하고 싶은 대로 해."

"뭘 하면서 파티를 즐기는지 모르겠어요."

아델은 성에서 열린 파티에 딱 한 번 참석해 보았다. 그때는 많이 긴장했고 여유가 없었다. 사람들과 인사하느라 바쁘기만 했다.

"먹고 마시고 웃고 떠들고. 파티에서 하는 일은 다 그런 거지."

"음....... 그러면 먹는 것부터."

아델은 홀의 한편에 먹음직스러운 요리부터 간단한 간식까지 잔뜩 차려 둔 테이블을 쳐다보았다.

"특이한 모양의 과자가 많아요. 무슨 맛인지 궁금해요."

"배가 고프면 제대로 식사를 해."

"그 정도는 아니에요. 그리고 과자만 조금 먹을 수 있을 것 같아서요."

아델은 그에게만 들리도록 소리를 죽여 말했다.

"알시온의 드레스 스타일은 허리를 너무 조여요. 코르셋이 얼마나 단단한지 갑옷을 입은 것 같아요."

"저런. 어쩐지."

"어쩐지, 뭐요?"

"감촉이 딱딱하더라."

마차 안에서의 일을 얘기하는 걸 알고 아델은 그를 흘겨보았다.

미란다는 두 사람을 흥미롭게 바라보았다. 저택에 들렀을 때 론과는 잠깐 인사만 나누었고 주로 아델과 시간을 보냈다. 두 사람이 대화하는 모습은 오늘 처음 보았다.

'참 차가워 보였는데.'

인상만큼 무뚝뚝한 남자일 거라고 생각했다.

'말투도 표정도 자상하시네.'

평소에는 냉랭하다가 남들 앞에서만 사이가 좋은 척하는 커플을 종종 봤다. 그러면 아무리 흉내를 잘 내도 특유의 어색함이 있었다. 그런데 두 사람 사이에 감도는 부드러운 분위기는 자연스러웠다.

'레이디 스톤. 사랑받고 있군요.'

미란다는 작은 한숨을 내쉬었다. 그녀는 남편의 사랑을 제대로 느껴 보기 전에 혼자가 되었다. 여자보다 어머니의 삶을 택한 것은 그녀의 선택이었다. 그래도 가끔은 애정이 충만한 연인을 보면 부러웠다.

"펠릭스 후."

한 청년이 성큼 그들에게 다가왔다. 아무도 접근하지 못하고 미묘하게 눈치만 보는 상황을 과감히 깨뜨린 더스틴에게 아이작이 고개를 숙였다.

"아무리 기다려도 펠릭스 후가 날 보러 올 것 같지 않아서 참지 못하고 왔소."

"송구합니다."

"아, 책망하는 건 아니오. 사전에 내게 양해도 구했고."

더스틴은 정말로 유감은 없다는 표정이었다.

"펠릭스 후가 신경 쓰는 손님이 누군지 궁금했소. 그런데 내가 생각한 것보다 대단한 분 같소. 날 소개해 주지 않겠소?"

론과 더스틴. 두 사람의 눈이 마주쳤다.

어머니는 달라도 엄연히 형제였다. 그런데 그들은 서로 닮지 않았다. 해리와 더스틴은 주로 외탁했다.

"성주님. 이분은 더스틴 왕자님이십니다."

론은 어린 더스틴을 기억했다.

'떼쟁이 꼬마 녀석이 많이 컸군.'

해리와 다르게 더스틴은 가끔 론의 주변에서 기웃거렸다. 얀이 무서워서 가까이 오지 못하고 멀찍이서 바라보는 더스틴을 모른 척했다. 배다른 아우들을 가까이하고 싶지 않았다. 클라라가 싫어할 테니까.

"성주님은 하란에서 오셨습니다. 저하."

덧붙이는 신분까지 듣고 더스틴의 눈이 커졌다.

"영광입니다. 멀리서 오신 귀한 분을 뵙는군요."

더스틴은 전부터 하란이 궁금했다. 왕자의 신분만 아니었어도 유학을 떠났을 것이다. 그는 자신이 왕이 된다면 재위 중에 반드시 하란과 국교를 수립해 업적으로 삼으리라 마음먹었다.

그런데 하란에서 온, 더구나 대가문의 주인이라니. 더스틴은 이야기책의 등장인물을 실제 만난 것처럼 흥분했다.

"저도 왕자님을 뵈어 영광입니다."

"이 나라의 귀족도 아닌데 절 그런 호칭으로 부르실 이유가 없습니다. 이름으로 불러 주십시오."

호의적으로 다가오는 더스틴을 가만히 보다가 론은 미소 지었다.

"저도 이름이면 됩니다. ……밀라우스 경."

더스틴이 지금껏 만나 온 사람은 모두 더스틴의 신분을 알면 한 수 접어주었다. 비굴해서가 아니라 자신보다 높은 사람이 존재한다는 사실을 인정하는 겸손함이었다.

하지만 눈앞의 남자는 달랐다. 건방진 오만함이 아니라 당연히 위에서 군림하는 자의 고고함, 그것이 하란에서 온 남자로부터 느껴졌다.

더스틴은 자신이 알고 있는 사람 중에서 가장 유사한 분위기를 가진, 왕국의 주인을 떠올렸다.

왕이나 다름없다더니 과연, 하고 더스틴은 생각했다.

"곁에 계신 아름다운 숙녀분께 인사드려도 되겠습니까?"

"아델 스톤이에요."

아델은 기분 좋게 인사했다. 그녀는 알시온이 좋아졌다. 처음 만난 귀족이 아이작, 처음 만난 왕족이 더스틴. 모두 괜찮은 사람들이었다.

"두 분은 어떤 관계……."

무례한 질문이라는 것을 알면서도 더스틴은 궁금했다. 아델이 망설이는 사이에 론이 대답했다.

"내 약혼녀입니다."

당황한 내색을 하지 않으려는 아델의 눈동자가 흔들렸다.

마치 소유권이라도 주장하는 것처럼 당당히 아델의 허리를 감싸 안은 론의 팔을 보며 더스틴의 눈에 순간의 아쉬움이 떠올랐다.

멀리서 봤을 때부터 눈을 떼지 못했다. 가까이에서 봤더니 더 환상적이었다. 진정하려고 해도 심장이 뛰었다.

더스틴은 진심으로 눈앞의 미녀보다 아름다운 여인을 본 적이 없었다. 그런데 두 남녀는 트집도 잡을 수 없게 잘 어울려서 그녀의 옆자리에 다른 사람은 상상이 가지 않았다.

"참 이상합니다. 레바스 경은 오늘 처음 뵌 분인데……."

왜 낯설지 않을까.

"즐거운 대화를 나누시는 중에 방해 드려 송구합니다. 제가 감히 곁에서 언어들을 수 있을까요?"

넉살 좋게 웃으며 남자가 끼어들었다. 주변에서 기회를 노리고 있던 남자는 틈이 보이는 순간을 놓치지 않았다.

남자를 시작으로 사람들이 그들의 주변으로 몰려들었다. 오늘 화제의 인물이 된 론과 아델, 근래 부쩍 존재감을 보이는 더스틴, 장차 정계 권력의 핵심이 될 것 같은 아이작, 그들 중 누구라도 좋으니 다들 말 한마디라도 붙여 보기를 원했다.

*　　*　　*

두통이 가라앉을 때까지만 누워 있으려던 클라라는 깊은 잠이 들었다. 꽤 오래 자고 일어났다. 아직 지끈거리지만, 아까보다 나아진 머리를 누르며 시녀를 불렀다.

"왜 깨우지 않았니?"

"송구하옵니다. 공작 각하께서 푹 주무시도록 두라고 말씀을 남기셨습니다."

"……알았다. 폐하께서는 납시었느냐?"

시녀가 클라라의 눈치를 살피며 말했다.

"시종장이 말을 전해 왔습니다. 폐하께서 편찮으시다 하옵니다. 오늘 참석 여부를 확답드릴 수 없다고 합니다."

"그 말을 왜 이제 하느냐!"

그녀는 버럭 소리쳤다. 시녀가 움찔하며 어깨를 움츠렸다.

"얼마나 편찮으시다 하더냐? 의사는?"

"시종장이 자세한 말은 해 주지 않았습니다. 시녀를 보내 알아 올까요?"

클라라는 잠시 아무 말이 없다가 '되었다.'라고 잘라 말했다.

어차피 시녀를 보내 봤자 제대로 된 정보를 가져오지 못할 것이다. 왕이 아프다는 말은 전부터 몇 번 들었지만, 정확히 어디가 어떻게 아픈지, 원인은 뭐고 치료는 하고 있는지, 아무것도 듣지 못했다. 왕은 자신의 건강에 대한 정보를 클라라와 공유하지 않았다.

'껍데기만 쓰고 있구나. 내가 왕비이기는 한 것인가.'

그녀가 가진 것은 허울 좋은 왕비의 관뿐이었다. 남편의 사랑도, 믿음도 얻지 못했다. 포기하면 차라리 마음이 편할 텐데. 좀처럼 훌훌 털어 내지 못하고 있다. 이젠 그녀도 헛갈렸다. 사랑인지, 오기인지.

'설마…… 아니겠지.'

왕의 건강을 생각하면 때때로 그녀는 심장이 오그라들었다. 나 때문은 아닐까. 그 묘약의 부작용은 아닐까.

기사의 피를 이어받는 왕가의 혈통은 건강했다. 베르너는 역대 왕 중에서 손꼽게 키가 크고 체력이 좋았다. 클라라의 두 아들 역시 어려서 잔병치레 없이 자랐다.

나이 탓으로 삼기에 아직 왕은 젊었다. 클라라는 초조하게 질 끈 입술을 깨물었다.

'괜찮아. 한 번도 사용법을 어긴 적이 없어.'

묘약 자체가 문제일 수도 있고, 사용법대로 썼다고 안전하다는 보장도 없다. 그녀는 진실을 외면하고 자신을 합리화했다.

"왕비님. 준비하시겠습니까?"

시녀가 파티 참석에 관해 물었다.

클라라는 모든 게 귀찮았다. 머리는 지끈거리고 어차피 왕도 참석하지 않을 가능성이 컸다. 생일의 주인공은 잔뜩 우울한데 애먼 사람들만 신나게 파티를 즐기고 있다고 생각하면 부아가 치밀었다. 흥겨워하는 사람들을 보면 더 기분이 언짢아질 것 같다.

"잠깐 얼굴만 비치고 들어와야겠다."

명색이 그녀의 생일을 축하하는 자리였다. 주최자로서 최소한 얼굴은 보이는 게 이치에 맞았다.

시녀들이 달려들어 머리를 만지고 화장을 시작했다.

"파티의 분위기는 어떠냐?"

내내 파티장에서 일하던 시녀가 불려 와서 왕비의 질문에 대답했다.

"화려하면서 격이 있는 분위기에 만족하는 눈치입니다."

"하긴. 준비에 신경을 많이 쓰기는 했지. 왕자는?"

"두 분 왕자님께서는 모두 참석하셨습니다."

클라라는 해리의 근황을 물었지만, 시녀는 당연하다는 듯 두 왕자를 모두 거론했다. 클라라의 미간이 살짝 일그러졌다가 펴졌다.

"특별한 일은 없었고?"

"펠릭스 후작이 동반한 손님이 화제가 되고 있습니다."

"손님이라니? 내가 모르는 사람이냐?"

"홀에 있는 참석자 중에 손님의 정체를 정확히 아는 사람이 없는 것 같습니다."

"누군지도 모르는 손님이 왜 화제가 된다는 것이냐?"

"얼핏 듣기로는 외국의 왕족이라고 합니다."

클라라는 우드 공작에게서 들은 말이 없었다. 중요한 사람이라면 아버지가 말해 주었을 것이다.

'새로운 인물이 나타났으니 다들 신기해서 그러는군.'

그녀는 대수롭지 않게 생각했다.

그래도 하필 데려온 사람이 펠릭스 후작이라는 건 마음에 걸렸다. 더스틴과 가깝게 지내는 후작의 행보가 거슬렸다. 왕이 남다른 마음으로 대하는 것도 못마땅하다.

'당분간은 두고 보겠지만, 해리의 앞날에 방해되면 치워야겠지.'

클라라가 준비를 마쳤을 때는 날이 완전히 어두워졌다. 그때까지 여전히 왕은 참석하지 않았고 확실한 답을 보내오지도 않았다.

그녀는 왕에게 들를까 하다가 어차피 환대받지 못할 것 같아서 곧바로 연회장으로 향했다. 아랫사람들 앞에서 면박을 당하는 건 언제나 그녀를 비참하게 했다.

시종이 왕비의 등장을 알렸다. 자유로운 파티의 분위기를 해치지 않는 한도 내에서 사람들은 클라라의 앞에 길을 터주며 물러났다. 왕비가 지나갈 때마다 사람들이 정중히 인사를 올렸다.

당장 달려와서 인사를 해야 할 아들이 보이지 않았다.

"해리 왕자는?"

"조금 전에 들어가셨습니다."

클라라가 짜증스레 쯧, 혀를 찼다. 어머니의 생일 파티인데 어머니를 보지도 않고 혼자만 즐기다가 들어가다니. 남편은커녕 아들의 축하 인사도 듣지 못하게 생겼다.

"저기는 왜 사람이 모여 있느냐?"

"저곳에 더스틴 왕자님과 펠릭스 후작, 후작과 함께 온 손님이 있습니다."

그녀는 코웃음을 쳤다. 이야기는 들었지만, 막상 보니 눈에 거슬렸다. 오늘 파티의 주인공은 그녀이거늘 애먼 자들이 주인 노릇을 하고 있었다.

'대체 누구이기에 이 난리란 말인가.'

얼굴이나 보자. 그녀는 사람들이 모여 있는 방향으로 걸음을 옮겼다. 무리의 가장 바깥쪽에 있는 사람부터 다가오는 왕비를 보며 뒤로 물러났다.

몇 겹으로 덮인 껍데기가 벗겨져 나가듯 사람들이 비켜서자 에워싼 사람들의 중심에 있던 인물들이 드러났다. 그녀가 보는 방향에서 정면으로 서 있던 더스틴과 가장 먼저 눈이 마주쳤다.

더스틴이 굳은 표정으로 고개를 돌렸다. 클라라의 눈썹이 꿈틀했다.

'그러고 보니 오늘 인사를 오지도 않았지.'

관심을 바라는 눈으로 주변을 맴도는 더스틴이 항상 거슬렸다. 그런데 막상 외면을 당하니까 기분이 묘했다. 하지만 그녀는 기이한 상실감을 애써 무시했다.

펠릭스 후작 곁에 등을 돌리고 선 장신의 남자가 타국의 왕족이라는 손님일 것이다. 남자의 푸른 머리카락을 보며 클라라의 눈동자가 흔들렸다. 왕 이외에 저런 머리카락을 가진 사람이 또 있다니.

'그대는 누구인가?' 하고 위엄 있는 태도로 질문하려고 했다. 타국의 왕족이라는 신분이 알시온에서 통용되는 것은 아니니까. 엄연히 오늘 이 자리에서는 그녀의 신분이 가장 높았다.

푸른 머리의 남자가 천천히 몸을 돌렸다. 클라라는 자신도 모르게 방어적으로 뒷걸음질 쳤다.

"그대는……."

목이 꽉 막힌다. 짧은 문장조차 제대로 나오지 않았다. 머릿속이 하얗게 비었다. 디딘 발밑이 무너져 까마득한 아래로 추락하는 것처럼 눈앞이 아득했다.

'아니야.'

세레니티는 죽었다. 세레니티의 아들도 죽었다. 지긋지긋한 그 모자는 이 세상에 존재하지 않았다. 반드시 그래야만 했다.

닮은 사람이다. 주문을 외듯 중얼거리자 꽉 막혀 오던 숨이 트였다.

'웃어.'

그녀는 남들 눈에 비칠 자신의 모습을 상상했다. 일그러진 표정을 보일 수 없다. 그녀는 표정 관리에 능했다. 속에 품은 칼을 해맑은 미소로 덮는 건 자신 있었다. 세레니티는 절대 하지 못했다. 속마음이 고대로 얼굴에 나타나는 세레니티를 보며 속으로 얼마나 비웃었던가.

그 여자가 싫었다. 그 여자는 아무것도 모르는 척 순진한 척 왕을 홀렸다. 처음 만났을 때도, 부른 배를 쓰다듬으며 '왕의 아이다.'라고 의기양양하게 말했을 때도, 젖먹이 해리를 안고 만났을 때도 세레니티는 변함없이 순하게 웃었다.

차라리 자신의 뺨을 치고 모멸감을 주는 독설을 던지기를 바랐다. 세레니티와 함께 있으면 자신이 더러운 오물이 된 기분이 들었다. 그 여자의 위선이 진저리 치게 싫었다.

이를 악물었다. 잠시 진정되었던 심장이 다시 가쁘게 뛰었다. 푸른 머리카락의 사내의 얼굴에 세레니티의 얼굴이 겹쳐 보였다.

아이작이 론의 얼굴에서 왕 베르너의 모습을 보았다면 클라라는 세레니티를 보았다. 며칠에 한 번 얼굴 보기도 어려운 왕보다 격렬한 감정을 불태운 세레니티의 모습이 클라라의 기억 속에 더 깊이 박혀 있었다. 더구나 클라라의 기억 속에 세레니티는 영원히 젊고 아름다웠다.

클라라의 마음이 지독한 혼란으로 갈팡질팡하는 사이에 시간은 흘렀다. 더 지체하면 주변에서 의아해할 것이다. 적당히 한마디 건네고 돌아서는 것이 최선이다.

남자가 누군지 알고 싶은 마음이 싹 사라졌다. 급격한 피로감이 밀려왔다. 머리가 깨질 듯이 아프다. 파티고 뭐고 어서 이 자리를 벗어나 왕비궁으로 돌아가고 싶었다.

"모두…… 파티는 즐기고 있소?"

주체가 확실하지 않은 질문을 던졌다. 사람들이 입을 모아 대답했다.

"예. 왕비님."

"탄생일을 하례드리옵니다."

억지로 미소를 지으려니 턱의 근육이 아팠다. 푸른 머리의 사내와 다시 눈이 마주쳤을 때 클라라는 손끝이 흠칫 경련했다.

'왜 저런 눈으로 나를······.'

차갑게 식은 보라색 눈동자가 마치 관찰하는 것처럼 그녀를 보고 있었다. 남자의 눈이 은회색이 아니라 보라색이라는 사실을 깨닫지 못할 만큼 그녀는 정신이 없었다.

그리고 클라라는 보았다. 어쩌면 그녀만 느꼈을지도 모른다. 사내의 눈빛이 변했다. '오랜만입니다.' 하고 인사를 건네는 것처럼.

'아아······. 아니야. 절대 그럴 리······.'

눈앞이 까맣게 변했다. 그녀는 더 생각을 이어 갈 수 없었다. 그대로 의식을 잃었다.

왕비의 몸이 바닥으로 허물어지자 주변에서 비명이 터졌다. 다급히 시녀들이 달려들어 왕비의 머리가 바닥에 부딪히기 직전에 붙들었다.

분위기가 크게 술렁거렸다. 모두의 이목이 쏠렸다. 왕비의 몸을 부축해 시녀가 둘러업었다. 의사를 부르러 가는지 몇 명이 다급히 종종걸음으로 달려갔다. 왕비를 업은 시녀의 주변을 다른 시녀들이 에워싸 방어벽을 만들었다.

론은 왕비가 퇴장하는 모습을 무심히 응시했다.

'적진에서 도망치는 패잔병 같군.'

어쩌면 이곳이 적진이 맞을지도 모르지. 그는 피식 웃었다. 오늘 일은 사교계에서 흥미로운 이야깃거리로 전락할 테니까. 이

자리에 모인 사람 중에 진심으로 왕비의 건강을 걱정할 이가 몇이나 될까. 심지어는 있지도 않은 사실까지 덧붙여 신나게 떠들어 댈 것이다.

눈앞에서 벌어진 소동에도 그는 느긋했다. 손에 들고 있던 잔을 입가에 가져가 한 모금 남은 술을 마저 마셨다.

론은 파티에 오기 전에 생각했다. 클라라를 다시 보면 기분이 어떨까. 끔찍할까, 두려울까.

막상 다시 보니 아무것도 아니었다. 용병으로서 밑바닥을 구르며 치열하게 살았다. 훨씬 끔찍한 일을 보았고 몸의 고통이 심하면 마음의 고통은 잠시 잊게 된다는 사실을 배웠으며 제대로 타락하고 사악해진 인간을 겪었다.

고작 이 정도였나. 자신과 눈조차 똑바로 마주치지 못하고 기절하는 정신력인가. 시시해서 재미가 없다.

무심코 더스틴을 보았다가 론의 눈에 이채가 스쳤다. 어머니가 쓰러져 실려 갔는데 표정이 냉랭했다.

'모자 사이에 문제가 있어.'

클라라는 어린 더스틴을 방치했다. 해리는 얼씬 않는데 더스틴만 유독 자꾸 보이는 게 이상해서 유모에게 물었다가 왕비가 큰아들만 끼고돈다는 말을 대충 들었다.

'사이가 나쁜 정도인가, 그보다 더 골이 깊은가.'

이용할 수 있을까.

그는 피식 웃었다. 이런 생각을 아무렇지도 않게 하게 되었다.

'나도 변했군.'

고개를 돌려 꺾어지는 복도의 안쪽에서 나오는 사람이 없는지 살펴보았다.

'늦어. 왜 안 오지?'

아델이 백작 부인과 휴게실로 잠시 쉬러 갔다. 금방 다녀온다더니 시간이 꽤 지났다.

'아델이 오는 대로 돌아가야겠어.'

아무래도 왕은 참석하지 않을 것 같고 무대의 하이라이트는 끝났다. 결말을 보려면 시간과 준비가 필요할 것이다.

연회장으로 들어오는 백작 부인을 발견했다. 곁에 아델이 없었다. 허둥대며 다가오는 백작 부인을 보니 예감이 좋지 않았다. 나쁜 예감은 틀리는 법이 없다. 미란다는 창백하게 질린 얼굴로 말했다.

"성주님. 레이디 스톤이 이쪽으로 오셨습니까?"

"백작 부인과 함께 휴게실에 가지 않았소?"

"사라지셨어요. 휴게실을 전부 뒤졌지만, 어디에도 계시지 않습니다."

쿵. 자신의 심장이 내려앉는 소리가 론의 귓가에 들렸다.

〈다음 권에 계속〉